〖中华诗词存稿·名家专辑〗
中华诗词学会 编

李汝伦诗词选

李汝伦 著

中国书籍出版社
China Book Press

图书在版编目（CIP）数据

李汝伦诗词选 / 李汝伦著 . -- 北京：中国书籍出版社，2019.10

（中华诗词存稿）

ISBN 978-7-5068-7444-1

Ⅰ.①李… Ⅱ.①李… Ⅲ.①诗词—作品集—中国—当代 Ⅳ.① I227

中国版本图书馆 CIP 数据核字 (2019) 第 207444 号

李汝伦诗词选

李汝伦 著

责任编辑	李国永
责任印制	孙马飞　马　芝
封面设计	采薇阁
出版发行	中国书籍出版社
地　　址	北京市丰台区三路居路 97 号（邮编：100073）
电　　话	（010）52257143（总编室）（010）52257140（发行部）
电子邮箱	eo@chinabp.com.cn
经　　销	全国新华书店
印　　刷	北京虎彩文化传播有限公司
开　　本	710 毫米 ×1000 毫米 1/16
字　　数	220 千字
印　　张	22.5
版　　次	2019 年 10 月第 1 版　2019 年 10 月第 1 次印刷
书　　号	ISBN 978-7-5068-7444-1
定　　价	328.00 元

版权所有 翻印必究

《中华诗词存稿》编委会名单

顾　　问： 郑欣淼　郑伯农　刘　征　沈　鹏
　　　　　　叶嘉莹

编　　委：（按姓氏笔画排序）
　　　　　　丁国成　王　强　王改正　王德虎
　　　　　　刘庆霖　吕梁松　李一信　李文朝
　　　　　　李树喜　陈文玲　张桂兴　范诗银
　　　　　　欧阳鹤　杨金亭　林　峰　罗　辉
　　　　　　周兴俊　周笃文　宣奉华　赵永生
　　　　　　赵京战　钱志熙　晨　崧　梁　东
　　　　　　雍文华

主　　任： 范诗银

副 主 任： 林　峰　刘庆霖

执行主编： 吕梁松　王　强　李伟成

秘　　书： 李葆国

作者简介

　　李汝伦，1930年生，吉林扶余人。中华诗词学会名誉会长，广东诗词学会常务副会长。曾任《当代诗词》主编二十年。著有《紫玉箫集》、《李汝伦诗词选》、续编及杂文集数种。

总　　序

　　我们这个诗歌大国有一个很好的传统，历来注重"采诗"、搜集整理诗歌材料。作为唯一的全国性诗词组织的中华诗词学会，自 1987 年 5 月成立以来，就十分重视这项工作。学会每年的学术研讨会和历届"华夏诗词奖"，都出版论文集和获奖作品集。纪念学会成立二十年、三十年时，还专门编辑出版了《大事记》《论文选集》《诗词选集》。《中华诗词》创刊以来，每年都制作年度合订本。2007 年 5 月，在北京天识东方文化艺术传播有限公司的资助下，以近代以来诗词创作、诗词理论、诗词运动重要文献汇编，当代名家个人作品专集等为主要内容，出版了《中华诗词文库》。经过十来年的编辑整理，已经出了近百卷。这些诗集、文集的出版，记录了近百年来尤其是改革开放四十多年来，中华诗词从起步、复苏走向复兴的砥砺前行的历程，为近、当代诗歌史的撰写准备了丰富的资料。

　　党的十八大以来，中华民族优秀传统文化重新受到应有的重视。习近平总书记《念奴娇·追思焦裕禄》词和《军民情》七律的相继发表，引领中华大地诗潮滚滚而来。《中共中央关于繁荣发展社会主义文艺的意见》和中办、国办《关于实施中华优秀传统文化传承发展工程的意见》，都明确提出"加强对中华诗词、音乐舞蹈、书法绘画、曲艺杂技和历史文化纪录片、动画片、出版物等的扶持。"国家教育部组织制定由中华诗词学会起草的新中国语言体系中的新韵书《中华通韵》已经通过国家语言文字工作委员会语言文字规范标准审定委员会审定，即将颁布全国试行。这些都使我们真切地感受到，中华诗词的春天真的到来了。诗人们乘着骀荡春风，正以高昂的激情，书写着中华民族伟大复兴的新时代、新史诗，国家富强、民族振兴、人民幸福的中国梦；正以与人民同呼吸、共命运的诗人之心，对人民的欢乐、人民的忧患、人民的情怀给以诗意的表达；正以"美"或"刺"的诗人之笔，对市场经济大潮中人民对幸福生活的期待，对美好未来的希望，对假丑恶的深恶痛绝，或给以方向，或给以赞美，或给以鞭挞。正如习近平总书记所指出的："好的文艺作品就应该像蓝天上的阳光、春季里的清风一样，能够启迪思想、温润心灵、陶冶人生，能够扫除颓废萎靡之风。"

当前，传统诗词创作者和诗词爱好者队伍发展迅速，已超过三百万。每天创作的诗词作品超过唐诗、宋词、元曲的总和。诗词评论研究队伍也成长很快，诗词评论、诗词学、诗词创作理论研究成果丰硕。如何从浩如烟海的诗词作品中"淘"出优秀作品，并使之存下来、传下去，如何使诗词研究理论成果"面世"并发挥应有的指导作用，确实是摆在我们面前的无可回避的一个重要课题。中华诗词学会是一个没有国家编制，没有国家拨款的社会团体，事业的运转主要靠社会赞助和会员费支撑。俊识（北京）文化传媒有限公司总经理吕梁松、北京采薇阁总经理王强，两位一直是对中华传统文化情有独钟的热心人，慷慨解囊，愿意同中华诗词学会一起，搜集整理编辑推出《中华诗词存稿》这套书，共同为中华诗词文化的继承和发展，做成这件十分有意义的事情。

《中华诗词存稿》主要搜集整理出版三部分内容的资料：一是当代诗词名家的个人作品集；二是当代诗词评论家、诗词学者的学术著作集；三是当代诗词作品、诗词理论学术成果阶段性、专题性、地域性的集成类作品集。诗词作品强调精品意识，沙里淘金，把"有筋骨、有道德、有温度"的优秀诗词作品搜集起来。诗词评论、研究类资料强调理论性和创新性，应具有鲜明的个性特点，具有创建性的见解。集成类的资料应有一定的史料保存价值。总之，做成一套具有当代价值和历史意义的好书。在此，我们编委会人员，向提供资料、筛选编辑、版面设计、校对勘误，包括所有为这套资料付出辛勤劳动的同志们，表示真诚的谢意！

郑欣淼
二〇一九年七月于北京

序

刘 征

　　这是汝伦君又一本诗词自选集。选编的考虑和办法，诗人在后记中都讲清楚了，无须赘述。汝伦诗已产生广泛影响，有不少名家、大家作了很好很详尽的评论分析文章，也不待我多说。然而拿起笔来还是欲罢不能。想要说的很多，此处只讲点读诗的感受。

　　汝伦君是我三十多年的老友、好友。我敬重他的为人，酷爱他的诗作。他的诗有鲜明的个性、强烈的感染力，有短刃般的锋利、杂文家的幽默，风格多样。由表及里，似乎不在笔墨之间，而是从肺腑中挤压和喷涌而出。他的诗词成就，使他成为当代诗词从复苏到复兴时期的大家。

　　当他知道我将要为此集写序时，他来信说，不要尽说好话了，我听的好话太多了，而且大多是出于鼓励、客气、友情，但他的耳膜在二十多年里听的大多是声讨、批判、诅咒，已经锻炼成正果："满堂洗尽筝琶耳，请君停手洗断弦。"（黄鲁直）。即使数年前还有南京左氏小丑尚在大加挞伐。因此他极想听听出于友情，出于诤直的批评，使他有所长进。但我上面这几句却不能不说。

　　古人云："文穷而后工"，穷，这里不单是指物资上的穷，道穷、路穷、命穷，数穷、思穷、心力穷、造化穷，等等，诗史上有很多例证。屈原放逐，乃著《离骚》，……泰岳般的大诗人如李白、杜甫、苏轼、陆游，或遭迁谪，或颠簸道路，流域天涯，或沉沦下僚拘于牢房，志不得伸，才不得展。谁知这个"穷"，却成就了他们的诗。困顿于十丈红尘的底层，挣扎于生死线上。"险阻艰难备尝之矣，民之情伪尽知之矣"。他们的笔自然超出舞文弄墨者之上，传达出大地的呼吸、脉动、呻吟和呐喊。汝伦大半生遭遇可谓"穷"极，他生于多灾多难的沦陷的白山黑水之间，幼年家遭劫难。解放不久，则又遭网罗奴役之苦，长达二十二年，经历过"文革"的凶险"洗礼"，其磨难深重漫长可知。拨乱反正，才得长出一口气，为时不久，却又疢疾缠身，天公之不公，竟然如此。他几乎集极端之"穷"于一身，然而这极端反而成就了他极好的诗。

但这毕竟是外因，更重要的应是他的内因，他除了才分外，还有就是天生一付硬骨头。他人很瘦，站在那里像支细长的笔杆，就是这支笔杆，霹雳当头，没有倒下；暴风骤雨，不曾折断。我仿佛看见一个单簿的孤零零的人影，在黑夜中，泥泞里艰难跋涉着，跋涉了几十年了。走到今天，那支瘦影依然，依然笔直，像具千斤顶。

关汉卿说他自己是"一颗蒸不烂煮不熟捶不扁炒不爆响当当一粒铜碗豆"，我想把这话移赠汝伦。

诗人的硬，并非无所依托，一个重要的依托就是诗，他说："诗是我第一位情人，也是最后一位情人"，"诗总是喜欢在我最困顿最压抑的时候来陪伴我。"一九六六年夏，正当"文革"开始发狂时，已是五类分子的汝伦被从农村召回参加"文革"（实是召回挨整），他感到凶险住前，生死未卜。他在心中却蹦出诗来："难料刑余头寄处，可怜白发不新添！"沉痛至极、悲愤至极。真是若无"情人"为伴，这一条路不知他该怎么度过？

诗是汝伦唯一的红颜知己，汝伦则是位多情种子。情是诗的土壤，诗是情的升华，情的花。情的实。

诗人汝伦自少年开始就是位最真挚、强烈的爱国者，他爱生活，爱亲人、爱朋友。他也有强烈的憎、嫉恶如仇——嫉一切恶。诗是他真情的喷涌，性灵的流露，他有许多凌厉的鞭笞荒谬、丑陋、黑暗的诗篇。他对故国家乡、亲人、朋友、好人却有那么多温情脉脉撩人肺腑的诗作。七十年代他才有机会回到阔别二十多年的故乡，过北京时，他来看我，说他回乡流了许多泪，他特从故宅基上拾了几块碎瓦片、砖头和宅基土，随身带回，以将来把它们混到他的骨碎之中，从那里来，回到那里去，可免"埋骨他乡"之憾，那些瓦片砖头泥土在他是秦砖汉瓦，而对盗墓贼却一文不值。

讲到汝伦那功力老到、大胆创新且精妙的诗歌艺术，不能不讲到杜甫，他青年时就崇拜杜甫，研究杜甫，有被学界称为独具眼光的专著问世。他的悲天悯人，忧国忧民，与杜甫可谓无有二致。但在诗上却与杜甫不同。他敬重李白那"天子呼来不上船"的傲气，但诗的风格却不与李同。汝伦就是汝伦，一个真实的汝伦。他提起笔来只是信马由缰、天马行空，走他自己的路，或一往情深，或一泻千里，亦诗亦文，亦庄亦谐，如他的一些古体，在律体中亦取得很大的自由，还要留意他不经意的生笔。他自己就表示过，他不想生活在古人的光环底下。他说，学诗时心中不可无古人，写诗时，笔下不可有古人。最好把别人的一切都忘个干净。

写到这里，本可搁笔，但忽然想到，他对我说，他初恋时写过许多诗，可订成个小本子，可惜因战乱而失掉了。他一生都觉得可惜，我也觉得可惜。但我期待着有一天能失而复得，一是填补他的遗憾，再能填补当代诗词一个弱项，我不怀疑汝伦的多情写不出令人动情的佳作。

二〇〇七年七月

《性灵草》序

华钟彦

诗，何为而作？前人高论不胜备举。诗何者为上？我以为以写真识见真性情为最。这应是我和汝伦同志比较一致的看法。所谓真识见真性情，强调一个真字，真，善，美以真居首。善也，美也，如失其真，就全不足采。汝伦同志的《性灵草》是他从少年始到现在这几十年中表达其真识见真性情之结晶物。莹光透剔，可见其人，可洞其心。半生坎坷，而能保其纯真，不为媚俗，不失风骨，诚属难能可贵。所以每读其诗，就常常为之不寐，为之击节。

汝伦同志是东北师大第一届毕业的高材生。在校时即以诗人见称。但因他当时发表的是新诗和文章，而其时古典诗词尚无市场，我虽在那里执教，却不曾与之结上诗缘。直到一九八二年在西安唐诗讨论会上，我们才开始谈心，倾盖如故，才读了他的诗。后来，我写信给他的同学孟宪纲说"汝伦诗才出众，青壮年中凤毛鳞角"。其后，每与汝伦通信，以及读其寄诗及著作，常喜其见解独到，语皆本色而锋芒逼人，善善恶恶，不失童心。观其所作，爱国恤民，苦吟豪唱，忧患蹭蹬，病床不废。他有句云"牢骚险韵关家国"，此处所说"险韵"义属双关。当今时代,如此精神,实为罕见。去年冬,在长沙中国韵文学会上,又与他朝夕谈宴,倾心吐腑,说到激扬处,有情不能自已者。于此益信汝伦同志为吾白山黑水之乡葆,真性情之诗人,诗坛上独树之一帜。

我之所以强调诗贵真识见,真性情,是感于诗要上关国政,下达民情,要反映一时代生活之真实,人民群众之典型化声音。我曾有句云"诗能寿世无今古,文不关时岂典型"。但此类诗毕竟有人闻之不快,以至恼火。是故有的诗人惟恐"逢彼之怒",便乐得写其游戏诗,唱和诗,捧场诗,颂美诗,赢得平安是福。诗无真性情,真识见,就断无真是非,真善恶,真美媸。诗文之高下存亡,皆在于此。

古人论诗,讲究美刺,应美者美之,该刺者刺之,汝伦对新人,新事之美,不落寻常窠臼。对革命家之美,不在其当权执政之际,而尤能在其坎坷失意之时。其对丑恶事物之刺,则刺得准,刺得狠,不讲什么"温柔敦厚"。汝伦诗中也有骂笔,是嬉笑怒骂之骂。其实《诗经》中之《硕鼠》《巷伯》则早已开骂,而夫子不删。少陵"尔曹身与名俱灭,不废江河万古流",东坡"我愿生儿愚且鲁,无灾无难到公卿",皆可称为骂笔。刘子翚《汴京纪事》,对蔡京、王黼之流,不是咏以"空嗟覆鼎误前朝,骨朽人间骂未销"吗?骂也一样反映诗人之真识见真性情。

我尝为《梁园吟》,有句云"诗情应许热如汤,文胆当求大如斗。能言人所不曾言,须教我手写我口。为诗要为贤者歌,扇动真风振九有,为文要使强梁惧,仿佛黄钺在君手,善不能扬恶不诛,人妖何以分好丑?诗文要具首创心,激励群英并骥走。诗文不切生民病,几何不将覆酱瓿"。此并非"气粗言语大"，我手中并无"黄钺"，然相信改革时期的正确的文艺政策，可以放心放手。而诗中所云，完全可证《性灵草》之特点。"贱躯敢避堂堂死，留取舌刀诛鬼兵"，也正见汝伦文胆诗胆。

《性灵草》中许多篇章，在命意、抒情、遣词、用韵上，都反映出汝伦的羞与人同。《读史歌》可说是时代之新乐府，用韵十分自由，在嬉笑畅快之语言格调中，提出了千古以来的大问题，读来令人沉重，又有强烈之振聋发聩力量。其歌咏山川诗作，固见其对祖国江山之热爱，然并不单纯描画景物，多籍山川以寄托心灵。他的真识见真性情确"得江山之助"。《车窗令·还乡途中所见》，以流畅活泼之散曲调子，概括了一个历史阶段农村生活的断面。"软骨同销一例坑，咸阳谷挤鬼魂争"，发人浩叹。《武侯祠杂咏》："独为武侯悲失策，未招皮匠百千来"，武侯后继无人之题旨，自杜甫"指挥若定失萧曹"之后，咏者何止百千，似乎很难翻出新意。然汝伦别辟蹊径，笔锋陡转，立即拈出流传的俗语"三个臭皮匠，凑个诸葛亮"来。夸张地讽刺了轻视知识分子之错误观念，是讽俗，也是讽世。同时也说明，此为当代人之诗，而非古代人之诗。其诗不特多有前人不曾道，亦多有今人所不能道者。

《性灵草》中有些诗，看似平实，实则幽深，而别有寄寓。有的则沉郁、奇崛，豪纵而笔意流动自然。"淼淼鄱阳百顷姿，含来喷作瀑声奇"，可谓用拔山移海之笔力，将鄱阳湖之沧波和著名之庐山瀑布联在一起。

以上所引诸诗，不过标其一例，类此者极多，读者自可于玩味中得之。

我尝读《散宜生诗》，以为思想解放、性情纯真、趣味横生，为五·四以来之不可多见，汝伦诗颇多似之。老练虽略有差，创新、泼辣、题材广泛则有余。"庾信文章老更成，凌云健笔意纵横"，汝伦的笔已经"纵横"了，相信他也是会"老更成"的。

序于河南大学
一九八五年六月

万首凝成江海声

——初评当代诗词开拓者李汝伦

李经纶

本文提要：

意在对李汝伦的诗词创作、理论创见、编辑劳绩及其影响作一全景式扫描。尝试从总体上把握李汝伦的思想、艺术脉搏。至于微观分析，容另篇深入评论。

（一）

李汝伦是当代诗词界中令我心折的几个人之一。他似乎是一个天生的诗人，一个多情种。他的大量高质之作，以其扛鼎之力，给当代诗坛增添了生气，发出夺目的异彩，耸起一座诗的巍巍高峰。人间杰出诗人的出现，往往是一个时代诗歌水平的标帜。换言之，如果整个时代只见诗的平丘土垅，浅草疏林，岂不索然。就这种意义而言，我为李汝伦祝福，为我们这个诗风渐盛的时代而庆幸，而雀跃。

李汝伦少年笃学，文学功底深厚。但青年时因直言而陷拔舌之狱二十多年，被放之穷荒而妻离家破。才华学问无异被囚。四凶覆灭后，李汝伦胸中积贮的巨量文库决堤而出。近十年来，李汝伦在海内外多种刊物发表诗词作品盈千，其中包括两部诗词集：《性灵草》和《紫玉箫集》。此外，他的杜甫研究专著《杜诗论稿》，诗论文评随笔集《种瓜得豆集》相继出版，另有散见于海内外报章杂志的散文、杂文、小说等篇章以数百计。据悉，李汝伦的杂文专集以及由他主编的当代我国第一部诗词评论文集也将问世。要之，以其远见卓识和为振兴民族文化的炽热心肠，由他首揭大纛、定名并主编的当代中国第一部向海内外公开发行的诗词刊物——《当代诗词》，迄今已创刊十年。其间荜路蓝褛、惨淡经营、屡历波折、呕心沥血而不断。刊物初创办时，有位老诗人闻说有此刊物出版。竟"遥望南天，老泪纵横"。还有位青年说，他"要向南国花城三拜九叩，你们为民族文化积了大阴功"。《当代诗词》的风行是当代诗史上的一项重大创举，文坛奇迹。刊物排版高雅，栏目新颖、独创，多被其他刊物仿效。十年来，当代诗词已刊布了中外各界人士诗词作品共六、七千首（还搜罗大量名家大匠如柳亚子、茅盾、梁宗岱、郁达夫、张恨水、田汉、闻一多、老舍、胡风等人未刊之稿）。其中大部分是高质之作，体现了当代人的诗词创作水平，展现出时代风貌、时代精神、时代心声，团结了海内外许多诗坛健将，培养出一大批诗坛新人。影响所及，超越国界，蜚声海外。可谓江海之声，遐迩相接，蔚为壮观。日本著名汉学家石川忠久先生，旅居美国的著名学者、诗人阚家蓂等国际友人纷纷高度评价。认为此刊于当代文学开辟了一崭新领域，于中国汉诗界贡献极大，同时对海外诗人亦予以鼓舞，起到了中外文化交流的桥梁作用。可以毫不夸张地说，当代诗词创作风气的兴盛，是和李汝伦的名字分不开、和他的无私奉献分不开的。这当中有许多感人事迹，限于篇幅，暂且从略。鉴别一个诗人成就的高下，当然要由他的创作实绩及其影响来衡量，但对李汝伦来说，还要看他在组织．开拓诗坛上的劳绩、影响来衡量。李汝伦的巨大成就，赢得了海内外许多诗人、学者、诗歌爱好者的尊重。著名诗评家杨金亭、李元洛、已故著名学者、诗人华钟彦等曾在《诗刊》《作品》《人民日报》等书刊撰文高度评价。当代诗豪荒芜有诗评李汝伦："海内争传小李诗，豆棚瓜架雨丝丝。篇篇都是人间话，血泪斑斑胜楚辞。""一句会心千古事，白头初识韩荆州。"（见《海内外》·美国纽约）。英雄惜英雄之情，吐自肺腑。著名诗人刘征读罢李汝伦的《紫玉箫集》，拍案叫绝，深叹李汝伦为人为世，金石其声，立即研墨赠诗："泪湿青衫秋月高，酣歌犹作大江豪。声声为解斯民愠，一曲南风紫玉箫。"（见《飞霞诗刊》·广东）著名新加坡诗人张济川，著名三湘诗人刘人寿等也相继唱出心声："红羊劫里哀黔首，世愿澄乎不可奸。""旧曲新声紫玉箫，半为乐府半离骚，眼中热泪心头火，纸上狂澜笔底潮。"（见《洞庭涛苑》）。蔡厚示教授写道："南李诗名震八荒，铮铮铁汉玉箫娘。刚柔我亦兼肝肺，太息人间不汝王，"霍松林教授有诗云："欲将风雅继三唐，当代诗词赖表扬。"（见《唐吟阁吟稿》），徐翰逢教授写诗八首，其中有句云："侠骨冰操意自湛，风人才调总难论。""倜傥絃声慰寂寥。京华夺锦树清标。"学界泰斗周谷城老人，以"纵横诗史间"五个大字为其题壁。他收到各种此类诗文，可谓早已盈箧，但他极少示人，也从不在他编的刊物上发表。身怀绝技，示人以谦，可见其品格情操。我认为这也是一份社会精神财富，应交给人民。

（二）

　　李汝伦的诗作，题材相当广泛。涉及社会、人生、政治、经济、文化、历史、自然科学等许多领域，组成一条横亘天际、气贯长虹的大岭。我们深入领略，却又发现，这里面是"横看成岭侧成峰"，"好峰随处改，幽径独行迷"。他的许多篇章，若单独察之，端的是一座座奇峰，都有他独特的奇思妙构，意象富瞻，骨格精粹，造语奇警，透逸出他对诗词的思想艺术和情感表现的卓越理解。他的诗，集奇倔冷峭，自然流转之风，凝重而含机趣，辛辣而不失幽默。风云雷电，撼人心魄。予人以认知、启迪、光明，从总体上达到了一种博大精深的境界。近半个世纪以来，我们国家政治生活中的风云变幻，在李汝伦的诗作中几乎都有反映，尤其是近三十多年来，李汝伦所写的大量现实主义优秀诗篇，弥足珍贵。他的《秋日登高》《乞妇行》《读史歌》《翻来》《释蛙》《释鸽》《样板戏返魂八首》《哭奠钱宗仁八首》等作已风行诗界，脍炙人口。忧国忧民，大胆地沉入人生，使李汝伦的诗作不断推向新的高峰。《紫玉箫集》的第一首《题》，少年的李汝伦写了他对慈母的一片孝思，诗中想象、意象迭出。此情此境，古今人未经道过。《车过松花江大桥》，写关内归人的感伤，而少年汝伦则"有泪相陪"，看来，他的爱国炽热，从少年时即已烘人如火了。一九四七年，不过十七岁的汝伦便已用血泪之笔揭示了一段历史的悲惨现实：

　　万家奴隶茅茨尽，一殿君臣傀儡旋。

——《偶过伪满帝宫》

李汝伦生于东北吉林，当年亡国之痛便在李汝伦身上埋下了种子。并能形象地概括出民族的惨痛和作者的深沉爱恨，为人品格，同时也显示了作者对诗词艺术的早慧。

以作者从事诗词创作四十多年的历史看，大体可以分为两个高潮期。即一九五七年至一九七六年及一九七七年至现在。前阶段的作品情感色彩特别浓烈，由于作者自身遭遇的不幸，满腔忧愤，通过诗词这种特殊的火山口得到最好的宣泄。同时也由于作品的思想具有超常的人格力量，和时代的脉搏吻合，直接、充分地表现了社会矛盾的冲突，政治的动荡，人民的苦难生活及其对现实的抗争、对民主理想的渴求，因而具有相当感染力。其社会意义，超乎艺术本身。

至于后期的作品，则带有明显的理性感知成份，注入了深层的历史反思精神和哲理的思辩，使整体内容更加丰厚了。

且看作者前期作品的几个例子：

　　朝野仰天啖画饼，星辰堕地起封姨。

《护持》1961 年

（按：奇警之笔，与其说是写天灾，毋宁说是揭示人祸）

　　樊笼夜夜冲天梦，大野长林自在鸣。

《笼鸟吟四首》1964 年

（按：狂放之笔，令至情充塞于天地之间，剜析扼杀人权，毁灭自由的惨烈，声情悲壮）

眼酸万点千行雨，天苦七魔八怪云。

《浩叹》 1973 年

（按：险怪跌宕之笔，喻阴阳失燮，苍生倒悬，极有深度）

作主民生三五位，当开花死万千枝。

《世事》 1976 年 6 月

（按：横议振拔之笔，揭露极权的骄横、罪恶）

其他如"躯干掷回千百载，差科完了两三杯。农家儿愿农家老，只勿石壕吏夜追"（抒闷）；"难料刑余头寄处，可怜白发不新添"（惊心）；"砚田久旱谁来抗，千字文中万字多"（古井）；"骄阳火烈花愁损，大海洋红陆欲沉"（霄雨），"深宫赐饮香醪日，小子争流坏水时"（世事）；"眼无敢死匡时者，壁有逃生劫火书"（答友人劝）等等。

再看后期李汝伦的几个诗例："念年左氏春秋传，一代才人血泪场"（《秋日登高》·1977 年）。扫视历史，寄慨苍凉，令人不堪回首。"噤口怕惊权杖醒，藏头畏引辫儿抓"（《卅年祭》）。画龙点睛之笔，痛感社会心态的异化，人间流毒未靖，用流行政治口语入诗，不着痕迹，难能可贵。此外，"革了十年文化命，翻来一卷祸民书"（《翻来》）。"诫他世上诸谗嘴，屠鸟烧林等例看"（《林鸟吟》）。"丹阶缭乱躬腰影，大野精光逆耳声"（赠友）。"老卫兵充新卫士，小公仆比大公侯"（炎凉）。"入户风儿吹愿小，怕惊倒了读书声"（迁居得有书斋）。"贬此危崖不许鸣，年年默对岭重重。何当啼破霜天晓，唤起群山舞野晴"（《金鸡岭》·1980年、见《性灵草》）等等，都是意赅笔长的感喟，足以警世。

我们不可能通过几个例子以概李汝伦诗作全豹，但管窥蠡测，其创作丰神，尚可见一斑。生活中的李汝伦，其实是至情至善的，他的同情心热至不忍伤害一切无罪的小动物，直到花草树木，可谓大慈大悲，柔情似水，并非总作金刚怒目状或羁者愁怀。他也写过不少充满生活情趣、多种题材和风格的柔翰。"如梦如烟花弄影，也风也雨水流年"（《对月》）。"春江花月怀君夜，秋水关山怨我时"（《秋夜思》）。再如："秦川三月雨濛濛，嫩柳摇丝花信风。风到女儿双颊上，吹来两瓣小桃红"（长安儿女）。形象鲜美，玲珑浮凸，呼之欲出。富含东方情调。

在李汝伦精娴的诸种诗词创作形式中，尤工七律，量多质高。其余绝句、散曲、自度曲、古风等，均有精妙绝伦的力作。一枝诗笔，仿佛是一根魔杖，摇曳万端，变化无穷。"渔笛细吹蛇起舞，猎枪高举雁垂空"（荒芜句），其散曲，活脱幽默，潇洒自然，处处显出灵气。在继承诗词曲优秀传统的基础上，常不受词牌、曲牌限制，自创格调，全凭意之所向，涉笔成趣。如车窗令、雀儿令、玉香词、流花湖散曲等，都是其中佳构。且看几首写京剧中的一首：

> 滚红霓金光万道，喷紫雾瑞气千条，宝殿凌霄。一顶顶金簪纱帽，一溜溜玉带横腰，一排排持铣拥旄，一色的酒囊饭袋脓包，拥一位玉皇大帝当朝，智商缺少，二日昏眊，不分丙寅丁卯，那辨燕雀鹰鹞，妄把猴王说作妖，大英雄去守马槽。抛了官袍，嚼了蟠桃。一箍棒天宫碎了，一抖身落满地牢骚。

《胡蝙子》带过《跳墙来》·闹天宫上阕

> 虽然写的是耳熟能详的故事，但作者意在抒情，借题发挥，机趣横生。特别是妙用数量词和口语，庄谐并济，充满自信，使思想发挥得淋漓尽致。

李汝伦精研杜诗凡四十年，兼摄古今中外诸大家之长，服膺清代袁子才的"性灵说"，以传统诗词思想艺术精华为经，时代精神为纬，加以复杂纷纭的社会生活每每激发他的创作灵感，所以，能不断臻于新境。尽管我们这个民族曾长期蒙受不幸，使他的诗罩上了一层浓重的悲剧色彩，但诗人那种对祖国，对人民爱之入骨的情怀却始终贯注如一。没有恨也就没有爱。李汝伦曾自嘲为贪生怕死之辈，其实是自谦之辞。对人世的许多丑恶现象，李汝伦从不管其有何来头，常以一枝犀利诗笔，从本质上加以揭露鞭挞，毫不姑息。显示出一种凛然正气、大无畏的精神和高度的自觉意识；大恸大喜贯彻大悟的动感，爱与恨的极致，这就是超越自我的完美人格，只有本色诗人。才能达到这种崇高的境界。一个人如此，一个民族更如此。连发抖都来不及，还谈什么创造？在现实生活中，有一种常见的现象，不少人怕这怕那，什么都怕，就是不怕不象个人样，拱手交出自己的灵魂和性格，这种以反常为正常的人格心态，实质是精神的异化，奴性的积淀。一个不敢讲真话的民族，是没有希望的。万马齐喑之时，常是火山爆发，大地震来临的前奏。令我肃然起敬的是，在李汝伦个人际遇好转，社会政治大有进步之时，以一般人眼光，他大可妻儿环绕，关起门来娱乐天年，以补半生愁苦。但严峻的社会现实，却无法使他闭上眼睛。我们所处的时代是历史的转捩点，新旧交替，美丑并存；社会阵痛、剧痛频仍，诗人的社会责任感的强弱，对人生的特殊敏感，最能在这种关键时刻表现出来。李汝伦的诗笔，仍不断显出威力。他的《端午节政协礼堂偶见》《文坛怪象录八首》《兴安岭大火抒愤四首》等等都是不避时讳的力作。李汝伦认为，他的诗笔是服膺于人民的。这是古今诗人所追求的最高境界。言人之所不能言已难，言人之所不敢言尤难，这也许是时代的不幸。社会人的保守思想，是一种极难逾越的樊篱。中唐大诗人白香山生命的前期以正直敢言著称，晚年却礼佛长斋，高翔远引，噤若寒蝉．二位古今大诗人的境界在此区别开来。

（三）

值得再大书一笔的是，在当代诗词理论领域，李汝伦也有独特的建树和创见。尤其是他的名篇《为诗词形式一辩》《从酸溜溜的诗到文艺的反映论》等发表十年来，影响相当深远。李汝伦痛感长期以来诗道崩坏，我国优秀的诗词传统在"五四"以来所遭到的冷遇，"五四"时期一些人物在诗词理论上的乖谬，一些长期流行的论点，如"束缚思想论"，"进化论"，"趋散论"等，违背科学，违背传统，背违实践和民族诗歌本身的发展规律，李汝伦以雄辩之笔，针锋相对，逐一批驳，最早地从本质上批判这种民族文化虚无主义，从理论上廓清了笼罩在诗坛上的迷雾，具有特殊的认识意义。著名老诗人刘逸生认为："几十年未见过如此快心之谈，真为穷饿文人吐一掬苦水,伸一口冤气,为文如此,方有真价值"(见《诗词》报,一九八五年第二期)。激赏之辞。洵非虚夸。此外,李汝伦在中华诗词学会成立大会上的发言,是他的一贯理论的延伸。为诗词正名,理直气壮,在整个发言过程中,有十数次被全场的热烈掌声、笑声所打断。场景的动人心魄,为中国诗史所罕见。他的发言稿及《为诗词形式一辩》为海内不少刊物转载,一些省的诗词学会,如广西诗词学会甚至将此发言列入成立大会的文件,绝世宏词,振聋发聩。更有广东某诗家,将李汝伦的发言延为自己的专著《诗词写作》的序言,这也是闻所未闻的一桩诗坛趣事。

(四)

李汝伦有诗云:素玉遥遥挂碧蓝,雪峰排闼袭衣寒。他的鸟道乘风上,西岳终南小吏看(《车中远望太白山》)。好一个"西岳终南小吏看"!可与杜甫的"会当凌绝顶,一览众山小"相辉映,诗人的精神风貌,超人的自信自尊,呼之即出。真似乎有雄视天下之致。当然,诗当另有所托,即看某些不可一世,趾高气扬的人间小吏。当我们拂去世俗的流尘,使灵魂提升到历史的高度,便有了一种深远的目光。当名人难,不为声名所累尤难。真正的成熟,是自我的不断苏生,一次又一次的抽芽,萌发……

1990 年 3 月 22 日第五稿

着手成春 妙在性灵

——读李汝伦《紫玉箫集》

吴调公

司空图《诗品》有"自然"一品,里面有两句,叫——俱随适往,着手成春。顺乎自然的规律走去,落笔处便开拓出美妙的诗境。自然而然,不加雕琢,我手我心。这种境界是何等挥洒、何等超然!李汝伦同志的《紫玉箫集》里的绝大部分诗篇便正是这样一种风度。

我倒不是因为有什么先入为主的观点左右了我的艺术判断,而是因为汝伦同志作品的艺术魅力给我的深刻感应有个长期积累过程,有个在顺向反应中由浅入深的过程。初读了他的几首诗词,我感到他的信笔直书、意到笔随,敢于以口语和新名词入诗,并且有时巧妙地突破格律而有创新。不过与此同时,我又觉得如果用传统格律来要求,个别的地方似乎还有点出格。后来,同他有了交往,了解了他的为人,确乎是一个胸无城府、谔谔铮铮的"书呆子"。他的诗词之所以自然,不仅是信笔直书,还更因为他有颗水晶般透明而澄彻的心。他的辣手著诗词,敢于在危机四伏之中去呕心沥血搞"险韵",确是真正的硬骨头。唯其真正娴熟旧格律,了解旧格律本身有它的不得不被新生活内容征服的一面,所以他提倡一种"新的普通话格律诗词"并作为一位出色的实践者。尔后，再经过最近读了他的《紫玉箫集》，我这才有了进一步的认识：原来他不仅是一位古典格律诗词的里手，而且也是一位"继"传统诗歌之"往"而又勇于走向未来的歌手。相形之下，我对诗词格律的见解不免太保守了。

我还曾经琢磨过一番：汝伦同志何以能为传统诗词继往开来？这里面的因素固然很多（譬如，他懂得古今诗歌以至古今文学的全面理论，他懂得中国诗歌史的演变和发展趋势，他能够在长期诗词创作实践中精心探索继承与革新的规律，等等），但我总觉得有一点似乎是比较容易忽略而实际上有它的重要性的，那就是他有一种得于自然之真的审美情趣。他把这种真性灵号为"别才"。当然，这"别才"与严沧浪所说的"别才"不尽相同。强调形象思维的艺术构思是相同的，但严则侧重神韵和灵感，而汝伦同志却是强调自然坦率，敢于爱憎。具体说来，他勾画的是这一幅诗人图象：

"论诗人，感当有'别才'，有胆识，心同赤子，笔如醉汉，发宜冲冠，头能生角，善善恶恶，不许含糊。"（《作者自传》）你看这样的辣手文章，风风火火，对善恶无所含糊，其美刺自然也是能从苍生骨肉出发而成为天涵地负之诗词，表征了"万古之性情"。这是诗人的性灵，也是时代的强者。

汝伦同志的性灵以幽默风趣中寓刻骨讽刺见长，或而含泪以微笑，或而寓沉痛于谐谑，或而严肃中寄揶揄。当然，嘲讽之极化而为愤怒、郁勃。这样的笔墨也不少，交错运用其间，就更显得诗人忧患意识的深沉繁复。"有墙皆字大，无柱不榴红"；表面好象是冷静地摹写现实，但字里行间却无往而不蕴藏着燃烧的怒火！当怒火实在无从压抑时，他就用以锤炼成为那么沉郁凝重的联句——"营苟苟然登衮衮？

乱糟糟地闹烘烘。"(《感时》)当然，这只不过是对"四人帮"丑态的概括描绘，更为讽刺得入木三分的是《可畏》一首。诗人正准备睡觉了，抄家小丑却来了，诗人不免恼火。可小女儿却不管这些，大概在她看来也习以为常了。于是就出现了抄家一幕的结尾，也是诗的结尾！

"女儿听惯钩牙吼，坦然一觉到天明。"

女儿之天真和"造反派"的凶横恰恰是对比，而造反派的嚣张结果也不过引起"女儿"的不但"一觉"而且"坦然一觉"而已。气壮如牛的家伙又算什么！汝伦同志的幽默不稀奇，幽默中表现了"坦荡荡"精神，表现了自我尊严不可欺，特别是以鄙夷白眼冷对跳梁小丑，嬉笑中隐含怒骂；这就弥足珍贵了。不仅是性灵的可贵，也是入骨的讽刺艺术妙到毫巅。

原来性灵之所以可贵，不仅在于诗人的光风霁月，具有赤子之心，而赤子之心究竟通过什么审美素养和艺术技巧来表达，也同样是一个重要环节。《紫玉箫集》的风格虽说是以坦率纯真为主，然而由于集中各首，写作的时代背景不同，审美对象不同，切入生活题材的方式与构思角度不同，由纯真坦率主导风格演化而为林林总总的艺术境界，却又是纷纭万象。譬如，有的是用被大自然浸润的心情勾画出魅人的细节，以显示其赤子之心，如写"文革"期中牧归时分所见：火云瘴雨中居然也有这么一角清凉境界：

"乳犬二三追鸭子，村儿四五钓池塘。"

(《牧归》)

有的是以一气呵成之笔，运骏马注坡之势，对吟友所贻的诗幅表现了情不自禁的欢畅情怀，如：

渭阳逢磊落，怜我一嶙峋。
挥赠虬松字，邮传皓月吟。

（《丈蜀翁惠诗及条幅奉和》）

有的是因亲手创办的诗刊复刊编竣之际，欢喜欲狂，不由以自豪、自诩而又带点兴极自嘲的口气，写出了一派咫尺见万里的皇皇气度，如：

"小楼无冕中书令，管领林园万姓花。"

（《编辑〈当代诗词〉创刊号纪感》）

有的是用激越的尾韵和从容的格律结合成为相反相成的节奏，明明是险势逼入，可偏偏处以恬适，如：

"坐尽冬寒园复缺，庭中春透花时节。人已芳菲遵命歌，闻告曰：君足应按下和刖。违了乡关盈尺雪，风骚形胜情缘结，秦蜀燕韩吴楚越，多艳绝，江山待我遨游彻。"

（《渔家傲·病房抒怀》）

医生已经早已说过了，要医脚病只有截肢，可诗人却仍然如此旷达，首先担心的不是身体残废，而是为不能游览久已向往的风骚形胜而浮想连翩。从音节言他是心情郁勃（但并非沮丧或牢忧），但从语言的诙谐和结构突然一转，作为散文化来看，即使在乱愁之中，也仍然不改其乐天本色。卧病在床，可云"歇"矣，不过这"歇"却也只是"遵命"而已。虽不能游，而江山却待我游，天人合一，名胜之情亲矣。更值得注意的是，截肢事不是捎便带过，却大有"哀的美敦书"口气。你看，医生相告，如此云云，正式通知，下有冒号为证。冒号下面还用起了个"呼位"，还点出了古来早有的刖足之刑。这何止是以文行诗的游戏之笔！说句笑话简直是用"应用文"行诗了。性灵笔墨而济之以才，这就克服肤浅之弊，避免人云亦云之谈。但对汝伦同志说来，他的别具会心之才是和他的不畏时忌之胆结合的。唯其有才，才能言人之所不敢言。

真性灵的笔墨是真感情的艺术结晶。真感情融汇到艺术之中，说明汝伦同志之才，而敢于抒发真感情的诗人，也都是无私无畏的诗人，这就更说明汝伦同志的诗胆能役使他的诗才。

谈到才，我就不由想起他跟朋友论诗时的那种娓娓而谈的风度，真是锦口绣心，温文尔雅。谈到胆，我又不由想起他风采的另一面。原来他钦仰金圣叹说过的话，诗是"诗人心中轰然一声雷也"的名言，更联想到他的一些疾邪刺世的诗词也都是他上述理论的实践。再加上他那炯炯眼神，透过跟镜片发出的熠熠光彩，给人以谔谔一介士印象的一付嶙峋瘦骨，这些都加深了他给我的刚毅坚韧的印象。捧起他在我家和我在客室里合拍的一张彩照，反复端详，思潮滚滚。他和我各具一张沙发，他的头向我微颤。这种倾谈该是何等亲切可念！"不是逢人苦誉君，亦狂亦侠亦温文"（龚定庵诗）。出于怀君也出于誉君，我写下了这篇小文。所怀所誉者何？狂也，侠也，温文也。统而言之，得性灵之至也。

"秋水为神玉为骨"

——读李汝伦《紫玉箫集》

李元洛

每当想起远在羊城的瘦骨嶙峋的汝伦，不知为什么老是一飞来台湾名诗人洛夫《回响》中的诗句："瘦得如一句箫声。"现在，汝伦将多年来所作旧体诗词经过一番汰选，因为种种原因、有的得意之作也只能割爱，题名为《紫玉箫集》（广东人民出版社出版）。春天已从更南的南方来到了长沙，我揭开诗集装帧典雅的封面走了进去，一路登山临水，听曲赏音，留连竟日，竟然迷失了归途；从开篇的《紫玉箫·盘点诗稿偶作二首》，到篇末的《文坛怪象录八首》，盈耳的是从七个箫孔中飞扬而出的如喜如怒如怨如诉的箫声。

当代的旧体诗词，本来应该是当代诗歌江河中的一派，是当代诗歌百花园中芬芳独具的花的家族。但是，在建国以来的一个相当长的历史时期，这一派没有汇成浩荡的江流，这一家族没有形成兴旺的门庭。评论界的聚光灯也集中于新诗，对冷落于一旁的旧体诗词则无暇一顾或不屑一顾。然而，尽管如此，还是有不少作者在借这一古老然而仍不失活力的形式抒情寄慨，抒发他们对当代生活的种种审美感受和体验，为历史与时代作诗的见证。在特定的历史时期，它的作用甚至超过了其他新兴的文艺形式。十余年前"四五"运动时的天安门广场诗歌，就是明证与力证。在当代旧体诗词的作家群中，李汝伦毫无疑问是极为优秀特出的一位，有人将聂绀弩、荒芜和他称为当代旧体词的三大家。如果这并不意味着否认其他的优秀诗词作家的存在的话，我以为这并非好事之徒的溢美之辞。

汝伦将他的诗词集题名"紫玉箫"，大约不仅是因为这是词牌之名，而他又"确藏有紫箫一管"之故吧？汝伦喜爱的老杜有句说："秋水为神玉为骨。"我从他的箫声里，想到的是我们这多灾多难而又失望与希望交织的时代，听到的是一代正直而博爱的知识分子的心声。毫不作伪的爱，毫不虚饰的恨，是他横吹的洞箫的基本音符与音色。"心同赤子，笔如醉汉"。汝伦半生坎坷，未能逃脱1957年那疏而不漏的恢恢天网，他的诗词固然倾吐了他的不幸与牢愁，但他却不是那种只咀嚼一己之悲欢的面容苍白的歌者。可贵的是，他更多地抒发了他忧国忧民的怀抱，那种自屈原以来的"哀民生之多艰"的群体意识与忧患情结。可以说，汝伦是中国诗歌传统的真正传人之一。在作于1961年的《护持》中，他就慨叹："锄犁失控民肠断，肝胆生愁国腹饥。朝野仰天唉画饼，星辰堕地起封姨。"在作于1962年的《少年》里，他就悲歌："少年姐弟两鹑衣，黧面蓬头卧路蹄。自恨低能穷措大，倾囊疗尔半餐饥。"唐诗人韦应物早就说过："邑有流亡愧俸钱。"但那毕竟是为官作宦的韦应物。此时的汝伦早已身入另册，破帽尚可遮颜，漏船无酒可载。但对于人民疾苦他竟然还如此富于同情心，实属难能可贵。"文革"后他主持《当代诗词》时，身患癌症，竟婉谢出版社送来之

300元编辑费，辞之不得，就捐给乐天宇教授于湘南民办之农学院，即是光风霁月的证明。某些唯"财"是举、图钱如命的歌星文士，对之能不愧煞！《紫玉箫集》中最有分量的作品，是那一系列写于"文革"十年中的近60首作品。虽然"无用书生难辟鬼，有情秃笔怕言兵"（《兰叶》），虽然"子夜诗余头欲雪，中宵镜里骨皆柴"（《十年祭》），但他仍然用他那专严如斧钺的春秋之笔，鞭笞"四人帮"那些魑魅魍魉："大星初陨落，乌云摧重城。豺虎据庑下，蝮蛇当途横。床头声吱吱，几只社鼠鸣。"（《感事》）揭露形形色色为虎作伥与落井下石者："无声浩叹填穹宇，文化人黥文化人。"（《浩叹》）由己及人地抒写了人民的苦难和抗争，为那个史无前例的时代留下了诗的信史："作主民生三五位，当开花死万千枝。莺莺燕燕潺潺了，高路云端马力疲。"（《世事》）"年年苦待芳春汛，终有蛰雷乘暖风。"（《四月七日听广播》）最令读者感慨无端的也许是如下两首七律：

> 世局刁骚事转蓬，辛酸苦辣委雕虫。
> 塞天气对三杯尽，堕地诗成一晌空。
> 大疫流年鸡犬豕，小人得志虎狼熊。
> 欲行欲驻沙迷眼，未卜还吹那阵疯？

——《疯》，1975年2月

炎威减退忆红羊，独上高台对莽苍。
远韵谁家风送笛，好歌何事句留刨？
念年左氏春秋传，一代才人血泪场。
焉得二三同调手，铜琶铁板引清商！

——《秋日登高》，1977年10月

"文革"十年，中国不是患了一般性的流行性感冒，而是罹了大疫流年的流行性疯狂，前一首"疯""风"谐音，一语双关，为那个疯了的时代传神写照。后一首之"登高"非仅实地之高，也可看成是诗人抒情的视点之高。痛定思痛，痛何如哉？"念年左氏春秋传，一代才人血泪场"，化用《左传》与《生死场》的典故入诗，巨创沉哀，椎心泣血，其格调风神直追千余年前老杜在夔州的《登高》之作。杜老有知，该会"不觉前贤畏后生"的吧？

"革了十年文化命，翻来一卷祸民书"，从汝伦作于1980年的《翻来》一诗，可见他的旧体诗词创作与新时期的"反思文学"是同步的，寥寥数行的概括力量并不亚于那一时期名噪一时的小说。汉代王褒《洞箫赋》说过："澎濞沉澱，一何壮士。"但是，如果以为汝伦只是一位横眉怒目的诗人，他的风格只是苦涩愤激，那就未免失之片面了。作为一个优秀的歌手，他的题材、体裁与风格是多样的。一道江河有它旁逸斜出的诸多水系，一支箫管也可吹出音韵各殊的曲调，这才可表现生活的多姿，可看到有才华的诗人创作个性的多变，显出旧体诗词并未与时而俱老的生命力，也才可适应读者审美欣赏趣味的多元。

黑夜过去，曙光初照，大悲剧收场之后，人生舞台上当然也要上演一些轻松愉快的喜剧。汝伦来自农村，生活在底层的命运使他对农民的疾苦深有了解。如果说他过去对人民特别是农民的生活抱有深切的同情与关怀，如"丰产鼓锣声震落，文章消灭万方贫"（《梅县车站》，1975年），"肋埂何如田埂瘦，民肠更甚鸟肠饥"（《海陵岛春夜》，1965年），那么，在新的历史时期，开放改革取得丰硕的成果，他自然要对生活中新的景象投去喜悦的目光。于是，他的箫管里就吹奏出一些清新明丽的乐曲，和以前那些沉郁苍凉之作构成了强烈的色调反差。其中最具艺术创造性的是《竹枝词·田园小照六首》（1982年），下录其四：

鲜是荔枝肥是瓜，新楼画入绿篱笆。
富民政策落家院，不放昨年瘦叶花。

暮烟似雨小桥西，带汗归来看燕低，
姑嫂堂前忙个甚？晚凉初试洗衣机。

月东镰岭日西坡，大妹村南唤小哥：
公路沥青干已透，该来教妹驾摩托。

榕下更深摇扇谁？花生糯酒蟹黄肥。
老农二位悄悄话：莫令穷神左道回。

在艺术上李汝伦继承了刘禹锡、白居易等人竹枝词的余风，但在浯言和境界上却有自己的创造，以古朴的形式表现当代生活和当代意识，旧瓶装入新酿的美酒。从内容决定形式的原理来看,"旧瓶"也只是指整体格式而言,它的外观和装潢也已经翻新了。

除了上述清新明丽的田园牧歌之外,汝伦也有许多幽默诙谐之作,显示了他的艺术个性的另一个侧面。"幽默"这一词语在古汉语中虽然早已有之,但从美学的意义上来看,它是十七世纪末开始运用于近代美学的概念。它作为一种诉之于理智的有意味的可笑性,一方面指作为审美客体的现象引人逗乐或发笑,一方面指审美主体的幽默心理能力,因为发现、感受和表现幽默,箭,要阳当的人生智慧和心灵的自由空间。汝伦的幽默与诙谐,都出现在"文革"之后的作品中,"文革"及以前他长歌当哭,不可能有幽默的心态和心智。汝伦体弱多病而善饮,他的夫人严令禁酒,但将在外君命有所不受。在《成都旅次》中他如此自嘲:"每羡酒乡无框框,("框"读去声),不堪内子有条条。且为在外将军也,君命杯中一醉浇。"汝伦有一些不让"花间派"专美于前的情诗,婉约缠绵,没有收入《紫玉箫集》。但此集中有《过神女峰》一首,汝伦触景生情,也不禁幽它一默:"辜负高唐虚构才,乡人犹指古阳台。衣襟也湿巫山雨,不见瑶姬抱枕来。"我想,以上两诗他夫人读了,也只会莞尔一笑,而不会以为汝伦真要去作"高唐之梦"或搞什么"婚外恋"的。

除了以自我为幽默对象外,汝伦更多的作品是以客观的社会相为幽默对象,如他"每过寺庙,常见弥勒佛座之前后,软钞硬币成堆,盖四方善男信女所投也"。于是写成《贿佛二首》:

香火盈廊禅境深，误猜大腹裹贪心。
开颜岂是春风面，笑尔空抛贿佛金。

入我佛门当悟禅，焚香那比送香钱。
多多益善莲花界，此道如今莫不然。

表层意义是写佛相，深层意义是写世相，写实与象征融合，讽刺与幽默交汇，一针见血而又妙趣横生，颇具针砭时弊的当代性。

当前的旧体诗词创作虽然空前热闹，诗社如林，诗作如潮，但和新诗创作一样，真正优秀的作品并不多见。这除了诗词这一文体经过漫长的历史时期的运用，艺术潜能已得到相当充分的发挥，今人要写出精采的作品有相当的难度之外，从创作主体而言，许多作者缺乏真挚而强烈的诗的感情，缺乏思想的深度和对生活的深刻体验，缺乏创新求变的艺术功力，也是重要原因之一。于是许多人的作品或者是新的风花雪月，视对象而应酬敷衍，随节令而例行套语；或者是撷拾古典诗词中习用的词汇以示能文，堆砌典故以炫博奥，有如古人诗词失血又失神的盗版；或是四平八稳，凑得五言八韵，表现为毫无才气和创造力的平庸俗套。李汝伦的作品是名副其实的当代诗词，这不仅是因为他具有不易多见的真诗人的气质，以当代意识来认识和表现当代生活，而且在艺术表观和语言呈现上，也力图作当代性的创新，给读者以清新的具有时代感的审美愉悦。这在他众多的绝句与律诗中是如此，在他的颇具新意的古风体的诗作中也是这样。还有好几首他自撰曲牌的小令，喜笑怒骂，新鲜幽默，语言富于创意，可以说是新诗与旧诗的联姻，或者说是名副其实的旧体新诗。这里，我只拟从语言表现方面略论汝伦作品的创造性。

以口语入诗。汝伦有《答某生问诗三首》，前二首是："楚民声口入骚多，一首关雎领甲科。俗字有诗翻怍雅，空堆雅语算诗么？""食珍着锦懒营生，塞典填书腐气烘。乃祖尊翁悲不肖，由来坐吃必山空。"由此可见，他反对一味搬典故、掉书袋，而主张以活色生香的当代口语入诗，力求创造。其实，古代许多杰出的诗人都注意运用他们时代的口语：屈原的作品大量吸收了楚地的俗语方言；所谓"无一字无来历"的学力深厚的杜甫，也曾对口语广征博采；王安石说"世间俗言语，已被乐天道尽"；杨万里被前人称之为"白话诗人"。既然如此，我们当代的诗词作者怎么能只向古人借债而不向现实生活开源？汝伦的作品喜欢提炼口语，通俗而又脱俗，以浅俗之语，发清新之思。佳例不胜枚举，如"乳犬二三追鸭子，村儿四五钓池塘。忽然得句吟无舌，牛背匆匆搔几行"（《牧归》），朴素自然而情味隽永。"阴阳互易奇谋士，矛盾交攻辩证家。噤口怕惊权杖醒，藏头畏引辫儿抓"（《卅年祭》），随手拈来便成警语。"四月风忙，杨柳摇情，春田漠漠，众家诗弟诗兄，被赤壁招邀作客。……武昌鱼，游在右，湘妃泪，倾于左。笑多情胡子大苏，酒精缸里浴罢，方位胡里胡涂赋错"（《赤壁词》），苏东坡一厢情愿地将湖北黄岗赤壁当成三国鏖兵的赤壁，是为"文赤壁"，汝伦和友人游湖北蒲圻之"武赤壁"，一句"酒精缸里浴罢，方位胡里胡涂赋错"的口语。调侃前贤，以俗为雅，颇得宋代以"活法"著称的诗人杨万里的真传。令人叹赏的还有写于"文革"中的《岩前打油》，诗前有小序曰："1969年旧稿三句，偶然'出土'，今补足"，诗如下：

>竹笠压头扣热锅，骄阳流火奈之何！
>岩前掉落声啾唧：老八哥嘲老九哥。

诗人写下放劳动的一个场景，是所谓"自嘲"之作。"八哥"黑色中的白羽，状如鹊而小，是一种经训练而能仿人言的鸟；"老九"则是"文革"中风行的对知识分子的冠冕。汝伦竟然忽发奇想，将"老八哥"与"老九哥"对举成文，其中以"嘲"字绾合，真可谓妙手天成，令人欲哭还笑。

在诗的句法上，汝伦善于运用"矛盾修辞"。"矛盾修辞"西方现代文论称之为"矛盾法"或"抵触法"，希腊文原义是"违反一般说法的意见"或"自相矛盾的说法"；中国古典诗论中的"无理而妙""反常合道"和它大致相当，矛盾语在莎士比亚的作品中屡见不鲜，西方现代诗歌中更为常见。美国当代学者，布普克斯和华伦合著的《现代修辞学》中甚至认为："矛盾语法是适宜于诗的，甚至可以说是诗中无法避免的语言。只有科学家们的具理才要求一种丝毫没有矛盾迹象的语言；而很明显的，诗人们所要抒写的真理只有靠矛盾语法始足以获致。"在中国古典诗歌中，杜甫的"落日心犹壮，秋风病欲苏"，宋之问的"近乡情更怯，不敢问来人"，李贺的"今朝香气苦"等等，都是矛盾语的运用。所谓矛盾语，就是在同一诗行或连贯而下的两行诗句中，或在全诗的整体艺术结构中，将正反矛盾的两种意念或情景组合在一起，构成顺逆相荡的富于张力的冲激，由于意象的新颖警策，能给读者以强烈的审美印象。

>"牛后敲犁耕白发，田中撒句种青天。"
>
>——《假日上集医病归途》

"墓映红棉兼赤荔，心期大豆与高粱。"

——《呼吁萧红墓移安故里》

白发者垂垂老矣，而犹自耕种青天，"白"与"青"对照而意在言外。"软骨同销一例坑，咸阳谷挤鬼魂争。转相告引休还又，卒使先生拜后生。"（《读书偶记》二首之一），秦代儒生们互相揭发检举，"转相告引"，结果"皆坑之"，"文革"中此风尤盛，卒使"先生"反过来拜"后生"，读之触目惊心，发人深省。"无限风光，十年'四大'，歌莺舞燕，自险峰跌作一席虚话。望村边犹剩，尧舜犁铧，秦汉连枷，唐宋篱笆。……想当年此地曾夸：瓜般的芝麻，牛般的瓜，到而今，独有空气无亏入画。"（《车窗令·已归乡途中所见》）"文革"十年，国民经济濒于崩溃，现代神话与现实生活的民生疾苦何其扞格，"燕舞莺歌"与古老的"尧舜犁铧，秦汉连枷，唐宋篱笆"何其矛盾，而"瓜般的芝麻，牛般的瓜"与"空气无亏入画"又是何等的不协调，用一句西方文学批评术语，此之谓"反讽"。以上诸例，无单调之弊，而有新奇之趣，无直率之病，而有警动之神。由此可见，矛盾修辞是由生活中种种矛盾的事相和人的种种矛盾心态所决定，而反过来艺术地而非一般化地表现了感情与生活。

汝伦兄心仪杜甫，曾有《杜诗论稿》一书行世。春日迟迟，《紫玉箫集》一卷读罢，我从汝伦如怨如诉如喜如怒的箫孔里走了出来，不禁想起杜老先生的"秋水为神玉为骨"之句。诗圣已远，我无法征求他的同意——想必他也会欣然首肯的，我就借来移赠给你吧，吹紫玉箫的汝伦兄！

一九八九年三月二十八日于长沙

【注】

此文原载于1989年11月《诗刊》，作者为湖南省文联副主席、省作家协会副主席，著名诗评论家。

《紫玉箫二集》序

霍松林

　　正在忙乱得头昏眼花之时，老伴儿取来了鼓鼓囊囊的特快专递，心知大事不妙。立即打开，闯入眼帘的是《紫玉箫二集》的打印稿和汝伦索序的信。老伴儿郑重其事地说："你再忙，汝伦的序也得写！"我回答："那当然！"

　　一九五六年暑假，我与杨公骥先生同时参加教育部在北京西苑宾馆召开的高校古典文学教学大纲讨论会，同为召集人，意气相投，无所不谈。当谈到他的得意门生时，特别推荐了才华横溢、刚肠疾恶而叹其终非池中物的李汝伦，给我留下了深刻印象。因此，一九八二年春，我在西安主持全国唐诗讨论会，便专函邀请汝伦共襄盛举。这的确是一次盛会，名家毕集，胜友如云。名落右籍的刚得到"改正"身陷牛棚的刚得到"解放"便在大唐故都畅谈唐诗、畅游唐人吟咏过的名胜古迹，真是心花怒放。会开得很活泼，在学术讨论会上穿插诗词创作、诗词吟诵和书画表演，实属首创。以诗会友，以友促诗，与会者大都成了此后振兴中华诗词的骨干，汝伦更是其中的佼佼者。我把大家在会议期间所作的诗编为《唐诗讨论会吟咏专辑》，汝伦发表于他主编的《当代诗词》。

　　一九八三年六月初，我在广州珠岛宾馆参加中国古代文学理论研讨会，与王达津先生同住一室，共约汝伦相会，久待未至。后闻患软腭癌，深以为忧。回西安后接手书，言就医于梁任公后裔，已获痊愈，喜赋小诗三章付邮。诗如下：

曲江酬唱未能忘，荔子红时访五羊。
十里荷香悭一面，东湖无际水云凉。
回春幸试越人方，一纸书来喜欲狂。
读画论文坚后约，明年万里上敦煌。
欲将风雅继三唐，当代诗词赖表扬。
坐拥花城花似海，百花齐放吐芬芳。

诗中所谓的"后约"，指早在西安诗会上预定于一九八四年在兰州、敦煌召开的第二届唐代文学研讨会邀汝伦参加；所谓的"欲将风雅继三唐"，是赞扬汝伦在"改革开放"之初即披荆斩棘、创办《当代诗词》的功绩。从此时开始，我们便在振兴中华诗词的各种活动中通力合作，经常见面，知心知音，堪称"莫逆"。而每一次见面，汝伦都动情地称我为"斯文骨肉"，紧握双手，倾吐思念之情。正因为这样，读完汝伦索序的信，我立即把急需处理的一切搁置下来，逐首咀嚼他的诗，考虑写序。

汝伦收入《紫玉箫》初集中的许多诗，早已四海传诵，脍炙人口，评论、赞颂的诗文也层出不穷。大致说来，评赞诗文主要涉及如下方面：一、汝伦的诗，固然倾吐了自己的不幸与牢愁，但更多地抒发了忧国忧民的怀抱，真正宏扬了中华诗歌的优良传统；二、汝伦创作的是名副其实的当代诗词，以当代意识来认识当代生活，在艺术表现和语言呈现上也力图作当代性的创新；三、汝伦之诗妙在性灵，而他的性灵则以幽默风趣中寓刻骨讽刺见长；四、汝伦反对一味搬典故，掉书袋，而主张以活色生香的当代口语入诗。这一切，都是符合实际的。

逐首咀嚼过《紫玉箫二集》中的所有作品，感到上述诸家评赞仍然适用，既已撮述，便省却我许多笔墨。然而汝伦是不断求新求变的真正诗人，收入二集的诗，与收入初集的相比，又有新的开拓，新的艺术特色。

读汝伦的诗，首先感到的是并非明白如话，一览无余，而是要调动比较丰厚的知识库存、反复琢磨。换一种说法，那便是：难读、耐读、耐想。因此，我才用"咀嚼"一词，慢慢咀嚼，才能尝到诗味。原因之一是：汝伦的诗，既有浓烈的生活气息，又有浓郁的书卷气息，并非大白话、白开水。汝伦是诗人，也是学者，一肚子书卷冷不防就从口里冒出来。晚清诗界革命的代表人物黄遵宪"我手写我口"的诗句常为时贤所引用，以为"口"里说的，当然是"大白话"其实，那"我"即创作主体，是千差万别的。一肚子书卷的"我"，在说话时怎能老讲"大白话"而不或多或少的"掉书袋"？黄遵宪的《人境庐诗》便是证明，如果不遇上知识渊博的钱仲联先生，恐怕连笺注也是搞不好的。

作诗而"掉书袋"，必须服务于独特的艺术构思和艺术表现。如果仅仅是为了卖弄渊博而无助于艺术表现，那就非徒无益，而又害之，应该坚决反对。汝伦是有独创性的诗人，他"掉书袋"常与艺术独创血肉相连。比如一九五九年的"交心"运动，臭老九们都经历过，也有人写过诗，但迄无深警之作。而汝伦腹中的书卷却撞击出艺术独创的火花，写出两首堪称"深警"的七绝。第一首：

> 臣胸何事为君开，花样翻新老鹿台。
> 噩梦变形思想犯，史篇遗笑惹人哀。

读此诗，如果不知"鹿台"为何物，便食而不知其味。相反，如果读过《史记·殷本纪》，知道"鹿台"是纣王淫乐之所，由此引出了比干的进谏和被开胸剜心，便豁然贯通，惊喜于"新""老"对照之妙和首句一问之奇。"臣胸何事为君开？"答曰："交心！"读懂第一首，便自然能读懂第二首：

> 智舍掏光缴债钱，涕流百斗泪三千。
> 茫茫净土无心国，月锁深宫正好眠。

按传统的理解，"心"为"智舍"乃智慧之所出。"臣"们都把"心"交出来了，浑浑噩噩，十分驯服，"无心国"的"君"当然可以安心睡觉；然而"月锁深宫"不也是十分孤寂凄冷的吗？

《放麻风病区》七律的首联"即日检收行李行，女儿泪眼送车声"，可谓以"口语入诗"，然而这也是千锤百炼过的。首句生动地写出了一宣布下放麻疯病区劳改，便得立刻起行的险恶形势，次句写"女儿泪眼"由送父而送车直至"送车声"，犹不肯离去，令人情何以堪！继之而来的次联怎样写，才能真切地表现此时此际的感受和心情呢？看来难度很大。汝伦腹有墨水，容易引发联想。他被驱赴贬所，联想到因上表谏君而遭到远贬，立即逼赴潮州的韩愈在爬秦岭时吟成的诗句"云横秦岭家何在？雪拥蓝关马不前！"就哼出上句"云横雪拥蓝关路"，又联想到因上疏论政而被下牢的骆宾王以蝉自喻的诗句"那堪玄鬓影，来对白头吟！露重飞难进，风多响易沉"，就写出下句"露重风多玄鬓情"古今叠合，三位一体，从而无限扩大了这一联诗的容量，愈咀嚼愈有味。颔联"失却佳人难再得，置之死地每偏生"，出句来自汉代李延年："北方有佳人，绝世而独立。……宁知倾城与倾国，佳人难再得"。佳人可解为诗人自喻，也可解为年华的丧失，身世的沦落。下句来自兵法的"置之死地而后生。"此处"偏生"是说你想叫我死，我偏不死，凸现了一股铮铮骨气，最后，"麻疯杆菌不麻我，料是嫌沾座右名"又把"座右铭"中的"铭"改造成"名"，用于自我调谐结束，而调谐中饱含着悲愤。把古人诗句、成语，直到兵家语，只巧改一二个字，而意思全新且用得不着痕迹，可谓已入化境。袁枚对用典不着痕迹特别称赏。

汝伦有时"今典""古典"并用。《"同年"友朱问病共感旧事》中的"谋产阴家易姓阳"以及"出洞挨刀"等等，用"今典"；"太液岂容生谏草，芙蓉一朵足风光"则"古典""今典"叠合。不管"今典""古典"，都不是照搬，而是出人意料的活用。鼓励提意见帮助整风，本来说是"阳谋"；及至作为毒蛇被引出洞来，喀嚓一刀，才如梦初醒，意识到那"谋"原来产于"阴家"。在当时，歌功颂德的是"香花"，忠言讽谏的是"毒草"，"出洞"之所以"挨刀"是因为"放了毒草"这又是"今典"但如此直说便不是诗，因而融合"古典"。白居易《长恨歌》有"太液芙蓉未央柳"之句，可见皇家的太液池是长"芙蓉"的。

"芙蓉"是"花"由"花"联想到"草"：思致固然很活泼，却无法与"谋""洞"拍合，毫无意义。汝伦熟读杜诗，老杜的"避人焚谏草"当然记得（所谓"谏草"就是向皇帝上谏表的草稿），于是在"草"前加一"谏"字，以"谏草"

之"草"充"花草",又于"芙蓉"后限用"一朵",两句绝妙好诗便呈现于读者面前了。然而对于不熟悉"今典""古典"的人来说,大概和猪八戒吃人参果差不多吧!

汝伦的许多独特构思,很可能与触景生情、相关书卷忽然跳出来有关,其例甚多,不再例举了。

原因之二是:汝伦的诗,句法多变,花样繁多,令人眼花缭乱。

七言句法,唐人惯用二、二、三。宋人有时打破常规,汲取散文句法以加强表现力,如陆放翁《长歌行》"如巨野受黄河倾"之类。但为数不多,而且限于古体。汝伦当然受此启发,却大胆用于近体,层出不穷。如"风乖冬九春三月,路险山千水万程"(《听蝉》),先把九冬、三春、千山万水颠而倒之,作为定语来修饰"月""程",然后用主谓结构"风乖""路险"领起,句法的奇特,增加了内涵的深广。"梦长紫万红千国,气短朝三暮四猴"(《病中读杜》),从句法上看,虽与前例类似,却"反对为优",别饶韵味。"万户侯纷敲大款,三花脸稳坐都堂"(《夜起》),上三下四,加在主语、谓语之间的"纷"与"稳",是作为状语修饰"敲"与"坐"的。一经修饰,丑态毕露。"总而统之诸事都"(《参观白宫》),乍看颇费解,及至悟出这是个倒装句,顺着说,便是"诸事都总而统之",不禁哑然失笑。"斥面帝王娇小姐,加刀公主恶豪奴"(《董宣》),乃是"斥帝王娇小姐之面,加公主恶豪奴以刀"的变形。"面斥"即当面斥责,为了与"加刀"相对而改为"斥面",虽然有些走样,却更生动。

汝伦为我祝八十大寿,写了三首七律,其中有一句"仰之西北高楼有",我觉得很别扭,给他改了,他表示同意。现在看他的打印稿，又恢复原样，可以看出这是他的得意之作，舍不得改。他想把我捧得越高越好，便因我僻处西北想到《古诗十九首》中的"西北有高楼，上与浮云齐"从而别出心裁，造出了"仰之西北高楼有"。其思路大约是：古诗说"西北有高楼"，那么现在究竟还有没有呢？于是仰望西北，嗬！不错，那"上与浮云齐"的高楼的确是有的。重点落在"有"字上，这也许是他不肯改的原因。又如《遭围攻》于"行间搜索句间寻，嗅罢欢呼异味闻"之后接一句"九族株连标点亦"，把副词吊在句尾，也够别扭的。但当你悟出"亦"所修饰的"株连"承上省略，就意识到这个"亦"应该重读；一重读，感情色彩便出来了。有些句子应该作两句读，并加标点符号，才能读出韵味来。例如"大吼一声还我血"应该为"大吼一声：'还我血！'"声情激越。"磨三尺剑鞘中闲"应读为"磨三尺剑——鞘中闲！"沉郁顿挫。像这样不够规范、甚至颇感别扭的句子，在汝伦的近体诗中还有不少，如"诗多百草难医病，身少千军突阵姿"（《与甘肃诗友座谈》）；"尊师者改尊公仆，窃国人诛窃小钩"（《临高。》以及"快游九万里汪洋"（《过蒙县参观庄子祠》）、"礼失求诸野未回"（《杂感》）等等，都须细细咀嚼，方能消化。

中唐时期倡导古文运动的领袖韩愈，即是大散文家，又是大诗人。他以大散文家而写诗，就自然出现"以文为诗"的特点。汝伦一面《和三个小猢狲对话》，一面吹《紫玉箫》，他写的诗，能不"杂文"化吗？

"言之有物"，是杂文的生命；"幽默"与"讽刺"，是杂文的素质；而作为"匕首"与"投枪"，抨击害人虫与假丑恶，则是杂文的目的。因此，"讽刺绝不是不分善恶的乱刺，幽默也不是无聊的逗笑，而是'最热烈最严正的对于人生的态度'"（瞿秋白《鲁迅杂感选集序言》）。我认为：杂文的这些可贵特点，《和三个小猢狲对话》体现得很充分；《紫玉箫二集》中的一部分诗，虽然很难做到的，而汝伦却往往做到了。例如《寺庙偶见》：

新潮少女跪莲台；"赐个郎君会发财"。
超短罗裙婀娜去，回眸一笑道"拜拜"。

写少女形神毕肖，声态并作。而"新潮"竟与迷信联盟，择婿也"唯财是举"，却是关乎世道人心的大问题，不能忽视。四句小诗，寓讽刺于幽默，含深刻于轻灵，情韵盎然，耐人寻味。又如《打苍蝇》：

千车万骑出咸京，一片牙旗讨贼声。
假想敌人何处是？遥闻老虎打苍蝇。

不加评论，而尖锐的讽刺则从前两句所写与后两句所写的强烈对比中脱颖而出，入木三分。《鸣沙山与斗全各撮细沙一瓶》：

掂来恰好伴吟声，撮座沙丘入小瓶。
大木宜焉关祸口，要鸣且在里边鸣。

沙以"鸣"名，可见"鸣"是他的天性。作者因"鸣"招祸，因而推己及沙，关进瓶中，并且谆谆嘱咐："要鸣且在里边鸣"。蔼然仁者之言！寓谐于庄，令人忍俊不禁。《塘边小立》：

> 已是蒿莱弃置身，临渊小立羡游鳞。
> 山村树静篱笆破，时有忙忙结网人。

这首诗，情景交融，清新明丽，却象外有象，弦外有音。读者也许不觉得这里面掉进什么书袋，其实是有书袋的，而且产生了浓郁的艺术效应。《汉书·董仲舒传》："古人有言：'临渊羡鱼，不如退而结网上。'"意思是：光羡慕，不如动手干。然而一个"弃置身""临渊小立羡游鳞"，只能是羡慕鱼儿在水里自由自在地游，难道还有结网打鱼的自由吗？后两句只写实景，而"弃置身"，对于鱼儿们命运的担心已跃然纸上。须知"弃置身"是有切身体验的，一见那些"忙忙结网人"就不胜惊恐。《读郭沫若〈李白与杜甫〉》：

> 小兵思路翰林名，老大蚍蜉撼树声。
> 昨夜遥闻揪斗紧，杜公汗了一身惊。

在《调张籍》五古中，韩愈有针对性地写道："李杜文章在，光焰万丈长。不知群儿愚，那用故谤伤？蚍蜉撼大树，可笑不自量。""翰林"们，当然都读过这几句诗，怎会愚蠢到"撼"杜甫这棵大树！然而在"大革文化命"中"红小兵"红极一时，个别"翰林"的"思路"便与"红小兵"接轨了。正因为"翰林"而有"红小兵"的思路，便不是一般地扬李抑杜，而且把阶级斗争的锋芒对准杜公，无限上纲。这诗的妙处在于：第一，"老大"与"声"相隔四字，却是"声"

的定语,"老大"前置,突出了声浪之高,而"大"前着"老",明带嘲讽;第二,"揪斗"与"撼树声"的具体内容,就是"揪斗杜甫";第三,主语后置,"遥闻揪斗"的不是作者,而是"杜公";第四,杜甫其人与骨皆已朽矣,却偏说他夜闻揪斗之声甚紧,惊出一身冷汗,构思奇特;不说惊出汗来,而说"杜公汗了一身——惊!"造句奇特。既惹人发笑、又引人深思的幽默感,就从这两个"奇特"中扩散开来。

汝伦的另一部分诗,或杂文味极少,或略无杂文味而诗味醇厚;但仍然是汝伦之诗,个性十分突出。先举七绝数首,如《风》:

草偃花飞叶下残,破窗磕磕乱琴弹。
雄风无象凭斯画,摇荡苍生正倒悬。

风有"大王之雄风"与"庶人之雌风"之别,题为《风》而只就"雄风"发挥,写实乎?借喻乎?象征乎?宋玉《风赋》而后,第一佳作。又如《自由女神》:

女士何时封了神,自由到手赖斯民。
潮生潮退风来去,知是谁家梦里人?

面对洋人的造像发此感慨,女神闻之,不知如何表态。又如《端午》:

楝叶花丝护屈魂,汨罗底事水波噴。
上官后裔怀王胄,也作江边投粽人。

汨罗江水竟然嗔露，奇；问她底事嗔怒，奇；有问有答，而且作如此回答，更奇。又如《谢海内友好问病》：

精舍无方净六根，浮生初觉似微尘。
阎罗玉帝嫌多刺，地狱天堂两闭门。

大病不死，差堪告慰友好，却将不死归因于阎王怕刺不要、玉帝怕刺不纳，何等警竦！又如《瀚海》：

天苍苍压地茫茫，几点孤村几树杨。
浪费梦魂遭绿染，醒来白草润沙黄。

五律亦不乏佳什，如《秋场即兴》：

捱过凉初雨，秋乡少睡乡。月儿肥挂网，影子瘦粘墙。
日日镰争稻，村村碾作场。塘浮谁氏艇，泼刺网灯光。

兴象玲珑，音韵谐美，颇有盛唐风味；但从锻字、锤句、炼意、属对看，却走的是中晚唐苦吟诗人的路子。次联对仗极工，却是流水对，活而不扳。因为"月儿肥挂树"，所以"影子瘦粘墙"，"肥""瘦""挂""粘"都不是信口说出的，而是筛选、锤炼出的。第五句把"割稻"写成"镰争稻"，第八句把"网鱼"写成"网灯光"，也绝非信手拈来。咀嚼了汝伦的几百首诗，我觉得他尽管才情富艳，却是一位"苦吟"诗人。评论家夸奖汝伦"信笔直书，意到笔随"，我不大相信。如果真是那样，为什么他，"粘"在墙上的"影子"，那么"瘦"呢？

七律中的《阚家蕫教授赠〈旅思乡情〉》，亦是力作：

久慕泉流漱玉章，芳笺飞渡九重洋。
匹兹堡困怀乡梦，杨柳街牵去国肠。
踏倒云天涛万叠，飘回儿女泪千行。
词坛心热接风酒，台上今无旧越王。

堡困梦、柳牵肠、踏倒涛万叠，飘回泪千行，以及以心热热酒，皆奇险惊人，不亚孟郊、李贺。却一气旋转，神采飞扬，将海外游子的"旅思乡情"，表现得淋漓尽致，非孟郊、李贺辈所能梦见。或谓"好诗已被唐人作尽"，岂其然乎？

《紫玉箫二集》中的词为数不多，却都有新意。如《沁园春·由山海关至老龙头感史》将明末资本主义萌芽的摧毁，不仅归罪于汉奸开门、清军入关，而且归罪于"闯王铁骑"真可谓"敢言人所不敢言"。清代卓越的诗论家叶燮认为"才、胆、识、力"兼具，方可为大诗人。有才、有力、有识皆难，而有胆尤难，谁不顾惜自己的身家性命呢？而汝伦的一些惊世骇俗之作，固然得力于才、识、力，更得力于他的胆，这实在是难能可贵的。

以上我主要引用了一些七绝，律诗和词略有涉及，大篇都未引，这只是为了节省篇幅。事实上，汝伦诸体皆备，诸体皆工，大篇如《木化石盆景歌》《月吟》《红包颂》《苏华草书歌》《哭母》《刘耦生〈百虎图〉歌》《陶像歌》《痛哭四哥》《红颜劫长歌》等，皆各擅胜场，《京剧诗文画》中的许多篇，似诗似词更似曲，言情说理兼讽世，鲜活、跳脱、泼辣，令人耳目一新。

汝伦索序的信中说："可捧，不可过分，可斥，大小由之。昔日鲁迅所斥者，后竟以此扬名。"我人微言轻，怎敢与迅翁相提并论！捧是白捧，斥也是白斥，真能给汝伦赢得声名的，还是他的诗。因此，我既未捧，也未斥，只是如实地谈我的读后感，与汝伦交换意见。与知音把酒论文是一种难得乐趣，所以老杜怀念太白，有"何时一樽酒，重与细论文"的希冀。酒，我有几十瓶，汝伦当然更多，然而山隔水阻，只能纸上论文，无缘花前共饮，为之奈何！

二〇〇〇年暮春写于唐音阁

紫玉箫吹别样声

——试论李汝伦近体诗的语言特色

侯孝琼

"尽意莫若象，尽象莫若言"（王弼《周易略例》）。语言，是人类社会用以思考、交流必不可少的工具。但语言并不能尽如人意地表达纷繁复杂的物象、心象。我国古代的智者老子早就说过"大辩不言""知者不言，言者不知"，他注意到语言的局限性，认为最精微、深邃的体验是非语言可表述的。刘勰在《文心雕龙·神思》中说得更具体，他将"意"和"言"对比说，"意翻空而易奇，言征实而难巧"。陶渊明诗"此中有真意，欲辨已忘言"，王维诗"欲问穷通理，渔歌入浦深"。都机智地回避语言的困窘，采取了"以不言言之"的策略，刘禹锡就比较实在，在《视刀环歌》中，他忍不住大呼"常恨语言浅，不如人意深"！

"我们不总是能用语言表达我们所想的东西"（康德语），而最长于"翻空易奇"的艺术联想的诗人，又如何用经过理性梳理过的，有相对稳定性的规范语言来表现他们被绚丽多姿的大千世界所激发的，微妙而生动的原初体验？

特别是唐以来受到字数、篇幅、平仄、叶韵等严格限制的近体律绝"困羁绊而难纵放，苦绳检而乏回旋，命笔时每恨意溢于句,字出乎韵……安纳孔艰。(《文心雕龙·定势》)……必于窘迫中矫揉料理。故歇后,倒装,科以'文字之本,不通欠顺……'"(钱锺书《管锥编·毛诗正义·雨无正》)这种戴着桎梏飞行的困境,使诗人不得不突破日常用语而创造性地使用字、词和句法,拆除人与空灵鲜活的直觉之间的日常散文语言之墙,使诗人鲜活、灵动、深微的主体意识得到凸现,这是一个既凭借语言,又征服语言的过程。

李汝伦的近体诗,突出地表现了这种大胆的"征服"。

先从字词说起。李汝沦很注意字词的琢炼,使之打破常规,增强表现力。如:

月儿肥挂树,影子瘦粘墙。

——秋场即兴

用"肥"、影"瘦"已奇,"粘"字尤奇,诗人不用"映"而用"粘",力度大大增加。它凸出了影子膠着于墙,随光线的移动而拓宽、拉长的动态,抒发了诗人挥之不去、起伏不平、形影相吊的孤凄。又如《悼赵甄陶教授》:

岭上初闻魂去重,湘中应觉浪生寒。

"浪"或可寒,"魂"却如何"重"?一个"重"字,不仅使人联想到死者道德、人品之高,也暗示了死者一生博恨之深。又《舟中》:"夕阳曳出两三星,一段闲愁起莫名。"

"曳"字妙写夕阳渐隐,小星初现的时空变化,并化无情为有意,和下句"起"字呼应,写出闲愁被夜色牵引的无奈。

又如写《秦川引入大工程》"重轮秃岭蒸枯骨"，非"蒸"不足以言秦川干旱；《尼亚加拉大瀑布》"乱起群鸥争捉浪"，鸥本是"捉鱼"，而言"捉浪"，其于浪尖觅食的轻盈、灵巧，如在目前，且化实为虚，凭添了多少情趣。

词性活用，是炼字的一个重要方面，李汝伦充分发挥了汉字活用的优势，如《遭围攻》："再唤虞兮剑一回，"作者以拉京胡奏《霸王别姬》遭围斗，这里活用名词"剑"为动宾词"舞剑"还包含了越斗越要拉此曲的韧性斗争精神和对围斗者的蔑视。又如《游河南宋陵感史》："满江红泪将军岳，正气歌碑丞相文。""泪"与"碑"互校，可知都是名词作动词用，意谓《满江红》浸透了岳将军报国无门的血泪，《正气歌》标志了文丞相以死尽节的高风亮节。又如《读报偶感》"歌高公仆仆其民"前一个"仆"是名词，第二个是名词使动用法，意谓"使其民为仆"，这里不用"奴役"等字样；接用"仆"字，更凸现其背谬。再如《参观老子庙》："道德早闻沦丧尽，而今道德又谁经。"这里把老子的"道德经"拆开，名词"经"放在句末作以动用法加以突出，意谓而今谁又"以"道德为"经典"，作为行为的准则！巧妙的活用加强了讽刺意味。

李汝伦炼字，多名词活用，这是因为名词直接与物象对应，最具形象性。在李汝伦近体诗中，也多有形容词作动词的，如《仓颉祠》"文化元功史最青"，"青"是青史留名的简说，意谓仓颉于文化史功劳最大。"青"字将"元功"形象化为一种开阔、悠远的色泽。

诗，尤其是近体诗，一般很少运用语气词"之乎者也矣焉哉"之类。唐代诗人卢延让《苦吟》云："险觅天难问，狂搜海亦枯。不同文易赋，为著也之乎。"李汝伦近体诗在尽量疏离日常散文语言的同时，又大胆运用语气词，使之向文靠拢。翻开《紫玉萧集》，除之乎者也矣焉哉外，还有兮、夫、耳、呜呼、甚至还有"呀""么"。运用这些语气词，似乎又是对诗化语言的背反，实则是造成审美注意的手段。宛如于芸芸众生里发现异类，在惊奇的审视中挖掘它们的特色，你会发现它们具有非常的抒情功能。或表现辛辣的讽刺。如《偶题》："王焉帝也随花谢，少个儿孙似仲谋。"《李广墓》："幸焉不遇高皇帝，免了刘家走狗烹。"《题〈陶景明诗书画集〉》："舞也歌焉藏娇室，颠之倒矣宿春醒。"《枪毙大贪官》："真乎假也倡兼反，攘且熙之去又来。"等等。

有时它又表现自嘲，如《过了》："既生瑜矣何生亮，不入时兮便入山"；《种瓜得豆集》《杜诗论稿》同时出版"明遭主子暗遭奴，趔趄跟跄运也夫？"《谢海内好友问病》："积善无求善报来，呜呼迟至免哀哉"等等。

有时它又用于友人间的调侃，如《增李维康、耿其昌伉俪》"实也虚乎妙矣哉，真双假对两乖乖"；《酬霍松林兄》"公休千疮愈乃尔，我身百孔欠呜呼"；《和振励兄赠别》"思无邪也真诗客，出有车兮多鸟官"；《友人去后有感》"天下原当带酒谈，贬乎褒也醒不堪"。

有时它还表现颂美之情，如《奉节宿舟》："雄乎壮也亦奇哉，带月银山撞壁开"，一句中连用乎、也、哉，大有李白《蜀道难》"噫吁戏，危乎高哉"的味道。又《扶余望松花江》："今也青杨娇绿岸，昔焉白草恨黄沙"；《乙亥年端午率团到澳门》："风于斯也雅于斯，桨动端阳竞渡时"；等等。

这些语气词所表现的或激越，或放旷，或温厚的情感，都统一于一个杂文家必须具备的"幽默感"的麾下。在诗中谓之"打油"。诗人曾在读钱锺书老人信后，自谦"锋芒射仅三毫耳，光焰长何万丈呀"，诗题上明标"打油"二字。又《奉赠黄苗子，郁风二前辈》，他更郑重说明自己"兴有高时幽默也，思无邪处打油之"。意指诗兴高时不免幽默一把，看似打油，却不背于"思无邪"，真善美的传统诗德。

李汝伦近体诗在琢句上下了很大的功夫，其一是"省略"。有的人称之为诗的"密度美"或浓缩美。约句、准篇的近体诗，它苛严的约束要求作者尽可能地删除芜枝败叶，从"几千吨语言的矿"（马雅可夫斯基语）中，提炼出一个或一组句子来，使每一个字句都尽可能地发挥更多的作用。我国古代诗文评中，多有这类如何炼句使"言简意不遗"（梅尧臣语）的记载，杨慎称之为"缩银法"（《四溟诗话》）。

所谓"省略"的对象，就是句法诸要素如主谓宾及连接词等，最彻底的当然是名词并列，如《黄鹤楼》："白云烟雨千株树，碧草晴川百丈楼"，诗人并没有指实云、雨、树、草、川、楼之间的关系，不加以结构而共时并呈，让读者自己按文化、阅历、趣味等参与创造胜迹黄鹤楼的意境。过去的经验积淀将会泛起，白云、烟雨令我们联想到杜牧《登乐游原》："长空澹澹孤鸟没，万古销沈向此中"；《江南春绝句》："多少楼台烟雨中"；杜甫《登楼》："玉垒浮云变古今"，碧草、晴川则令我们想到崔颢《黄鹤楼》"晴川历历汉阳树，芳草萋萋鹦鹉洲"的句子。古人的意象和诗人直观的环境不加任何限制地并列，搅碎古今，使读者在叹美它的历史蕴含的同时，又从千株树、百丈楼中，感受到它的沧桑变化。

在《故里偶成》中，作者在二三联连用名词并列对仗，如颔联"故居禾黍宅，蓬草父兄坟"，这里没有把作者访宅、拜坟所见的瞬间感受用线性排列的句式表现出来，而是将"故居"与"禾黍宅"，"蓬草"和"父兄坟"并呈、迭映，而今昔的变化和诗人的感概都流露无遗。又如《海果二次到访》："风华十五年窗铁，丘壑三千斗蚌珠"。"风华"和"十五年窗铁"并置，形成强烈对比下句再转，尽管灿烂韶华已在十五年铁窗生涯中消磨，但胸中丘壑，却因苦难而更异彩纷呈，如蚌珠三千斗。又如《天师府》："沧桑绿伞千秋树，风雨红墙一院奇"绿伞、千秋树并列，省去比喻词"如、似"之类，由读者展开相似联想，名词"沧桑"用沧海桑田来指变化的巨大，与千年树荫似旧形成强烈反差。风雨，常示劫难，红墙与"一院奇"中省略了"依旧是"。一联两句六个名词词组并列，共同突现了天师府虽历经千磨万劫而依然生机勃勃的景象。

李汝伦近体诗还有一种"歇后省"，如《街上归来漫题》："多少苍生无立锥"，省去了"立锥之地"后二字，《怀元洛》："赤壁长吟诸葛借""借"是"借东风"的省略。《哭荒芜》："生乎自笑蚍蜉撼""撼"是"蚍蜉撼树"的省略。《枪毙大贪官》"真乎假也倡兼反"省去了"倡廉"的"廉"字和"反腐"的"腐"字。再如《编辑〈当代诗词〉复刊号纪感》："态娇固惜阴春白，味永何妨下里巴。"上句省一"雪"字，下句省一"人"字。这类省略固然是囿于字数，但必须以读者能完成不全之处为前提。而这种"不全"往往能造成讽刺的效果。陈望道《修辞学发凡》将它归于歇后"藏词"一目，说，藏词的前提应是"习熟的成语"，如杜甫诗"薄俗防人面，全身学马蹄"（《课小竖锄听舍北果林三首》之二）"人面"后省"兽心"，"马蹄"后省一"篇"字。（《庄子》有《马蹄篇》）。

其二是倒装。倒装是故意打破被理性思维所规范的语序，这种手法，从消极的方面说，是为了平仄或趁韵。如《腾王阁》"远道专诚王勃拜"若理顺则为"拜王勃""王"与第四字"诚"同为平声，故倒置。又如《天池》"手里并州刀若有"，《绣裙》"江山不我加青眼"，《棋子山》"满世糊涂真一塌"（世上真是一塌糊涂）等。有时又为了趁韵。如《遭谤、遭讼戏题》"不计求名手段何，金陵荡子宝钗哥"，何、哥叶韵。《书店》"四壁林林总总书，可资拍案二三无"，若"无二三"便不押韵了。有些倒置除了调平仄、叶韵，还有讽刺意味，如《何永沂〈点灯集〉出版命题》"许他大火州官放，点我微灯百姓题"。不合理的语序透露出嬉笑怒骂的意味，此外又如《文人下海有感十四首》之五："命乖文化革中残""文化革命"中"革"的宾词"命"被拆开置于句首，和抒情主人公——文化人的"命乖"重迭，暗示了"文化革命"即"革文化的命"。这样一倒装，与其说是为调平仄，不如说是故意用背谬的语言来述说背谬的事件。"残"命被革了还留个残生幸而不死，一句中包含多层意思。又之六"痕迭心头棍子伤"本是"棍子伤痕迭心头"，这里把伤、痕拆开放在句末、句首，无疑是强调"痕"之深不可灭没，"伤"之刻骨铭心。

还有一种倒装，是将修饰动词的副词放在句末，这多数当然是为了趁韵。如《杨公骥师二首》之一，押九佳十灰韵，第四句"警句华章掷地皆"，即"皆掷地"，是为了叶韵的倒装，又《云门山大觉寺》"谁个超然大觉曾？""曾"字置句末是为了趁"庚青蒸"韵。但有时也不仅仅为了趁韵，如《赠王若水先生》"星辰日月浮沉乱，鬼怪神仙解剖宜"。"宜解剖"倒为"解剖宜"，修饰动词"解剖"的副词"宜"字升格为"解剖"的谓语，有"解剖适其时"的强调意味。

还有将一些副词后置的句子在不须押韵的单数句，因此不存在趁韵的问题，如《赠李锐长者》"往事从头今事又"这个句子可理解为"又（面临）今事"，副词置于句末既有强调的意味，又突出了"往事""今事"的对比。又《遭围攻》"九族株连标点亦，满篇谁个不刁民。"作者以文字获罪，连标点符号"亦"受株连，极反常的语序引起"注意"，作者的愤慨之情也得以突现。这种倒装，《诗经》已导夫先路。钱钟书《管锥篇·毛诗正义·雨无正》举叶秉敬《书肆说铃》引毛诗《小雅·宾之初筵》"三爵不识，矧敢多又""室人入又"，元人《清江引》亦有曲云"屈指重阳又"等，指为歇后倒装，钱氏还例举清郭麐《新葺所居三楹》"成看三径将，醉许一斗亦"等。其实，杜甫诗中，亦多有副词后置的例子，如《雨晴》："有猿挥泪尽，无犬附书频"；《故武卫将军挽词三首》之二"舞剑过人绝，鸣弓射兽能"；等等。这些例置，都不仅是消极的"趁韵"，还起了突出重点的作用。

其二是词语间的不合理搭配。主要是名词与动词的搭配，这种不合理搭配，首先被改造的是名词。先看名词主语与谓语（主要是动词）的搭配。如《江南》："桥担南北关山路"，《归乡途中》："桥挑灯影横江上"，挑、担赋桥以生命，使桥与路的衔接和桥上架设的灯火都发生情感联系。又《悼萧军前辈四首》之四"此恨如今堆岭外"，"堆"

使"恨"化虚为实，似可视、可触，有了凝重感。又《文人下海有感十四首》之十一"灯瘦窗虚月似烟"，瘦是形容词作谓语，灯可明可暗，却如何瘦？"瘦"应指光细暗，又令人联想到独伴青灯的消瘦的人，观此诗后两句"鬻儿售女平常事，润笔原来卖血钱"可知。

再看动词与宾语（名词）的搭配。又《南京》："舟载东西野岸声"舟可载物，而声为虚，如何载，"载"与"声"的搭配，使一路岚声鸟语的行程具象化。又"吟鞋踏乱古今情"，鞋可踏物，而"情"为虚，"情"于"踏"后，化虚为实，写诗人于寻幽访胜的行程中抚今追昔的纷纭感慨。诗人还善用"种"字。《夜行》："少年鬓种多愁雪"是"种愁"，"种雪"，因愁而生的白发在"种"字后，有了深度。《怀厚示》："纸满奇寒难种句"，《重到西安》："吟题四野种长安"（长安四野种吟题）《悼姜书阁教授》："百千著作种江州"（江州种百千著作），《与诗人雷抒雁聊天》："种遍人心小草歌"（小草歌种遍人心）。在诗人心目中，诗文是具有生命之物，故要种植浇溉，句可种，吟题可种，著作可种，它还可以作为施动者，把"小草歌"播种于人的心田，使张志新的精神在人心中萌芽、扎根。又如《假日上集》："田中撒句种青天"，这里"种"改为更形象的"撒"字，"撒"的是句，"种"的却是"青天"，两个动词，既写了赶集归途所见，又化实为虚。平凡的劳动在诗人的艺术联想中与创作生涯重迭，正是劳动播撒诗人灵感和高远的境界，"诗"在"种""撒"这类动词后有了生命力。又如"钓"，《钓诗》"独向深杯钓小诗"，"诗"成为被钓之物，在酒为媒的前提下，人与诗的关系变得生动有趣、诗人的醉态可掬。又如《去秦安》"落叫声敲满地秋"落叶声敲地、敲窗，如何敲秋？不合理的搭配化平常为奇崛，从深层写出了落叶敲出的正是塞地漫天的秋韵。

在数量词与名词的搭配上，李汝伦近体诗也别具一格，如《病中读杜》："万钧寂寞膂何堪"，《乡中门事二首》之二"心台积恨三千困"，《癸未岁首有作》："十万吨愁太岁边"，《文人下海有感十四首》之六"余悸三千驱未得"，《遣闷》："三千块垒砌诗巢"，《熊鉴兄置酒》："块垒三堆春夜雨，牢骚百斗布衣怀"，三个人是三堆块垒，用酒浇变成春夜雨浇，可见渴得痛快！酒又变成牢骚，虚与实相换。《访旧》："沉重相思贮一囊"。寂寞、愁、余悸、胸中块垒、牢骚、相思都用大数目量化，使它们的沉重变得如此具体。李清照《凤凰台上忆吹箫》有"一段新愁"，巧的是那种说不清，道不明的淡淡闲愁，辛弃疾在《念奴娇》中，说"新恨云山千迭"，数量虽大，但说的"云山"，云山和恨是比喻关系，隔了一层，而这里，直接将量词与名词非常态结合，且用了新的度量衡如"吨"，形容悲恨实在重得可以！

词之间的不合理搭配常是炼字的手段，如前所举"魂去重""捉浪"等便是。

李汝伦近体诗特殊句法除借省略切割词语间的语法链，倒装和不合理搭配词语几种手法外，还在几个主谓词组并列的句子中，借各句子形式间的微妙关系而残缺某一部分，借此获得完全的表达。如《悼程千帆师》："干戈避地巴山雨"，我们不可以把它简单理解为"干戈避地于巴山"。前四字是省略了主语的句子形式，"（我）避干戈于某地"，近体诗中，省略抒情主人公称谓，这是惯例；后三字是一个未经谓语说明的名词主语，但读者可从李商隐《夜雨寄北》："君问归期未有期，巴山夜雨涨秋池"中获得（我）在巴山雨夜时的寂寞，凄凉生活的感受。又《酬戴坚将军》："松声不堕岁寒心"，"松声"是省略谓语部分的主词，应为"松声勉我"，"（我）不堕岁寒心"。又《纽约李骏发先生认宗》："劫后风情山积翠，吟前豪气电随雷"。对仗的上、下两句都是省去谓语的名词主语和句子形式的结合，作者却没有说"劫后风情"如何未减，"吟前豪气"如何似旧。只是宕开以"山积翠""电随雷"两个句子形式暗示它们的比喻关系，风情如青松不老，豪气如电雷相激。又如《王船山像前》："论高天地气，句妙古今情"，论高、句妙，两个句子形式在前，省略了主语和动词谓语的名词宾语"天地气""古今情"置厂后。完形这个句子应该是：（你）持论高旷，（因你）善养天地浩然之气；（你）琢句精妙，（以）你涵茹古今万类之情。五字间包含倒置的因果关系。又《潘力生书家成应求女史诗联姻命题》："朱鬓梦消新燕子，白头人返旧潘郎"，"朱鬓梦消"是一句子形式，"双燕子"是省略了谓语"飞"的主语部分，此句写已分团圆无望，而今日竟新燕双飞；下句同样，"白头人返"是一句子形式，旧潘郎是省去谓语的主词，此句写白头人返而昔日潘郎依旧。两个句子形式间有转折的意味。

　　还有一类句式与此近似而又不尽相同，如《东坡雪堂》："三尺雨垂忧国泪，千寻锁断恤人肠"，表面上看，也是"三尺雨垂"，"千寻锁断"两个句子形式与名词"忧国泪""恤人肠"的组合，但"垂""断"绾合上下名词，理顺它，则为"忧国泪与三尺雨同垂，恤人肠共千寻锁断"，但这样一来，诗意亦随之消失，不若以"三尺""千寻"这样的数量词先声夺人为好，与此相类的又如《甘肃诗词学会座谈》："明宵铺卷丝绸路"《古阳关遗址》："丝绸路断骆驼铃"，《山海关》："女墙砖老百年苔"等等，这种句式早已被先贤认同，杜甫《秋兴八首》之一"丛菊两开他日泪，孤舟一系故园心"，清张笃行《杜律注解》："他日之泪，与菊同开；故国之心，与舟同系"。黄生《杜诗说》："非开花也，开泪而已；非系舟也，系心而已"。可证。

诗不同于其他文体，音乐美是它必备的要素之一。明谢榛说，作近体诗四要好，他将"听要好，诵要好"置于前两位。诗的音乐美，呈现于字词间长短、高低、轻重所组成的节奏间。这一点，近体诗已把它模式化了，即所谓"五色相宜，低昂舛节"。诗的节奏又不全同于音乐，它是语言艺术，它必然追求语言的节奏。

近体诗以两个字为一音步作平仄相间、相对、相粘的安排，就是根据汉语词向双音节发展的这一事实。根据这一实际，五律的节奏一般为2-2-1，或并为2-3，或前两节合并成为4-1，七言一般是2-2-2-1，或并为4-3，只要不拆开音步，一般都属正常。但有时为了表达情志的需要，诗人不得不打破人们的审美预期，改变人们习惯的音律节奏，为表达特殊的感受服务。

李汝伦近体诗中，多有这样的变奏。

一、打破第一音步形成1—6节奏的。如《所思》："任他天地相亲相，是——眼睁睁受编时"，拗戾的节奏抒发了愤慨的心情。《望仙楼》"名——在烧砖窑外著，口——于拔舌狱中留"，上句写自己大跃进中在烧砖厂作搬运工，获"劳动能手"称号，下句写自己因口祸蒙冤入狱。文化人作搬运工，从"能手"到"囚徒"，荒诞、可笑的事从扭曲的节奏中得到显现。又《慈禧游艇》"料——老佛爷西去日，怆惶抛落绣花鞋"。乖舛的节奏造成嬉笑怒骂的效果，等等。

二、打破第二音步形成3-4节奏的。如《炎凉》："老卫兵——充新卫士，小公仆——比大公侯"这里主谓语动词宾语呈3-1-3节奏，或者从主谓分，呈3-4节奏。突出了"老卫兵"与"新卫士"，"小公仆"与"大公侯"的对应关系。又《岳飞》："冲冠发——誓捣黄龙"3-4节奏强调了岳飞"怒发冲冠"的悲愤形象。又《好睡》："万千民——立锥无地，独个夫——居水有天"3-4节奏将"万千民"与"独个夫"顿出，作鲜明对比。

三、打破第三个音步形成5-2节奏的。

《旧岁岁暮登高》："五千年国人——思顺，廿四花风信——到迟"，这里强调了"思顺"之强烈愿望和二十四番花信风——好风"到迟"的遗憾，从第三个音节中剥离的第6个字与第7个字结合，给人一种急转的印象。又如《追呼》："词章风月低——千尺，豚犬衣冠贵——半文。"作者自己不要说，这一联是从老杜《阁夜》："五更鼓角声——悲壮，三峡星河影——动摇"处来。但此处又有些不同，"词章风月低"但实在是"千尺"之高；而"豚犬衣冠贵"但只值半文钱，意思是一文不值。节奏的变异表现了大力的逆转。杜甫其实也有以5-2节奏表示逆转的句子，如《宿府》："永夜角声悲——自语，中天月色好——谁看。"

李汝伦五律中，也有打破第二音节形成3-2节奏的。如《秋场即兴》："月儿肥——挂树，影子瘦——粘墙"。《孙艺秋教授赐酒兼赠所著》："寒梅枝——独瘦，乱雪夜——其漫"。

还有一些句子虽然没有打破任何一个音步，但不是正规的2-2-2-1或者是4-3，而是2—5，后面的五个字往往是定语与中心词的结合，不可分割，要一气读完。如《浩叹》："眼酸——万点千行雨，天苦——七魔八怪云"；《同与会诸公访曼殊故居》："徒挥——盛会千篇手，难扫——空庭六尺尘"；《病中读杜》："梦长——紫万红千园，气短——朝三暮四猴；等。又如《读诗偶作》："犯科——甲乙丙丁戊，勒索——东西南北中"；后五字并列，囊括了作奸犯科者之多，勒索之广。

"紫玉箫"中最怪异的节奏当数6-1，如《复家书》："一行雁越千山——苦，万里家归半寸——难！""乡心正无雁，一雁度南楼"（司空曙《寒塘》），诗人的乡心，正被越千山的雁行引起，"苦"字顿出，是雁苦还是人苦？抑或都苦？又黄庭坚诗"系船三百里，去梦无一寸"

这里缩为"半寸"，也还是"难"。"苦""难"缀于句尾，给人以极深的印象。又如《读郭沫若〈李白与杜甫〉》："昨夜遥闻揪斗紧，杜公汗了一身惊！""汗"在这里是名词作动词"出汗"用。揪斗唐代诗圣杜甫，加之以"莫须有"的罪名，本身就是一件十分荒谬的、使人"惊"怪的事。诗人把"惊"从主语"杜甫"后扯出，缀于句后，在一气读完前6字以后，它便成为全无依倚的、单个的动词，不但强烈的情感色彩得到凸现，而且暗示"惊"的人远不止杜甫，还包括诗人和每个读此奇书的读者。

作者对杜甫情有独钟，诗集中涉及杜甫的诗篇、诗句，诸如谒墓、访庐、读杜等，不下二三十处。虽然多从杜诗爱国忧民的角度出发，但在锤炼句上，无形中也受到杜诗的影响。如《东坡雪堂》："涛鸣月荡舟双赋，天碎诗飘雪一堂"。此联的节奏似乎是 2-3-2。上句，涛可鸣，月如何荡？联系杜甫《旅夜抒怀》："月涌大江流"，月似亦可荡，上承"涛"，月荡，舟亦荡，"荡"字双绾"月"与"舟"。"双赋"是"东坡创作双赋"的省略。前两个句子形式铺写了东坡于风涛月色中荡舟赤壁，创作前后"赤壁赋"的情景。天应可碎裂，如郝经《后听角行》："霜天裂却浮云散"，诗却如何"飘"？若指多，或"飘逸"，似亦可飘，"飘"亦双绾"诗"与"雪"，"一堂"扣《东坡雪堂》，指诗共雪飘，韵满一堂。杜甫诗《郑驸马宅宴洞中》有"春酒杯浓琥珀薄，冰浆碗碧玛瑙寒"亦同此类，浦起龙《读杜心解》指此中交叉错列"使人竟不知'琥珀'，是'酒'是'杯'，'玛瑙'是'浆'是'碗'，一色两耀，精丽绝伦"。借用此评语，"雪飘"一联，亦不知是月荡、舟荡、诗飘、雪飘，主谓间似是而非舵搭配，句子形式与名词的不相称并列，大胆打破了语法的细分、限指，词句间若即若离的关系，交织出无比丰富的意蕴，这真是奇思奇句！

　　李汝伦满腹经纶，他在炼字琢句的标新立异中又时常流露出广泛继承的特点，但很少生搬硬套，多有创意。如《夜起》，他在"看透名场与利场"之后，宣布："风流罪过吾岂悔，明月不疑地上霜！"同为静夜之思，而题旨不同。李白写思乡，而李汝伦写时事；白也浪漫，而李汝伦则冷峻。故翻李白"床前明月光，疑是地上霜"之案为"不疑"。又《赠诗人马斗全》："西去阳关你故人"改"无"为"你"，失笑之余；正见诗人与王维所处时代不同，胸襟亦不同。又《贵峰诗碑》："学儿识唱苏辛曲，老妇知吟李杜诗"，显然是套用了唐宣宗《吊白居易》"童子解吟长恨曲，小儿能唱琵琶篇"的。诗人奴仆古人之诗，随手拈来应景，切时，切事。又《免题》一首写时事，"住店杏黄旗外店，逢人月黑夜中人，普天肥沃皆王土，历代干枯是子民"，"杏黄旗"是戏曲、小说中绿林聚众的标志，"月黑夜中人"，用古谚"月黑风高夜，杀人放火天"，此写世乱人人自危景况。第三句缩"普天之下，莫非王土"为"普天肥沃皆王土"，加一"肥沃"使含讽刺意味，四句中三句连用典，不直言，令人思而得之。又《和振励兄赠别》："思无邪也真诗客，出有车兮多鸟官"，上句引自《论语·为政》"诗三百，一言以蔽之，思无邪"，此处以"思无邪"与诗友共勉；下句"出有车"是对《战国策·齐策》孟尝君食客冯谖弹铗歌"长铗归来乎，出无车"的反用。上下句从诗歌传统的继承忽然跳跃到对官场的讽刺，是远对，可见国事耿耿于心。又《游阜阳西湖》："刘项争王双逐鹿，李周联诀一登楼"，本来是要写与诗友联诀登楼的，却拉历史人物刘邦、项羽来作陪，这固然表现了诗人"用事"的随心所欲，以"争王"对"联袂"，也不无颂美诗坛和谐气氛的意思。又如《调坤尧博士》："三窟居安台港澳，一尊浇乱马牛风"，"三窟""狡兔三窟"见《战国策》，切来往于台港澳的友人，马牛风引自《左传》"风马牛不相及"，这里调侃友人喝醉之后尽说些不相干的事，说"不相干"，实则正是酒后倾吐的真言。又《贺东邀洗冤出狱》："蝉闻一树宾王句，史唱千秋司马书"，汉代的司马迁，唐代的骆宾王都曾有过蒙冤入狱的痛史，骆宾王《在狱咏蝉》中，以"露重飞难进，风多响易沉"写自己的忧谗畏讥；司马迁则于困顿中发愤著书：写出了千秋史唱。"闻蝉"倒为"蝉闻"，显得生峭,"一树"固然为了与"千秋"对仗,同时还会令人联想到李商隐的咏蝉"五更疏欲断,一树碧无情"。上下句间,隐隐包含坏事与好事的辩证法,有转折意味;并以此慰勉出狱的友人振作起来,末联"清风明月归还你,终叫窗中铁味输""清风明月"引自苏轼《赤壁赋》,暗指友人的清白。再如《放麻风病区》,在述说女儿泪眼相送后,忽然宕开,借古人说今情,"云横雪拥蓝关路,露重风多玄鬓情"。上句引自韩愈的《左迁至蓝关示侄孙湘》"云横秦岭家何在,雪拥蓝关马不前",韩愈蒙冤"左迁",诗人无端"下放",景况略同,云横、雪拥、前途凶险,"家何在""马不前"虽省略,而那种"无家""恋亲人"的苦况尽含其中。下句引自骆宾王,写获罪之重,诽谤之多。上、下前6字都摘取于古人诗,只在最后缀一名词,"路"和"情",路何其险,情何以堪,古、今有共同命运之人迭映,有了更深的意蕴。

  以上所举用典、用事,应当是"雅"的例句,雅不妨俗,他在《答某生问诗三首》之一中说"俗字有诗翻作雅,空堆雅语算诗么?"李汝伦有时还大胆用一些极俚俗的句子,甚至骂娘,如《上清宫废址镇妖井》:"流诸泪血双成海,赢得人天一骂娘",《刺杂文家兼以自嘲》:"天下澄清非我辈,人家脏臭管他娘",此外又如《题方唐漫画》:"关君屁事朝兴替",《遭谤、遭讼戏题》:"其丑自彰它代掩,教人真个肉都麻!"等等,这都是在愤怒之极时的一种直接宣泄,也有以子之矛攻子之盾,以丑话说丑事的意味。

  紫玉箫中,还有用谐音、拆字之处。谐音如《放麻风病区》:"麻风杆菌不麻我,怕是嫌沾座心名""名"与"铭"谐音。《知识粪子》:"知识频吹"粪"子香",又《答玉祥问瘦二首》之二"叟在病中焉不瘦！"都表现了逆境中的自嘲，饶有趣味。

总而言之，《紫玉箫集》语言特色鲜明，无论用字、造句，都被诗人强烈而灵动的主体意识所统帅，大胆突破理性编码的语言樊笼，驱遣自如，使它具多重暗示性，以获得情志的更深层，更完全的表达，是所谓"诗化语言"。在李汝伦与丁力同志的一次通信《为诗词形式一辩》中，他明确表示对"五四"新文化代表人物胡适"要须作诗如作文"和"话怎么说，诗就怎么写"的新诗理论的反对。他强调诗，特别是近体诗的格律"迫使诗人去选择最恰切、最浓缩、最形象、最富表现力的语言，把他的思想感情更集中、更有效、更艺术、更典型地予以表现……它也迫使诗人把一切可有可无的重复累赘的表现力差的语言通通删去，其结果是达到诗的高度精练"并标榜杜甫不仅以"诗史"反映他的时代，而且在于"他反映的手段是用形象，是用诗的语言"，并引刘勰《文心雕龙·通变》"望今制奇，参古定法"作为他在继承基础上琢炼字句，创新语言使之符合诗意表达的理论基础。

他反复强调"煅和推敲""煅句投篇酿绿醅"（《飞温州参加鹿鸣杯诗词大赛发奖仪式》"亲情共煅炎黄韵"（《呈丁家骏、黄继芦两翁》），"倘忆推敲诗影瘦"（《别〈澳门日报〉总编辑成俊、鹏骞兄》），等等。

当代诗坛多数人还停留在"合理合法"地把"情事"塞入平仄、押韵、对仗的框架，很少在对字句琢炼，使之诗化上下功夫。因此，很有必要读一读《紫玉箫集》，领悟一下什么是有别于日常散文的诗化语言，学习学习"紫玉箫"作者那种"不辞身影瘦"的认真的创作态度。这，就是我啰啰嗦嗦作此长文的动机。

目 录

总　序……………………………………………………郑欣淼 1
序…………………………………………………………刘　征 5
《性灵草》序……………………………………………华钟彦 9
万首凝成江海声
　　——初评当代诗词开拓者李汝伦……………………李经纶 13
着手成春　妙在性灵
　　——读李汝伦《紫玉箫集》…………………………吴调公 23
"秋水为神玉为骨"
　　——读李汝伦《紫玉箫集》…………………………李元洛 29
《紫玉箫二集》序………………………………………霍松林 41
紫玉箫吹别样声
　　——试论李汝伦近体诗的语言特色…………………侯孝琼 54

《格格轩诗词藏稿》选

故居池塘…………………………………………………………3
担　肥……………………………………………………………3
谜语《红楼梦》…………………………………………………4
拉胡琴……………………………………………………………4
冬　夜……………………………………………………………5
临江仙·自武汉夜航南京，与诗翁芦荻对饮长聊………………5
西安别友…………………………………………………………5
鹧鸪天……………………………………………………………6

雷　雨……………………………………………………… 6
遥　看……………………………………………………… 6
一九八八年天津京剧院三团
　　来穗演出赠团长李经文女士………………………… 7
听康万生唱《探阴山》…………………………………… 7
赠李宝荣女士……………………………………………… 7
赠刘明珠女士……………………………………………… 8
哈尔滨行…………………………………………………… 8
无题　二首选一…………………………………………… 8
赠王玉祥　二首…………………………………………… 9
王斯琴《王斯琴诗词》索题……………………………… 9
沁园春・长白诗会…………………………………………10
车中遇台湾老兵谈往………………………………………10
读《中华读书报》
　　《九一八七十周年祭》八首　选四 ………………11
辛巳中秋咏月………………………………………………12
悼诗书画金石家陶景明兄…………………………………13
过太平洋机上　三首………………………………………13
赠《双柳居诗词》主人蔡厚示、刘庆云…………………14
鹧鸪天・寿熊鉴兄八十……………………………………14
结缡卅年赠内………………………………………………14
邱海州《观云楼诗词》付梓命题…………………………15
苏杭纪游　西湖二首………………………………………15
聂绀弩百年诞辰……………………………………………16
鹧鸪天・孝琼函告心血管有碍……………………………16
宿苏州同里古凤园格格房…………………………………16

西　溪	17
游寒山寺	17
游退思园	17
游拙政园	17
寄霍松林诗丈	18
寄晓川	18
寄孝琼	18
寄崇增	18
寄从龙	18
寄元章	19
懵　懂	19
火　炬	19
平仄打油	19
赠别明锵词长	20
夜　游	20
闽西杂句	20
龙岩两岸诗词笔会赠台湾诗友	21
参观四堡雕版印刷遗址　三首选二	21
青玉案·游冠豸山·石门湖	22
高阳台·龙岩卷烟厂	22
步刘征兄龙岩诗会后见寄韵	22
附刘征诗	23
丙戌奉晋文公马君命， 　　和宋贤蔡襄《人日赠人》	23
悼王林书老弟	23
悼林锴兄	24

悼吴尊文丈…………………………………………… 24
读马斗全《思想者杂语·南窗寄傲》………………… 24
孙轶青《开创诗词新纪元》出版……………………… 25
偶　兴………………………………………………… 25
梁州令·晨兴………………………………………… 25
夜……………………………………………………… 25
乡中杂句……………………………………………… 26
杂　思………………………………………………… 26
难友来探……………………………………………… 26
病　中………………………………………………… 27
送家因老兄鸡毛笔书法赴香港展出…………………… 27
自　遣………………………………………………… 27
"四人帮"垮台后，初看京剧戏曲片
　　《野猪林》与《杨门女将》…………………… 27
看广州京剧团演《打渔杀家》
　　赠团长麒派老生傅祥麟先生…………………… 28
画家王立赠画竹……………………………………… 28
题画家陈洞庭三峡图………………………………… 28
黄安仁、林墉《海山复旦图》……………………… 28
木兰花·改正而感…………………………………… 29
啖荔三绝句…………………………………………… 29
去　就………………………………………………… 30
医　愚………………………………………………… 30
哀某类知识人物·双调南歌子……………………… 30
狱……………………………………………………… 31
立　地………………………………………………… 32

六榕寺花塔	32
半江桥	32
陵　园	33
念奴娇·郑州禹王台	33
车中与北客对话	33
再谢黄白丁兄赠"汝伦所读书"印	34
倚楼抒慨	34
秦安风情	34
大地湾史前遗址	35
谢康熙德先生赠藏玉璧石斧	35
赠鲁言兄	35
听秦安小曲	36
郑州丁云青女史画牡丹即题	36
悼诗翁芦荻	36
读纽约归来之梅振才、陈驰驹二兄	37
赠梁东散文集	37
河南诗词学会二十年	37
慰金亭丧偶	37
谢刘征兄赠裘皮	38
老画家方人定出其病中新作，即席赋	38
预为自家题墓　三首	39
草　庐	40
别人诗一束	40
鹧鸪天	41

《性灵草》选

柳　烟	45
端　阳	45
北京西直门外小憩	45
伏中武汉	45
珠　娘	46
夏　夜	46
凉　夜	46
寒夜　二首	47
车窗令・记归乡途中所见	47
浩　叹	48
莫愁湖写莫愁女塑像	48
乞妇行	49
含鄱口・鹧鸪天	50
浸月亭	50
别庐山	51
九江琵琶亭遗址	51
长安女儿　三首	52
车中远望太白山	52
长安怀杜甫	53
四月十八日独宿杜甫草堂　二首选一	53
武侯祠　三首选一	53
十二时・别重庆	54
《杜诗论稿》校后	54
鹧鸪天	54
寻贾谊故宅	55

影	55
少　年	55
白云山顶抒怀	56
偶遇某友偶谈旧事归而偶作	56
一剪梅·为漫画《女皇梦》配词	56
小令·醉高歌带摊破喜春来	57
社员假日独坐	57
答诗友·得湘中诸翁诗，奖勉太过，因草一绝以正之	57
采　樵	58
渔家傲	58
鼻　颂	58
故宅土　二首	59
西江月	59
头　科	59
再答诗友·前意未足，再诌一律	60
（小令）叨叨令·某女祭江四首	60
满江红·张志新	61
陂塘柳	62
如梦令三首　选二	62
得每戡教授手札	63
项　羽　二首选一	64
机上下望	64
南昌青云谱八大山人纪念馆	64
眺庐山	65
访新会能子村梁任公故居	65

别庐山 ·· 65
画师关山月赠《红梅》一幅 ································ 66
重庆南温泉仙女洞 ··· 66
题三苏祠东坡塑像 ··· 66
峡中小景　二首 ·· 67
蔡锷墓 ·· 67
与元洛登天心阁 ·· 67
登岳阳楼 ··· 68
清平乐·寄乐天宇教授 ······································· 68
石马村观桃即席二绝句 ······································ 69
《种瓜得豆集》付印 ·· 69

《紫玉箫集》选

紫玉箫·盘点诗稿偶作　二首 ························· 73
看手抄消息 ··· 74
八·一五日寇投降 ··· 74
归乡道上读书 ·· 74
车过松花江大桥 ·· 75
偶过伪满帝宫 ·· 75
兵　车 ·· 75
夜读闻哭 ··· 76
对　月 ·· 76
兰　叶 ·· 76
秋夜思　二首 ·· 77
　　怀初恋情人李玉香 ······································ 77
笼鸟吟四首 ··· 78
惊　心 ·· 79

不　题	79
干校第一次休假	80
感　时	80
涧　花	80
假日上集医病归途	81
牧　归	81
抒　闷	82
晨　炊	82
长春南湖	82
斗室歌	83
壶　中	84
答友人劝　二首	85
流花湖散步曲	86
湖　边	87
夜　街	87
旧岁岁暮登高	87
遣　闷	88
梅县车站	88
朝云墓	89
郊　行	89
乡中书事　二首	90
编《当代诗词》戏题	90
唐诗讨论会	91
兵马俑　二首	91
舟行小三峡	91
杜甫诞生千二百七十周年大会	92

昭君宅感事　三首选二 ………………………………… 92
屈原故里二首　选一 …………………………………… 92
迁居得有书斋　二首 …………………………………… 93
白帝城怀子美 …………………………………………… 93
闲坐自遣 ………………………………………………… 94
偶　书 …………………………………………………… 94
白云山　双溪 …………………………………………… 94
哀三峡五十韵 …………………………………………… 95
汉霸二王城讽古　三首 ………………………………… 97
黄河古渡抒怀 …………………………………………… 98
远眺大禹岭 ……………………………………………… 98
河清轩 …………………………………………………… 98
开封古吹台 ……………………………………………… 99
归　来 …………………………………………………… 99
《中美望厦条约》旧址石案 …………………………… 99
乘"惠警"号快艇访霞冲 ……………………………… 100
访澳头渔村 …………………………………………… 100
包公戏戏咏　四首选二 ……………………………… 100
　　　探阴山 ………………………………………… 100
　　　赤桑镇 ………………………………………… 101
京中探吕千飞兄病留赠 ……………………………… 101
车过农安所见 ………………………………………… 101
卢沟桥引 ……………………………………………… 102
京华别荒芜诗翁 ……………………………………… 103

《紫玉箫二集》选

日寇投降　三首 ……………………………………… 107

清　明　二首……………………………………108

雪　四首选三…………………………………108

弃　儿　二首…………………………………109

逃归者言　二首………………………………110

闻梅兰芳逝世消息……………………………110

楼头送雁………………………………………111

风………………………………………………111

忆　昨…………………………………………111

堤　上…………………………………………111

夜　醒…………………………………………112

秋场即兴………………………………………112

鹡　鸰…………………………………………112

野　望…………………………………………113

塘边小立………………………………………113

诗稿数首投溷…………………………………113

对牛谈…………………………………………114

读郭沫若《李白与杜甫》……………………114

壬子元夕　二首………………………………114

癸丑岁首有作，时足疾住院…………………115

卖破烂…………………………………………115

听　蝉…………………………………………116

红灯梦…………………………………………116

过　了…………………………………………117

"同年"友朱问病共感旧事……………………117

踏莎行·病中怀乡……………………………117

归乡途中………………………………………118

列车中看震后唐山	118
过山海关	118
夏日昼寝后作	118
到家与三位胞兄和胞姊共饮　二首	119
望香山思陈子昂《幽州台歌》有作	119
南　京	119
读杜　三首选二	120
春节花市买花口占	120
汉霸二王城讽古之四	120
满江红·友至	121
周谷城老人赠题《纵横诗史间》中堂	121
读唐偶得	121
劝酒辞	122
答玉祥问瘦　二首	122
扫	123
沁园春·山海关感史	123
别公骥师，嘱警杀鸡吓猴子，机上得句	123
夜　起	124
重到牡丹园	124
河满子·与数诗友晚步黄河	124
打苍蝇	124
参观黄河大学即席	125
追　呼	125
读赤壁之战地域论战文章戏作	125
蕲春李时珍纪念馆	125
别后谢东坡赤壁诗社诸家	126

熊鉴兄置酒邀与朱帆兄相过和熊兄……………………126
刺杂文家牧惠、燕祥、舒展、
　　老烈诸兄兼以自嘲　二首（时共宿蛇口）…………127
贵妃出浴雕像………………………………………………127
重到西安　二首……………………………………………128
去鸣沙山……………………………………………………128
鸿门宴仿古大帐及宴时群像………………………………129
去秦安………………………………………………………129
天水女娲像…………………………………………………130
过张掖所见…………………………………………………130
酒　泉………………………………………………………130
酒泉市鼓楼…………………………………………………130
满江红·望祁连山…………………………………………131
月牙泉………………………………………………………131
安西过后……………………………………………………131
玉门道上　三首选一………………………………………131
陇右闻见……………………………………………………132
黄昏行陇右公路……………………………………………132
陇右道中怀古………………………………………………133
瀚海三首　选二……………………………………………133
友人赠山石盆景……………………………………………133
辛亥革命八十周年　三首…………………………………134
飞霞洞外小憩………………………………………………134
傅作舟兄宴…………………………………………………135
读《长恨歌》………………………………………………135
西江月·题方唐漫画《回想》……………………………135

双调·折桂令　二首…………………………………136
思佳客·看京剧梅花奖得主秦雪玲表演……………136
赠李锐长者……………………………………………137
奉呈程千帆前辈………………………………………137
机上看天山……………………………………………137
天　池…………………………………………………137
屯垦战士………………………………………………138
饯春诗会………………………………………………138
调坤尧博士……………………………………………138
满江红·徐续、褚石《广州棋坛六十年史》索题………139
四九级同学聚会三首　选二…………………………139
南岳忠烈祠……………………………………………139
王船山像前……………………………………………140
登南岳祝融峰…………………………………………140
"文革"中佛寺被毁……………………………………140
遥奠钱锺书先生　七首选四…………………………141
文人下海有感　十四首选九…………………………142
乘筏泸溪河游仙水岩　二首…………………………144
羞　女　岩……………………………………………144
一剪梅·雁荡山………………………………………145
南歌子·夫妻峰………………………………………145
古阳关遗址……………………………………………145
寄秦安诗友……………………………………………146
纽约孔子塑像　二首…………………………………146
纽约林则徐塑像………………………………………147
金缕曲·别克平诗丈…………………………………147

屈原祠诸诗友纷为余摄影…………………………147
鸣沙山与斗全各撮细沙一瓶…………………………148
谢海内友好问病　六首选三…………………………148
陶像歌、兼谢工艺美术大家　刘藕生……………149
刘耦生《百虎图》歌…………………………………150
《京剧诗、文、画、书、印》　三十首选七……152
　　盖叫天………………………………………152
　　拾玉镯………………………………………152
　　宇宙锋………………………………………153
　　风雪山神庙…………………………………153
　　武松与潘金莲………………………………154
　　乌龙院………………………………………154
　　李清照………………………………………155

增补篇

胞姊雅贤墓上…………………………………………159
中秋怀乡………………………………………………159
戏　题…………………………………………………160
交　心　二首…………………………………………160
得母书…………………………………………………161
夜………………………………………………………161
胃　痛…………………………………………………161
从化温泉春昼…………………………………………161
敲　断…………………………………………………162
骑骆驼走鸣沙山………………………………………162
范仲淹…………………………………………………162
端　午…………………………………………………162

上清宫废址镇妖井…………………………………………163
鹧鸪天·游刘家峡水库……………………………………163
鹧鸪天·刘家峡水库赠黄河酒家老板娘…………………163
瓜州食瓜……………………………………………………164
枪毙大贪官…………………………………………………164
答蜇堪见赠…………………………………………………164
蚊　二首……………………………………………………165
夜　醒………………………………………………………165
放麻风病区…………………………………………………166
游河南宋陵感史……………………………………………166
杂　感　二首………………………………………………167
来　客………………………………………………………167
路侧梅花　二首……………………………………………168
访　旧………………………………………………………168
桂林游………………………………………………………169
　　桂林感旧………………………………………………169
　　宿阳朔…………………………………………………169
　　鸬　鹚…………………………………………………169
　　漓江行舟………………………………………………170
　　斗歌台，不欲登临……………………………………170
　　假　寐…………………………………………………170
　　盆……………………………………………………170
　　笛　声…………………………………………………171
　　水云图…………………………………………………171
　　画　心…………………………………………………171
　　旅　囊…………………………………………………171

梦 扉···171
　　文化城···172
自 憾···172
众 殍···172
和刘征烤鸭诗打油·································173
神 经···173
偷鱼赋·忆儿时趣事·······························174
客 自···174
读《两当轩集》感黄仲则 三首··················175
花 时···175
拾 穗···176
瘦字令···176

文章附录

为诗词 形式一辩·····································179
　　——与丁力同志的一次通信·················179
在中华诗词学会成立大会上的讲话··············194
　　下面谈谈两种值得深思的现象：···········198
诗的如是我观···207
　　一··207
　　二··207
　　三··208
　　四··208
　　五··208
　　六··209
　　七··209
　　八··210

九……………………………………………………210
　　十……………………………………………………210
诗词格律化运动的历史回顾………………………………212
　　从诗人时代开始……………………………………212
格律化诗词的几个时代……………………………………217
　　（一）格律美的觉醒时代……………………………217
　　（二）格律美的完成时代……………………………218
　　（三）格律美的发展时代……………………………219
　　（四）诗词格律美的噩梦时代………………………219
　　（五）诗词格律美的复苏时代………………………221
诗词格律的四大美人………………………………………226
　　声韵美…………………………………………………227
　　均齐美…………………………………………………229
　　对称美…………………………………………………230
出路在足下…………………………………………………241
　　——答友人问…………………………………………241
言志与缘情…………………………………………………245
创意·造境…………………………………………………249
　　——从几个诗词术语谈起……………………………249
后　记………………………………………………………259

《格格轩诗词藏稿》选

故居池塘

塘柳摇飞絮，人来鸟不惊。
夜凉飘露雨，朝暖煽花风。
拨苇池鱼嬉，穿林日影笼。
荷锄歌者过，远寺暮天钟。
恋恋幽人境，鸡鹅隔院墙。
诵书声暂锁，鸣鸟唱休妨。
夏夜眠深碧，秋宵染赭黄。
漫云天体大，投住小池塘。

【注】

余故居墙外数十米处，有池塘，杨柳兼葭，围绕丛生。余极喜之。少年读书时，每假日归来，必临之或诵书，或听鸟，或遐思。朱熹诗有云"半亩方塘一鉴开"，甚以为此而写也。因为已取"鉴塘"为字，并与余当时之名宝田义同或义近，又于小同学处讨得三号铅字粒，印于数张少年照片之上，至今犹存。后家圮池淹，"鉴塘"二字即不忍再用矣。

担 肥

苍山淡淡欲浮烟，赭褐衣同大溜边。
红紫双肩浇绿亩，缁黄一担泼青天。
闻香下马谁知味，尝粪吮疮你是田。
幸有野芳容许折，三更寻梦伴伊眠。

谜语《红楼梦》

大观园不妒情因，粉黛须眉咏自由。
尽兴端应吹紫竹，何床敢禁梦红楼。
朝生暮死尘归土，地老天荒枕恋头。
长揖飘然登古道，烟波淬剑莫回舟。

【注】

余少时痴迷诗文，不辞我为卿狂。初中投稿报刊，每投迭中，其后虽少而未断。上世纪五十年代初，同学中固有赏者，亦多妒者，物议纷纷，被指为资产其阶级（我本一穷书生），名利其思想（人无名，何以立天地？稿酬微薄，仅足一饭。何利之有？），自由其主义（自由者，天赋人权，可怜只有半点，何来主义？）民主生活会，余虽民而非主，成第一箭靶。某次墙报出一谜语："中文系学生想当作家——打一书名"，余即破为《红楼梦》，盖中文系宿舍为一红楼也，谜语实为讽我。毕业时，辞了红楼，囊了此梦而远走高飞，天涯孤旅。诗为南来后世作。时过半个世纪，已经全忘，偶从一笔记本封底出土，惊喜之，如逢少年小友。

拉胡琴

两条工尺伴长宵，击鼓无槌坐骂曹。
诸葛东风听马借，嫦娥月殿看梅飘。
声腔粉墨忠和佞，身手功夫夜继朝。
蓦地断弦安可续，月明谁教玉人箫。

冬 夜

我是何人谁舜尧？炎方冬树亦萧萧。
笔端每北三都赋，纸末常西万里桥。
魏蜀吴王争逐鹿，松梅竹国卜诛茅。
床冰被短棉花走，独赏星河影动摇。

临江仙·自武汉夜航南京，与诗翁芦荻对饮长聊

两颗飞霜拼断送[①]，初更马过三更。一壶往古感难胜，六朝风韵毕，商女也无声。　　东下楼船舱载酒，何须铁锁江横，精忠大盗论棋枰。栏干星月外，灯火报金陵。

【注】
① 韩愈《遣兴》："断送一生唯有酒，寻思百计不如闲"。

西安别友

长安佳气半消磨，掠把风沙谱骊歌。
底事主人停折柳？灞桥柳色已无多。

鹧鸪天

莫笑高阳旧酒徒，尊前小节亦真吾。
今灯古月联相照，棍棒由渠恋众儒。
衙里话，壁间书，非非是是欠糊涂。
男儿本色休吹捧，捉住长宵再一壶。

雷雨

何处沧浪问濯缨，闲门草木隐狰狞。
悲欢躲入三千梦，爱憎抛来四五更。
襟欲收凉开正得，杯由恋口锁难凭。
云沉乱序雷追电，天汗淋漓带雨鸣。

遥看

遥看李杜早心苏，顿觉才荒兴也枯。
忧乐幸关真肺腑，啸吟恨负好头颅。
宅临鬼蜮身临药，公向长安我向吴。
香国因缘谁有份？海东浪险不仙都。

一九八八年天津京剧院三团来穗演出赠团长李经文女士

韵透梅花月下魂,姮娥移玉下津门。
幽香缕缕翻歌袖,声满流杯太醉人。

听康万生唱《探阴山》

少年颠倒盛戎喉,霜鬓重听南海头。
一曲阴山包相国,天风吹落再生裘。

【注】
笔者少年家有裘盛戎《探阴山》唱片,丽歌唱片公司出品,是裘少年时灌制,一片童声。时有一小学同学杨荣第(十一岁)模仿其腔味,令长者叫绝。裘之唱片及小同学之腔,皆已无法再听矣,一叹!

赠李宝荣女士

菊部娟娟又小冬,烟云村树送晨钟。
少春有妹真堪慰,余派腔行过雁峰。

【注】
宝荣为少春先生幼妹,唱须生,功余派,上海人誉之为小冬重现。

赠刘明珠女士

桨荡莲塘一叶舟，玲珑却是女君秋。
花明水岸珠穿线，清响荧荧逐月流。

【注】
明珠女士为张君秋先生弟子。

哈尔滨行

戊辰夏与四哥、大姐及诸侄甥访祖父辈参加哈尔滨开埠，创业故地。

谁个仙娥抖素绸？百年前事问江流。
渔村屯聚身披汗，野味裁删屋变楼。
邻里车船思断续，子孙烟柳话沉浮。
拓天开埠先人宅，那见当时老灶头。

无题二首 选一

乘桴远去累形骸，双向迷蒙望水涯。
箪食壶浆人老去，春花秋月梦归来。
遗黎困顿南云淼，大道沦亡北阙乖。
游子黍离依昔泪，蒋山青色落秦淮。

赠王玉祥 二首

（一）

馨棰峰打众山苍，蓦地雷声滚列岗。
天女驱风花阵散，黄云逐电雨帘香。
无权君远侯门客，有奶伊充孺子娘。
丝竹宫深吟馆冷，待听猴戏报收场。

（二）

诗名休憾未成雷，曾向高云访白眉。
也北也南鸿是客，诸山诸岭岳当谁。
清泉送热花先发，紫塞尘寒雁反回。
臂肘互招横万里，长天碰响手中杯。

【注】
王玉祥：河北乐亭人。是中华诗词学会最年青的发起人之一，第一届理事。有诗词《天雨花集》《天雨花续集》问世。

王斯琴《王斯琴诗词》索题

东瓯才调聚钱塘，飞梦不辞云路长。
烟柳花朝佳句满，一湖秋月涨诗囊。

沁园春·长白诗会

　　长春，余学书习礼之地。浸润诗文，如见"东邻之子"，觉少艾之可慕；似步伊甸之园，羡禁果之当尝。大蒙方启，小荷初露，尽于长春完成。及长，心厌左道而辞乡梓之风，别骨肉之亲，异乡异客，长作岭南人，恰整五十年矣。今之与长白诗会者，多有老朋、至交或神交久者。本应入吹竽之队，为促膝之吟，解怀思之悃，然苦于疢疾，徘徊竟夕，憾上路之艰，食卧之窘，尤不甘痤骨家山也，余畏死之徒耳。且余好发狂谬，恐"郑声之乱雅乐"而冒渎群听。为报召唤之诚，欲便雅会得清净平安，岂不善战！

　　仲夏春城，重筑兰亭，再辟吟场。料关东雅客，五湖俊士，纷纷老友，济济明堂。白雪山悬，松花浪逐，宾主歌酬竞举觞。君知否，有天涯病雁，御梦归翔。　　那堪回首荒唐，逢劫数，狂烂没列冈。幸田园转绿，阿伦未死，铜声瘦骨，佛子柔肠。寄望诸公，梅妆面对；早把诗情尽解囊。登楼去，引乡心更重，分付词章。

车中遇台湾老兵谈往

天苍苍下海茫茫，烽火当年刺虎场。
去土辞亲乡路断，归心惹梦夜舟航。
柴门泪尽魂依闾，峡雾云迷浪筑墙。
满目田园不我识，相逢萍水也沾裳。

读《中华读书报》《九一八七十周年祭》 八首选四

（一）

一夜霜生丧吉辽，星光哭碎雁南逃。
月明空待将军令，战梦风寒冷战袍。

（二）

南国邮传诤友声，忍心再弃锦州城。
重门帅府酣胡虏，麻雀佳人醉北平。

（三）

乡关泪血满平芜，箫管皮黄乐故都，
好曲还从天上觅，墨家少妇肉胸苏。

（四）

忍看家山草木摧，松花江上载歌悲。
关东春色无消息，是好男儿亮剑归。

辛巳中秋咏月

中镇诗社电话布告：社员相约今晚八时于全国各地同时看月，每人缴诗一首。公为顾问，有诗固好，无诗可免。置余例外，心有不平，唯少捷才耳。"郎处山高月上迟"，余非郎，翁也。高者非山，楼也。诗兴荒芜久矣，待月看月之际，句竟不俟邀而来，亦不依垅序而出，此嫦娥赐桂酒之功乎！

天山明月出俗尘，移玉岭海访故人。
自料月分三十五①，凝目清光圆一轮。
初更庭外槟榔树，槟榔正待桂树临。
诗兴暗随清影起，秋叶轻怜久病身。
太白有邀杯正满，今宵何地报醺醺？
自古此月动诗客，天涯孤馆共逡巡。
月之律也盈则亏，天之律也裁寒温。
愁何众也欢何少，富何富也贫何贫。
过江之鲫贪猾贼，恒河沙数下岗群。
前年此日双子塔，烟送三千枉死魂。
心憎人间嗜血者，双耳不堪恐怖闻。
欲寄一扎呈金镜，积累愚诚思具陈。
婵娟羞为愚夫舞，桂酒莫向奸王醇。
妍媸善恶薰莸辨，是非真假泾渭分。
清光更多穿伪史，盈亏持平付全民。
风高天朗人间路，花木山河造化均。
诸君分月风骚响，老顽愿推月殿门。
言罢树摇千秋色，怕招夜半醉尉嗔。

【注】
① 指三十五位社员。

悼诗书画金石家陶景明兄

遗言国宝更增哀，少智多愚燕雀猜。
画里寻君三径扫，墨边觅韵九皋开。
每描鬼物寒生剑，共问苍生热系怀。
回望山川双堕泪，轻尘瘦影故人来。

过太平洋机上 三首

（一）

日影无心量短长，人间天上一炎凉。
云棉已暖难为卧，斜倚舷窗看混茫。

（二）

去来天海过冥鸿，昏晓相割日月同。
万里故邦堆锦锈，好传花信自由风。

（三）

告辞异俗快哉归，渡罢星河品晚晖。
安大略湖云化雪，乡关冷暖问伊谁。

赠《双柳居诗词》主人蔡厚示、刘庆云

摇曳丝长连理寻，闺中诵并漫游吟。
黄鹂鸣后双眠柳，多少于飞起妒心。

鹧鸪天·寿熊鉴兄八十

独富泉流路不平，雅骚缘结弟兄情。昏灯略草除妖橛，一目了然透底层①。　腰骨直，剑芒横，暮年赋就冠旗亭。萧萧翠柏苍苍发，何必千秋皓皓名。

【注】
① 熊鉴兄已一目失明。

结缡卅年赠内

未许牛衣泣夜寒，帆开正道逆风船。
感君赏我临风笔，孤客怜卿补石天。
尘土公侯贫也富，珍珠儿女①孝哉贤。
心期再傍芙蓉渡，彼岸重营此岸缘。

【注】
① 儿女中有一博士、一编审、一研究员、一画家兼省人大代表。

邱海州《观云楼诗词》付梓命题

凭栏把酒看云生，思入苍茫化太清。
绿树千姿邀鹤舞，白波一带送鸥鸣。
晦明等是天浮海，长短全为笔采情。
楼外词人楼上月，红牙铁板解余酲。

苏杭纪游西湖 二首

（一）

浙上人文聚大观，平湖层岭尽描难。
奇由烟雨晴宜醉，夏浴荷风雪爱残。
八月钱塘朝一岳，六朝游目渡三潭。
白苏堤种皆诗柳，共道吟家育好官。

（二）

月似眉舒岭尚青，江南秋老未闻莺。
杨公人记疏湖策，许氏仙缘借伞情。
印舍西泠金石铸，独峰侠女剑芒横。
诗人最痛苍黎苦，此是双堤柳浪声。

聂绀弩百年诞辰

搓绳伐木厕当清，北大荒天月失明。
冻土广开三字狱，殿堂早罢四维经。
牛虻蚊蚋争皮服，布袜芒鞋走墨刑。
剩有坟头奇句响，百年挂剑泪犹零。

鹧鸪天·孝琼函告心血管有碍

鹦鹉洲边听九歌，潺湲底事扰湘娥？
东湖眇眇旗舒卷，阅马朝驰剑器磨。
神要定，气当和，浑忘烦恼但呵呵。
吉人心有高天相，朋辈思听破阵么？

宿苏州同里古风园格格房

格格香闺未有春，雕床忽觉古稀身。
一宵二百年前梦，花树犹招宿世因。

【注】

　　古风园之客房，家私皆明清遗物。并以高官府第命名，如太师府、宰相府、翰林府等，余则独选格格房。格格虽贵，毕竟非官非宦，无爵无禄。且余有轩名格格轩，因与恶政腐官浊俗格格不入，故而名焉。

西 溪

吴王宫里别西子，再访苎萝村上施。
不见浣纱溪畔手，潜回苇港捻桃枝。

游寒山寺

渔火江枫不可寻，游人谁个解愁心？
当年钟侧僧何在？一记诗敲响到今。

游退思园

花木迴廊径欲迷，立锥无地可牵思？
楼台亭榭堆金地，为问来由世所疑。

游拙政园

千里来寻四海夸，诗人故宅付堪嗟。
暮归府署朝归寺，楼映林园榭映花。
雅颂何关今拙政，沧桑犹赖古铅华。
匆匆恋恋还回首，星也灯乎透素纱。

【注】
拙政园最早为晚唐诗人陆龟蒙故宅。

寄霍松林诗丈

化成桃李一蹊春,眉寿文章日又新。
吾斗吾山师也友,川原难阻是心邻。

寄晓川

君家藏富见醇醪,报道乔迁味更高。
三月烟花非我有,花间难再一壶豪。

寄孝琼

南风一缕奏文君,儿女灯前正娱亲。
才笔飞泉人未老,自凭红袖品甘醇。

寄崇增

几度金貂换未忘,遄飞逸兴读华章。
锦心投放香时节,岭上诗声傲海疆。

寄从龙

春芳应早据龙蟠,阴雨时侵格格轩。
小院花丛无计送,杖头钱汇十三元。

寄元章

料得申江草木醒，踏歌人远五羊城。
思君一岁回肠九，肝胆何时载酒倾。

懵 懂

李生懵懂本无才，推也敲乎脑不开。
敬谢毛锥知自荐，酒酣一握有神来。

火 炬

火炬烧空进我庭，绿衣大姐眼何青？
海西烟雨迷濛日，惴惴羞闻女士名。

平仄打油

攻诗平仄憾平平，仄仄初完仄仄平。
凑毕平平敲仄仄，推平还恼又平平。

赠别明锵词长

湖山为宅德为邻,憾少青铜铸雅人。
堤上酒狂扶醉柳,湖边秋月拜骚魂。
信陵客到诗书画,剧孟风旋美善真。
此日西溪同讨恶,钱塘百代又王孙。

夜 游

紫荆初满树,嘶哑老旦声。
腹尽江河酒,才亏言马生。
徘徊花径曲,伫立月影清。
凉露草衣湿,乡思入淼溟。

闽西杂句

佳人空谷玉兰栖,游屐匆匆憾到迟。
只恐归魂还陷梦,神疲无桨渡相思。
山容水态绿堆堆,自度登徒舍我谁?
步步吟鞋呼怅怅,苍颜难娶一峰回。
围灯笑语乐天伦,环月投来山水邻。
直下龙岩非黩武,输心创作土楼人。

龙岩两岸诗词笔会赠台湾诗友

一架诗桥跨海横，金瓯心脉灌浇成。
无涯风雨邮程闭，有泪川原战血凝。
六十年归形锈损，万千篇拭月澄明。
峡中水满研香墨，再洗干戈护鹡鸰。

参观四堡雕版印刷遗址 三首选二

（一）

远来先未问桑麻，百拜书坊雕版家。
文化国中南岳又，最高峰放最香花。

（二）

忆昔腰弯颈挂牌，儒尘坑尽物情乖。
焚书岂胜焚雕版，冷灶烧红半岁柴。

【注】
　　导游者言，雕版数十万件，包括各种启蒙书、经、史、子、集，医药、诗词、小说、堪舆、筮卜、星算以及大量明清禁书，尽行抄没。令居民炊火，烧半年未绝。

青玉案·游冠豸山·石门湖

月霞石色风光异,好冠豸,消魂地。曲巷通衢罗酒肆。深闺人在,琐窗谁识,纳采迎佳婿。　今宵合写天台记,生命之门羞不闭。为问多情情几许?一湖丝雨,满船心字,何妨书千次。

高阳台·龙岩卷烟厂

不道倾城,湖山对奕,楼台玉佩华裳。绿草红毡,声飘袖带忙忙。休分贵贱生和旦,过唇边,颊齿凝香。有婵娟,迷落云头,神女高唐。　当初雾霭堪滋味,促诗文顺产,漫执清尝。冷帐无眠,一支到手一杯酒,胜刘伶,尼古丁粮。已衰矣,断斩情缘,江海相忘。

步刘征兄龙岩诗会后见寄韵

首首群诗会,高岩亦快哉。
赏公蓬鬓雪,突阵冠军才。
敢胜王杨体,知怜嵇阮哀。
临池挥意兴,多寄雅音来。

附刘征诗

乍见忽零泪，相逢何快哉！
立身唯劲骨，旷世独高才。
笔许投枪利，心存蓬户哀。
莫伤多苦厄，天遣拓荒来。

丙戌奉晋文公马君命，和宋贤蔡襄《人日赠人》

扶衰难放酒杯船，往事迷离月在烟。
音书已步三千里，骚雅当灰十百篇。
恶徒大盗剿非尽，俗累牢愁去又还。
辜负昔贤人日句，尖头奴遇狗儿年。

悼王林书老弟

吟谊交亲二十年，吊君先我结仙缘。
倾心灯火浈江水，讨鬼文章子胥鞭。
铮骨清才弓射海，白门意气柳飞烟。
万言《诗鉴》留天地[①]，扛鼎千钧不下肩。

【注】
① 《诗鉴》林书遗作，幸在弥留之际出版。

悼林锴兄

讣告雷轰得豆庐，云车料已半仙途。
蓬莱路苦三山远，白玉楼寒四绝无。
青鸟殷勤天外信，洪波咳唾海心珠。
同游尽入长追忆，声寄安魂向浪呼。

悼吴尊文丈

霓虹钟鼓帜垂天，大雅魂辞返列仙。
海岳交亲织泪雨，风云翰墨驻崖巅。
十根肋断脊梁在，千载声留斗宿怜。
从此山川非阻绝，恣疑问道一飞间。

【注】

于"李汝伦诗词研讨会"上，时吴公早已双目失明，不能著文，公首作发言，当场一气吟绝句二十首，令人感激零涕。

读马斗全《思想者杂语·南窗寄傲》

试谒文公议举贤，汾河柳好杏花天。
艰辛人过羊肠坂，磊落诗喷难老泉。
地狱关门思想者，南窗寄傲觉迷间。
几番晤对倾心腹，都问风光在那边？

孙轶青《开创诗词新纪元》出版

萧萧白发一灯明，犹见殷殷赤子情。
浪险长河舟自壮，石多仄径路须平。
热风地渴呼嘉雨，新酒人酣启旧瓶。
春草春花诗翠陌，征鞍不卸亚夫营。

偶 兴

田家粤语唤牛粗，惊破蒙胧睡里图。
薄暮榕荫归鸟噪，昏灯吟兴近秋疏。
学炊宁戚终然也，拜送周公久矣夫。
学挂汉书君有角，今钩竹笠不钩书。

梁州令·晨兴

昨夜浓云会，尽化丝丝雨坠。新苗托举半轮红，青峦初醒，凝目田家妹。　　路弯石桥香泥退，小艇人犹睡。梦犹蜀犬狂吠，山乡可允渊明醉？

夜

冷枕匆匆梦自由，醒来支手漫搜求。
清风明月凭心弄，点点星儿点点愁。

乡中杂句

昨宵急雨打三更，败叶敲窗蛙鼓声。
无赖微云风抹去，西山依旧逗青青。
少艾南邻眇眇兮，黄昏含睇欲语迟。
桑中有约今辜负，逐客人言可畏时。

杂 思

五湖衣服乱华人，宵小该群斗彼群。
床侧已无酣睡者，前锋斩首大家臣。
王奴扫帚到斯文，赤了川原黑了坟。
独步窝囊长叹息，芸芸如草况精魂。
墙边阿Q调王胡，遍国赫鲁揪晓夫。
弹带飕飕寻白骨，原来社鼠猎城狐。

难友来探

寒凉贞士户为开，古也萧条此更乖。
瓦鼎煤红听药泣，禁书字老待心裁。
春花残后秋枝怨，君罪罹前我祸来。
倘使自由归五孔，洞萧吹上凤凰台。

病 中

寂寂窗寒一鸟过，疏疏残叶恋条柯。
夕阳滚落西山去，夜气呦呦小鬼多。

送家因老兄鸡毛笔书法赴香港展出

一扫千军文阵刀，婆娑飞燕舞娇娆。
悬针瘦露崚嶒骨，如此鸡毛真凤毛。

自 遣

神乎佛也枉香灰，读古思今滪澦堆。
忍见参天刀锯劫，常怜弱肉虎狼追。
苍生白骨山连岭，龙卷黑云电喘雷。
吾患青囊乏术病，周身扩散大慈悲。

"四人帮"垮台后，初看京剧戏曲片《野猪林》与《杨门女将》

故旧逃归自鬼城，梦萦十载乱离声。
一弦一柱催双泪，拂去阴霾月正明。

看广州京剧团演《打渔杀家》赠团长麒派老生傅祥麟先生

一自春风荡素波，英雄豪气又婆娑。
十年泪血凝冰谷，百岁弦丝困女魔。
麒派有公传绝唱，琴台得座赏沧波。
园中速植桃兼李，绛雪琼绡怕不多。

画家王立赠画竹

植得胸中十万株，屏开百亩翠筠图。
携归三四竿竿劲，从此不愁居也无。

题画家陈洞庭三峡图

剪取巫山水一程，长毫挥动浪飞鸣。
他年暮雨朝云月，一落平湖底处行。

黄安仁、林墉《海山复旦图》

辉辉消夜气，万寿费三呼。
物候人间换，芳菲烂漫舒。

木兰花·改正而感

乐把山群称块垒，二十流年伤忆水。焚坑事业跨高栏，白昼人间听闹鬼。　　为问岸边春到未？歇否落红偷滴泪。光阴顺逆几番分，除却梦乡通报废。

啖荔三绝句

应著名荔乡从化之邀，参加"蝉鸣荔熟咏新诗"活动，即席

溪边叶底热蝉鸣，树树红妆裹玉晶。
白傅东坡当记取，唐家古道马蹄声[1]。

名高南岭果之王，捉得群王助酒肠。
堪笑魏源不识味[2]，大苏牙齿贵妃床。

曲径幽幽累累红，烟村内外布纱笼。
三章小咏题林下，不惜花间草木同。

【注】

[1] 杨玉环嗜岭南荔枝，命送长安，杜甫有"百马死山谷"之句。白居易、东坡皆云所送乃是四川荔枝，笔者有专文辨之，见拙著《种瓜得豆集》。

[2] 清诗人魏源曾指荔枝为"果品之最下"。

去 就

去就难能伟丈夫，种瓜得豆主曾奴。
狂来酒后孙吴策，弹到牛前孔孟徒。
人也所讥君也有，祸兮常伴福兮无。
兴衰生死轮回在，看尽灯昏鬼画符。

医 愚

问天何药可医愚？《说苑》刘公迷信书[①]。
巧伪能盲千士目，甘香堪役万方奴。
黄金屋里亏文字，风月场中闹赌徒。
偷得焚余嬴政火，一烧胜过砍头颅。

【注】
① 汉·刘向《说苑》："书，犹药也，服之可以医愚。"

哀某类知识人物·双调南歌子

老娘遗恨在，空怜掌上珠，不期奴下去成奴[①]，获奖只因手狠棍儿粗。　　不是刑天态，何由脑袋无，谁云多读可医愚，为问先生读了那家书。

【注】
① 京剧《打渔杀家》中，萧恩骂为虎作伥之教师爷等为"奴下奴"。

狱

何事呱呱堕，人生报到初。
天人一气生，气之聚也夫。
腹中无星月，隔山闻号呼。
似牢免桎梏，有眼似无珠。
小劫功圆满，母亲痛立缓。
襁褓备未加，举动如蚕茧。
来此为个甚？动如呼作犬。
大劫拥道边，人道有三千。
所遇皆障业，轮回三界天。
天下寺庙多，据住好林泉。
感谢慈母亲，授我菩提观。
可怜苦如丝，行行遭拘牵。
原意本天真，半世证前因。
受骗拔舌狱，消残自在身。
唯有思入缚，突围唱酸辛。
礼运大同国，不弃酒与色。
吾本从俗尘，难耐参与坐。
只需平相等，物物不相格。
花草亦朋友，何必炭与冰。
兄弟相杀戮，子夜感难胜。
浊酒积愁洗，哭泣相终始。
净土无力寻，万里复万程。
地狱十八层，阴风惨幽冥。
奈河桥架险，桥下聚恶虫。
大善始得渡，小过过不行。
跌落尸成粪，谁管万岁名。

《庄子·知北游》"人之生，气之聚也"。

立 地

耻向风前学柳丝，苍茫闭路问何之？
冲天一啸刀丛过，血性男儿立地诗。

六榕寺花塔

香墨东坡题六榕，名花千载住花城。
南流珠水白罗绕？北矗云山碧障横。
绿瓦星临情脉脉，书窗日赏玉亭亭。
晨钟暮鼓禅声近，不报良工美匠名。

【注】
余所住七楼，书房东窗正对花塔。

半 江 桥

昆都山树隐迢迢，老迈舟横话旧朝。
文塔摇铃新韵事，一江烟雨半江桥。

【注】
与胡希明老人等游三水县河口镇。肆江诗社社长陈奋指江心告云，此旧朝人物余汉谋主粤时所建渡江码头，伸入江心，甚具特色，笔者建议可名"半江桥"。

陵 园

岁岁清明生者忙，牺牲醴物祭刀枪。
本未疆场争对寇，无非兄弟阋于墙。
莲步凤鞋歌满院，汉宫萝月酒盈觞。
不仁天地愚刍狗，斗兽场关转墓场。

念奴娇·郑州禹王台

级梯三百，最红霞射处，清明时节。望里黄流天欲染，匆又堆云如雪。疏渚开河，狂澜尽伏，千古奇功崛。归时浩叹，应愁龙种驽劣。　　多少废立兴亡，祸民终始，才士歌还咽。野火春风烧未死，十万陈东伏阙。渺渺燕幽，云车初动，碾破危栏铁。蓦然回顾，石头雕像生热。

车中与北客对话

惆怅中州十日还，临窗北客话幽燕。
地腾慷慨悲歌气，旗展熹微太白巅。
贾谊有书忧汉室，赣江无处觅廉泉。
遥知象魏桥中水，倒照兵声鹤唳天。

再谢黄白丁兄赠"汝伦所读书"印

青田石润篆刀圆,顿似芝泥印聚书[①]。
四壁唯凭伊结友,半生有幸纸当庐。
前年相赠白梅画,黄河频倾绿酒壶。
大别山不遮澹月,晨昏展卷见通途。

【注】
① 庚信:《汉武帝聚书赞》:"芝泥印上玉匣封"。

倚楼抒慨

浇愁物落涨愁愁,月锁云浮人倚楼。
墨染千层招妒字,肩担一颗试刀头。
葫芦依样新狮虎,沧海曾经旧马牛。
雨横风狂摧曙色,遥观灯火照红流。

秦安风情

礼失求诸野义方,筠风古道热心肠。
藜床石凳杯常满,画印诗书住满堂。
风雅乡兼才士乡,史篇骚雅放吟场。
我来最念安维峻,二水联波照列岗。

大地湾史前遗址

洪荒时节智能殊，礼柱重檐太古初。
人类垂髫天悟重，史篇应挂冠军图。
古原小镇举杯招，大地湾头玉翠翘。
极目八千年外影，几番折煞李郎腰。
遗珠一亩出穷陬，考古人来好个秋。
地下膏粱眠正熟，菊香万顷带黄收。

谢康熙德先生赠藏玉璧石斧

瑛瑶故里是蓝田，石斧为公了俗缘。
柱杖叩关劳太史，功名掷处现青莲。

【注】
熙德先生为一老革命，然扬弃利禄，屡蒙诏而不赴，醉心史学。曾将所补正之秦安县志及据《紫玉箫集》而作之年谱见示。

赠鲁言兄

陇原几度立苍茫，西鄙风情惹兴长。
庄浪渡桥横崛突，大通河水透昂藏。
相输肝胆风盈袖，招诱诗骚笔作簧。
吟罢秦王川满眼，青青稻麦句千行。

听秦安小曲

宛妙玲珑天际闻，黄鹂声下柳丝裙。
酒攻南客歌归院，半落吴江半陇云。

郑州丁云青女史画牡丹即题

绝似春风访洛阳，牡丹园醉老诗狂。
翩然蝶扑香笺蕊，不是花香是墨香。

悼诗翁芦荻

风雨交情四十年，每携樽酒到诗前。
放言祸母连冠右，互解心声到性天。
病榻相招促我泪，荻花别赠代公签。
却嫌澳国多炎暑，桑梓秋凉正好眠。

【注】
　　芦荻翁自澳洲归来养疴，住省医东病区，余两度往探、病危前一日命人召余一见，泪眼执手，自言已在膏肓，无力驱除二竖，有诗人熊鉴同来，翁命以最后一册《荻花集》赠熊，请余代为签名。
　　曩者荻翁每有诗成，必初曙之际召我去茶楼为他改诗，自云"未经老弟看过，我不放心"。一九五七年鸣放会，余与之联座，其发言后。余继之，于然同时招祸。

读纽约归来之梅振才、陈驰驹二兄

今宵月正故乡明,曾照归心万里程。
台上馔凉因话旧,天涯人远老交情。
一秋爽气来空外,五岭新梅待水横。
若许劫波常不再,卧游星斗尽余醒。

赠梁东散文集

书道皮黄骚雅三,文章云起大江天。
锦心半被乌纱误,存蓄风流好雨轩。

河南诗词学会二十年

游踪几度量春时,风物中原系梦思。
独个临川夫子叹,两家逐鹿帝王诗。
少陵坟外怀包拯,伊阙山中访拾遗。
二十年间追富贵,于今人爱牡丹题。

慰金亭丧偶

燕山吊影送仙舟,何术为君拭泪流。
珍摄吟身安地下,诗坛有待早清眸。

谢刘征兄赠裘皮

长安雪正寒，不度骑田岭。
北风窜岭外，雨冻川原冷。
楚王居何心，来问周王鼎？
天地有玄黄，南北赛荒唐。
北将农夫煮，南岂尽热汤。
室中无暖气，骨外失脂肪。
披棉空呵手，著书指半僵。
一息系游丝，最是瘦客知。
燕人刘征者，千里送裘皮。
猛獒十万急，衔命暖我衣。
感公义气高，一袭胜缔袍。
古风死未绝，角哀左伯桃。
管鲍怜才热，摈弃势利交。
少陵锦江头，长吟屋漏忧。
秦中白大傅，心期万丈裘。
安散裘棉库，遍赠寒中愁。

老画家方人定出其病中新作，即席赋

银流乍泻雉初惊，碎玉琼花调玉筝。
笔到山深寻望岁，层田尽染最关情。

预为自家题墓 三首

（一）

丈二刚肠绕指柔，敢抛爱爱与仇仇。
忖量未许儒冠误，漂泊常随杜圣愁。
小隐地非干净土，大罗天满倒仓喉。
百年休戚凭谁说，炉火千金白洁留。

（二）

老左空劳鹿马颠，炼炉一碎律当然。
曾经烽火连三月，难送昆仑过百年。
文胆小摧罗织网，诗魂大搅自由天。
青蝇吊客如相问，浊物休来败好眠！

（三）

逆旅人生恋本枝，年年有数计归期。
顽石空磨铜铁骨，苍颜始断海天思。
汗漫离踪千里雁，幽冥娱老一囊诗。
约邀兄姊严慈墅，来补几心欲养迟[①]。

【注】
① 《孔子家语·致思第八》："夫树欲静而风不停，子欲养而亲不待。往而不来者，年也；不可再见者，亲也。"

草 庐

枕着潺潺享草庐，溪山庵结画中如。
民居有梦无灯火，反得通明读夜书。

【注】

　　时在大跃进，右记人物被指令挤住草棚，棚右有山，左有溪，前后灌木草丛，如布鹿砦，似隐钩牙。诗人黄雨写诗，有句云"梦乡别有天和地，何需灯火照通明"，表面批评浪费，实则示关心党国。岂知大开灯火利于保安监管，余则喜可偷光读书也。

别人诗一束

双影迟徊对月明，春宵苦短话生平。
诗行引瀑横波水，浩漫今生未了情。
绵绵有恨付轻尘，辜负当时待嫁身。
绿草若开来世路，月明重照并肩人。
车载离忧万缕牵，笛声人远不牵还。
同窗妄作同心结，两个卿卿剩可怜。
短亭停处亦亭长，会也匆匆别也忙。
洁本洁来还洁去，柳条折断是离肠。
聚短离长四望空，偷啼絃断曲声终。
愁眉锁向人归处，独伫湖边那夜风。

鹧鸪天

忆昔无言相对时，晚风摇倦绿杨枝。
秋霜度度凋朱鬓，唯此沉疴不可医。
吟不尽，苦重离，难求月照二人衣。
寻寻觅觅何从拾，两颗伤心满路遗。

《性灵草》选

柳 烟

柳烟突涨片云低,缫为飘飘洒洒丝。
霜鬓老亲闲不住,携锄又向豆园西。

端 阳

百颗珍珠一粒粮,春来炮火过端阳。
全家十口糠和菜,半个窝头奉老娘。

北京西直门外小憩

游归歇看古城墙,丝柳濠边抹夕阳。
指点一排雄堞远,数来多少古兴亡。

(一九五三年)

伏中武汉

初来鄂渚访名都,恍似遭人下火炉。
热痱逶迤颡到踵,夜街横竖嫂和姑。
阳汤沸沸迎头泼,冰棒隆隆振耳呼。
武汉伏中真捂汗,枕头床板五湖图。

珠 娘

歌儿灯火弄篙人，未点胭脂亦绛唇。
大瓣纱衫宽脚板，最堪怜处是佯嗔。

周末与诸同寅游荔枝湾公园，余独与一友买艇，撑竹者为一年嫩珠娘。

（一九五三年十一月）

夏 夜

村头弦月稻香徊，嫂嫂姑姑笑井台。
洗尽田间三伏火，海风送个小秋来。

（一九六五年七月）

凉 夜

凉夜禁书读，兵车过耳聋。
有墙皆字大，无柱不榴红。
小屋登千里，长街棘万丛。
寻思归宿地，月窟转朦胧。

（一九六七年十一月）

寒夜 二首

（一）

万木萧疏野径荒，莺巢冰结燕巢霜。
三冬莫傲寒似铁，总有诗声冻未僵。

（二）

沉沉层岭睡方酣，死水坚凝夜一潭。
曲腿缩肩芳草梦，杏花春雨逛江南。

（一九七一年十二月）

车窗令·记归乡途中所见

　　行李粗挎，乘夜车发，镰月车窗挂。似告我此行非是，梦里还家。来时绿鬓，归日衰煞。　　闲手书拿，淡淡清茶。对车窗学不成风雅，共萍水相逢，竟昼长嗟。芙蓉国芙蓉谢去，升平断了抽芽。无限风光，十年"四大"，莺歌燕舞，自险峰跌作一席虚话。　　望村边犹剩，尧舜犁铧，秦汉连枷，唐宋篱笆。缕缕炊烟，搅抹抹残霞。小毛驴懒洋洋地，车儿驾，小牛犊歇柳下。想当年此地曾夸：瓜般的芝麻，牛般的瓜。到而今，独有空气无亏入画。

浩 叹

晚日湖边尧舜民，莺歌燕舞枕中寻。
眼酸万点千行雨，天苦七魔八怪云。
打杀牡丹开紫瓣①，怕休松柏化乾薪②。
无声浩叹填穹宇，文化人黩文化人。

【注】

① 指著名文字狱"牡丹诗案"。清乾隆皇认为《咏紫牡丹》诗"夺朱非正色，异种也称王"一句是讽刺满族"异种"夺了明代朱家天下。

② 唐诗人刘希夷诗《洛阳篇》中，有"洛阳城东桃李花，飞来飞去落谁家"，"已有松柏摧为薪，更闻桑田变成海"，"年年岁岁花相似，岁岁年年人不同"等句，被媚附武则天的诗人宋之问所构陷，言为讽刺时政。又有云宋之问欲据此诗为已有，因而害之。

（一九七三年四月）

莫愁湖写莫愁女塑像

少小诗中识绰约，相迎今日情不薄。
六朝烟雨秦淮讴，胜棋楼敲灯花落。
风尘一去郁金堂，少妇心事荷花托。
访客多是劫余灰，念二年中我萧索。
块垒积为层岩堆，汲取湖光胸头濯。
伊道湖有愁千缸，骚人濯之愁更作。
畏尔游士愁难禁，频将朱唇呼莫莫！

乞妇行

有事惠州值岁暮，江轮瑟瑟东江渡。
忽闻小儿呼人声，蓬鬓村妇城郊路。
面涂菜色睛无光，衲头破盏倚颓墙。
皱纸歪斜书大字：贫农三代衡山阳。
趋前俯身细讯问，呐呐讳说心积忿。
天公行令失律多，官家风雨难调顺。
农户谁敢饲鸡豚，荒废自留半亩园。
百姓有曲无处直，千家一苦为谁言？
前年春乾秋霖溢，去年夫丧翁衰疾。
我弱待哺两饥儿，三飧糙粝何由出？
闻道岭外冬少寒，千里一儿乞行南。
音断祖孙守蓬荜，一老一少逢岁阑。
言罢酸泪双双堕，月来艰难足似跛。
按儿大礼谢叔叔，但愿天下善心多几颗！
我析困顿属暂时，未来日子当红火。
闻我斯语增辛酸，言到归乡足力殚，
抚儿怀中声咽喧，爷爷哥哥可平安？
雁落衡阳人过岭，隔山隔水不隔冷。
星河渗淡横长街，檐下每每长夜醒。
小儿为母拭泪行，我心波澜鼻如创。
抬头壁上留晚照，凛冽大字"粮为纲"。

（一九七五年十二月）

鹧鸪天·含鄱口

淼淼鄱阳万顷姿,含来喷作瀑声奇。青崖醉卧苍波晚,千古沉浮一梦思。　烟抹抹,水迷迷,白帆淡入素琉璃。诗心已共湖光化,痴看斜阳戏浪时。

浸月亭

主人相邀浸月亭,甘棠湖月琼华凝。
凭栏怀想周郎事,艰危还留顾曲情。
雄姿英发点猛将,艨艟旗展波涛壮。
赤壁一火照三分,功勋纷纷报虎怅。
凯唱东风赤壁回,小乔正倚梳妆台。
为贺良人孙吴业,香醇佳鲙为安排。
十月黄菊三月柳,诗人词客丹青手。
都督府外感慨深,梳妆台下徘徊久。
忽来劫火冲天烧,魔罗可恃凶焰高。
大地长天声声哭,典章胜绩旦夕消。
谁谓书生好怀古,吾爱吾民兼吾土。
一砖一瓦岂寻常,营建抚存心力苦。
叹息乘舟辞主人,金陵约我苦吟身。
金陵王气非我喜,走访劫余六朝珍。
雨帘舷外江声挂,明灭两岸随波化。
唤醒诗翁陈芦荻,新旧白头斟遥夜。

别庐山

连日忘机游,我心实怡悦。
恍然逃樊笼,飞入云水接。
真宰造化功,雄奇妩媚箧。
沧州趣之余,感慨肝肠热。
天上气不平,霹雳鸣云穴。
地上质不平,山突嶂散列。
庐山水不平,瀑鸣层叠叠。
含恨欲狂吟,廊中有百舌。
掷笔起三叹,客舍谁屑屑?
壑云过窗轻,峰上灯明灭。

九江琵琶亭遗址

望望将近浔阳渡,大江漫遮帆樯雾。
桥头请问渔家翁,泪湿司马青衫处?
耳欲重听珠落盘,急滩水落泉凝弦。
身欲问病苦竹宅,谪客独倾神怆然。
枫叶荻花皆非据,路隔千载难相遇。
露重滴消琵琶亭,琵琶声声江流去。
同情沦落诗人心,殷忧社稷悯生民。
秦中之吟新乐府,惜哉自此谁曾闻?
徜徉遗址增怅惘,胸臆塞乱茫茫云。

长安女儿 三首

（一）

秦川三月雨濛濛，嫩柳丝摇花信风。
风到女儿双颊上，吹来两瓣小桃红。

（二）

乐游原老古风存，今代还消往代魂。
人面桃花红渭水，崔生题句那家门？

（三）

婀娜梨园弟子姿，春阴片片染胭脂。
朝来顿悟源头自，都自长安俏女儿。

车中远望太白山

素玉遥遥挂碧蓝，雪峰排闼袭衣寒。
他时鸟道乘风上，西岳终南小吏看。

（一九八二年四月）

长安怀杜甫

卓然千古大诗魂，行处河山浸泪痕。
愁绝放歌怜冻骨，恚生把笔刺朱门。
徘徊谁问遗踪在，惆怅人悲雁塔存。
卖药不成栽药去，天才如此费评论！

四月十八日独宿杜甫草堂 二首选一

露落中天一院星，绕廊竹梦夜寒生。
耽吟无药医思涩，再拜堂前圣者名。

武侯祠 三首选一

劳心空筑读书台，公辅终无后继才。
独为武侯悲失策，未招皮匠百千来。

【注】
指所谓"三个臭皮匠，一个诸葛亮"。诸葛亮于成都筑读书台，以招纳贤者。皮匠论，实荒谬，作者曾为文斥之，见拙著《和三个小猢狲对话》。

十二时·别重庆

　　几声江笛，巴山乍醒，舷边行客。栏杆漫倚处，别嘉陵颜色。　　两岸匆匆灯半息，好渝州，楼台堆积。登临恨难足，有牵衣风急。

《杜诗论稿》校后

　　凡夫圣者隔云深，歌哭听湿客子襟。
　　风雨惊忧公漏屋，苍黎冷暖吾同心。
　　诗前影弄一灯瘦，劫后书成二气侵。
　　校罢凉台思万绪，啸来月洒紫荆阴。

（一九八三年八月）

鹧鸪天

在长春诸大学时代窗友雅集欢迎席上赋以为志。

　　消尽天涯风雨狂，卅年倦旅梦归忙。峥嵘都落劫波去，重拜家山两鬓霜。　　言别后，话炎凉，明宵孤雁又衡阳。芸窗情趣成追忆，论到来时且尽觞。

（一九八四年十月）

寻贾谊故宅

长街独向闹中寻,太傅祠堂逐了尘。
西汉湘流君吊屈,南冥鬓雪吾悲君。
贞魂清泪存甘井,孤客柔肠诵过秦。
权贵工谗由嫉妒:"贾生才调更无伦"①。

【注】
① 李商隐《贾生》句。

(一九八四年十一月)

影

塞草秋风天地枯,雁声寒彻黄云疏。
负颗夕阳踏我影,我影被踏数丈余。
遥知慈母思儿意,料已篱前方望诸。
每归喜儿身长速,今日儿身长何如?

【注】
此诗系少年时代作,大约十四岁。

少 年

少年姐弟两鹑衣,鳖面蓬头卧路啼。
自恨低摧穷措大,倾囊疗尔半飧饥。

白云山顶抒怀

营新补旧漫推求，镐落匆匆太岁头。
目黯重峦江绕碧，心迷芳草径通幽。
他年谁论塞翁马，此日人甘孺子牛。
打面急风歌又咽，骄阳斜挂火云浮。

（一九五九年九月）

偶遇某友偶谈旧事归而偶作

偶将浊水识清流，走火邪魔是舌头。
一片多情皆自作，原来芳径不通幽。

（一九六四年二月）

一剪梅·为漫画《女皇梦》配词

少智无才善耍刁，帽子狂抛，棍子混敲。蛇吞大象鼠捉猫，披着红袍，想着黄袍。　　吹破腮儿扭断腰，妄弄花刀，妄费花招；登基春梦共烟消。四个脓包，卿最脓包。

小令·醉高歌带摊破喜春来

　　一堆堆行头作了烧柴，一群群李龟年卷了铺盖；戏文斩了戏箱踹，剩下板儿八块。　　敲敲打打弄姿搔首风骚卖，推推搡搡硬拽强拉看客来。梨园六月雪花白，天下木丸塞①，活生生冻死闷杀妙歌才。

（一九七二年十月）

【注】

① 唐人郝象贤因反武则天被处死。行刑前郝大骂武，乃被木丸塞口。

社员假日独坐

四面黄秋绕翠村，社员墟集市鸡琢。
一窗聊赖推难去，急雨青峰请入门。

（一九六四年十一月，高鹤）

答诗友·得湘中诸翁诗，奖勉太过，因草一绝以正之

吾家天灿众诗魂，李氏余为不肖孙。
偶借祠堂灯一豆，荧荧小照性灵存。

采樵

耕耘事竟学刍荛，骨瘦肩横意兴豪。
露暖星疏风剪剪，山斜径仄步趑趄。
阶前一叶听秋落，酒后七情随梦逃。
莫谓睡姿犹挺挺，腰儿不惯柳丝条。

（一九六四年十一月）

渔家傲

坐尽冬寒圆复缺，庭中春透花时节。人已芳菲遵命歇，闻告曰：君足应按卞和刖①。　　违了乡关盈尺雪，风骚形胜情缘结。秦蜀燕韩吴楚越，多艳绝，江山待我遨游彻。

（一九七二年四月）

【注】
① 时余罹足疾经年，百余日痛不能眠卧，曾有西医云需作截肢。此词写于住院期间。

鼻颂

天下薰莸辨百端，三更一息吼雷般。
隆然耸峙侯封右，幸获君王左眼看。

故宅土 二首

（一）

累累垂垂瓜豆畦，故家宅土泪潸时。
辨来尽是怀乡梦，回首新村舞柳枝。

（二）

儿时茅舍去时田，学咏抄书迹渺然。
一抔取伴他乡骨，常使诗魂傍故园。

西江月

僧头火浇日晒，脚边锅炸油煎。皮鞭骨里作钢鞭，举手抽来肉散。　　曾照苗生蕾绽，也烤叶萎花残。我头虽硬亦何堪，左右昏完过半。

（一九七六年十月）

头 科

花晨月夕苦蹉跎，京调胡琴面壁歌。
诗妾书妻常左右，揽来乐似中头科。

再答诗友·前意未足，再诌一律

少年不幸撞诗魔，唱白头颅下里歌。
大雅常悲潜迹久，新弦每痛续貂多。
将存一脉怜孤赵，欲倚千岩砺太阿。
得复正声归汉历，吾当剃度作头陀。

（小令）叨叨令·某女祭江 四首

（一）

恨无时羞清酒江边奠，负了娘怜娘捧心一片。投过娘开的铺子娘居的圈，用过娘炒的五味娘尝的饭。兀的不飘飘然也么天，兀的不飘飘然也么天，飘飘架起了通天线。

（二）

娘前降价乖来卖，娘将昭仪官儿拜，悠悠颤颤花翎载，娘车陷了奴来拽。兀的不诚惶诚恐也波哉，兀的不诚惶诚恐也波哉，为娘勾却坐殿的相思债。

（三）

轰隆隆深秋十月春雷贯，忽啦啦河山一夜东风遍。哭只哭娘娘袖里河图断，叹只叹奴奴枕上黄梁散。兀的不吓掉魂儿也波天，兀的不吓掉魂儿也波天，怒冲冲字轰笔讨来批判。

（四）

雨丝儿洒洒飘飘洒洒飘飘落，泪珠儿劈劈叭叭劈劈叭叭堕。怨娘娘着着步步棋儿错，恨奴奴遮遮盖盖衫儿破。兀的不恼煞奴奴也么哥，兀的不恼煞奴奴也么哥，哎哟哟这回只怕关难过。

满江红·张志新

星月潜形，寸寸土，腥漂血洗。冥冥夜，四围壁立，冷森千咫。但觉群魔着地舞，忽看一炬冲天起。照祸心叵测趁昏昏，分明里。　　擭鬼，抨奸宄；毒刑尽，初衷恃。唤春回陌上，光华更始。正气谁来刀割断，苍山那见鞭笞死！见炎黄巾帼又峣峣，志新是。

（一九七九年四月）

陂塘柳

正春阳，漫天烘彻，苦寒无阻新叶。莺莺燕燕重归后，万花绽开心切。堤上柳，妒腰细蜂儿，翅艳双蝴蝶，寻寻不歇。呼铁马争驰，轻帆竞渡，趁此芳菲节。　　园林好，忍许权臣嬖妾，犬羊狐鼠为孽！大风破阵堂堂曲，自胜汉唐余烈。衷情正热。上百丈层台，激扬四顾，慷慨散空阔。

如梦令　三首选二

（一）

雪化冰消如梦，回首念年一恸。醉眼看华巅，姹紫嫣红相共。

（二）

堪用，堪用，尚有百来斤重。血气凋残难数，且喜情豪如故。

（三）

窗外荡余寒，春在岸边呼渡。轻步，轻步，草里躲藏狐兔。

（一九七九年一月）

得每戡教授手札[①]

湘畔流人廿二年，家抄釜冷寸鹑悬。
吞声推笔昏灯夜，面壁说奇破纸笺。
此际天晴疑昼梦，何时酒热话生全。
巷中夫子多珍摄，尽道朝廷念旧贤。

（一九七八年十二月）

【注】

① 董每戡，中山大学教授。著名戏剧家。早年参加过左联，长期从事进步文化运动。一九五七年遭错划右派，放归长沙，潜心著述，患手病，执笔须用左手助推。写成六十万字之《中国戏剧发展史》，二十万字之《笠翁曲话论释》，尚有《明清传奇选论》《三国演义试论》增改稿等，计一百二十万字，浩劫中全披抄没。家徒四壁，鹑衣百结，睡砖头门板，食麦饭藜羹。后又全部凭记忆补作，毅力、记忆力惊人。其所用纸张，除信件背面外，绝大部分为信封拆后或拾自街头之香烟盒之背面。作者与董有较密切接触。我的右派罪中一条，即"为大右派董每戡鸣冤叫屈"。四届全国作协会议，董被特邀参加。中国戏剧学院院长金山邀请他去，提供一切资料，两名助手，希望他二、三年内，写一部《中国戏剧史》（董原著有一部《中国戏剧简史》）。然数月之后，董溘然逝世。

项 羽 二首选一

痛唱虞兮别爱姬,江边亭长受良驹。
乌骓早使追韩信,那许萧何月下追。

（一九八〇年五月）

机上下望

田园村镇一枰棋,剪锦裁罗百衲衣。
曲曲弯弯白漾漾,凹凹凸凸翠迤迤。
忽然几片云成海,料道千条雨缀丝。
安化吾身鹏奋翼,扶摇击水任由之。

（一九八〇年九月）

南昌青云谱八大山人纪念馆

十顷湖光大恨倾,千钧画笔意难平。
蓬门莫作寻常哑[①],道院轰天哭笑声[②]。

【注】
① 明亡后,八大山人于门上大书一"哑"字,以示对清朝统治者之不齿。
② "八大山人"之四字题款常写如"哭之"或"笑之"二字。

眺庐山

似云似岭望中横，苦雨饕风转半晴。
欲索庐山灵府美，向他峰险涧深行。

访新会能子村梁任公故居

一路葵阴能子村，输诚投谒任公门。
氮素堂前迎俗客①，牙牙声里众家孙②。

【注】
① 故居中为农药、化肥堆放处。
② 故居内室为大队幼儿园。

别庐山

连日忘机游，我心实夷悦。
恍然逃樊笼，飞入云水接。
真宰造化功，雄奇妩媚箧。
沧州趣之余，感慨肝肠热。
天上气不平，霹雳鸣云穴。
地上质不平，山突嶂散列。
庐山水不平，瀑鸣层叠叠。
含恨欲狂吟，廊中有百舌。
掷笔起叹三，客舍谁屑屑？
鏊云过窗轻，峰上灯明灭。

画师关山月赠《红梅》一幅

轻寒小驻半窗开,绛雪忽然香入怀。
风叩扃门疑有客,孤山处士问妻来。

(一九八二年二月)

重庆南温泉仙女洞

风鬟浴罢曳纤罗,意态盈盈横素波。
青鸟应嫌仙气少,为因入拜俗人多。

(一九八二年)

题三苏祠东坡塑像

眉山三苏祠为三苏故居,千年来,屡遭兵燹。十年浩劫,未能免祸。近年已渐恢复旧貌,东坡巨像,时正塑中。

春尽眉山访大苏,故乡殷念好胡须。
阶花庭树归来识,笑检批儒评法书。

峡中小景 二首

（一）

群娇含盼送归航，甲板迴栏摄影场。
羞恐游人偷拍去，江天忽洒雨微茫。

（二）

雄峻幽奇岸岸栽，峡猿可奈不声哀？
块田茅屋嵌峰半，一袭花襟汲水来。

蔡锷墓

师誓云南首义尘，西川惊散犬鹰群。
雄才民国辟除手，帝梦丹墀跌破唇。
奇臭坟添袁大盗，异芳阁补蔡将军。
故人庐墓枫林好，明月花时可论文。

与元洛登天心阁

枫冷三湘秋到怀，招呼衡岳上层台。
人心何似天心朗，大地沉埋屈贾才。

登岳阳楼

大浪东来拜此楼，乾坤气聚洞庭浮。
将军盔上云旗卷，猛士城前银甲遒。
渔子歌吹临水岸，范公忧乐到心头。
凭栏帆去鸥声没，一读先贤一泪流。

（一九八二年五月）

清平乐·寄乐天宇教授

病中购图书三百九十册捐赠九嶷学院，款为出版社所致编辑费。

九嶷蓬宇，学子焚膏苦。去助英才钲与鼓，踏破纷纷险阻。　　久钦乐老高风[1]，芸编托寄心声，桃李图新一幅，春旗舒卷香丛。

【注】
① 乐天宇教授以自己工资蓄积五万元，于湖南办九嶷学院，为国家培育人才。

石马村观桃即席二绝句

（一）

石马观桃逐小车，一村烟雨湿红纱。
严冬已去江梅老，染透春光是此花。

（二）

劫后娇红烂漫开，酒余疑道武陵来。
檐前淅沥春声落，闲看画师着墨栽。

（一九八三年二月）

《种瓜得豆集》付印

艰难文事向人羞，廿载耕耘一小秋。
怪底荒园瓜得豆，世多种豆有瓜收。

（一九八三年二月）

《紫玉箫集》选

紫玉箫·盘点诗稿偶作 二首

（一）

髫发窥书，中惊艳绝，时时挑逗风流。英雄未作，到三千丈白，系个诗囚。揾乾坤泪，江海客，句锻吴钩。天流火，焦焚草木，襟有凉秋。　　曾听夫子言道，可兴怨群观，欲罢难休。鞭痕似岭，漫形劳肝胆，慷慨沧洲。在非其位，家国事，总酿闲愁；真无奈，苍生疾苦，浊酒危楼。

（二）

好梦轻抛，华年枉掷，身浮一苇舟航。鲨多浪恶，暗急弦慢管，胀了情囊。网来千首，骄巨贾，傲彼侯王。儿孙读，当时弄险，此老颠狂。　　玄穹毕竟新洗，总案结乌台，抖展柔肠。阐扬汉统，揭前贤之帜，力挽危亡。掠江山色，当点染，舵转帆忙。浮大白，妻骚妾雅，风月平章。

看手抄消息①

三千万眼望皆穿，何日诗成殪虏篇。
报道降书投帐下，白山黑水汉家天②。

【注】
① 日寇投降之初，已无报纸，国人皆纷纷用毛笔抄录各种投降、受降之广播，张贴于街头。
② 伪满时，国人只准称"满系人"或"满洲州国人"。笔者曾用"汉心"作笔名，老师出于爱护，警告犯忌，故改为"汗心"，抄入诗稿之本子称《汗心集》。

八·一五日寇投降

子夜初闻故国声①，乡邻奔告泪相倾。
少年共画青红帜，星月西沉剪末成。

（一九四五年八月）

【注】
① 时在故乡小镇，夜间偷听广播。

归乡道上读书

漫随书卷入黄昏，几缕流云远树村。
月破谁家屋顶出，炊烟天地两无痕。

车过松花江大桥

车中有人唱"我的家在东北松花江上",并云自关内归来,言之哽咽。车厢中一时唏嘘,笔者有泪相陪。拙著《流年忆水》有文记其事。

万里归人已白头,潸然壮阔去时流。
何堪十四年中路,遍洒乡愁与国仇。

(一九四六年四月)

偶过伪满帝宫

帝梦荒唐付笑谈,宫庭礼仪法梨园。
万家奴隶茅茨尽,一殿君臣傀儡旋。
石勒称儿凭有土,满洲割地本无权。
荒池败草颓墙柳,亡国伤心十四年。

(一九四七年九月)

兵 车

兵车过后市无声,叶落风寒月魄惊。
郊野纵横陈白骨,庄家魂恋旧时耕。

(一九四七年十月)

夜读闻哭

披棉夜读字生寒，入耳秋风妇哭天。
夫死抓丁儿死饿，荒园埋骨废池边。

（一九四七年十月）

对　月

缕缕香丝百念牵，伊人何处共婵娟。
高秋木动悲将落，深夜书来怨少眠。
如梦如烟花弄影，也风也雨水流年。
姮娥勿怅亏时久，一岁清光十二圆。

（一九五四年十月）

兰　叶

余窗外有玉兰一株，高达十余米，因武斗流弹穿过，有兰叶数片自窗口飘坠案上，惜之，叹之，为八句祭之。

流弹咝咝过小庭，月晕兰叶入窗轻。
岂关病老兼秋令，终挂残伤并血腥。
无用书生难辟鬼，有情秃笔怕言兵。
起听枝干摇不住，摇是心头恨恨声。

秋夜思 二首

怀初恋情人李玉香

（一）

乾坤难了两相思，苦味同留一梦知。
影待郊原心许后，香凝院落蝶来迟。
春江花月怀君夜，秋水关山怨我时。
有树栽无连理地，百年长恨海天枝。

（二）

孤旅长宵难自持，露凉吟苦倍当时。
三更梦蝶人如我，二月梨花雪似伊。
眉锁春愁羞怯怯，心摇玉树立痴痴。
敢求青鸟衔诗柬，情债他生定了之。

（一九六〇年十月）

笼鸟吟 四首

（一）

绿树娇歌巧奏姿，胡然笼影娱贪儿。
春光满目呼难进，漫任天风拂赭衣。

（二）

故林讯渺铁窗疏，趵突筋疲泪欲枯。
谁折云霄双健翼？跃难二米一愚夫。

（三）

二尺方圆决死生，恨将哭号作歌听。
樊笼夜夜冲天梦，大野长林自在鸣。

（四）

泪尽长霄望眼空，檐前悲断五更风。
纵然绝世文章手，无力为君碎小笼。

（一九六四年八月）

惊 心

一九六六年八月自阳春县同乐村召回作协参加"文革",途中同伴等默无一语。暗得首尾二联,每读之,常感意有未尽。今补为一律,以志当时心境。

惊心消息日偷传,尘土车窗迷野烟。
躲雹有方逃叶底,湿鞋无计避河边。
驰驱志短伤流景,忧患人同听自然。
难料刑余头寄处,可怜白发不新添。

(一九七七年六月)

不 题

障雾层峦径欲迷,排山风雨敢迟疑?
丹心鉴后非当日,白眼投来亦旧时。
无意争春芳树老,有情恋水落花痴。
将雏陌上习耕事,苦待鸡鸣唤壮词。

(一九六八年十月)

干校第一次休假

半废蜗居寸厚尘,归来犹似客舟人。
嗜书卷卷难疗疾,得句行行不救贫。
憔悴萍飘儿女泪,孤零雁落丈夫魂。
今宵未卜明宵雨,敢望一枝巢此身。

(一九六九年四月)

感 时

嚣尘迷漫眼朦胧,异代衣冠道大同。
营苟苟然登衮衮,乱糟糟地闹哄哄。
一丝云洒千山雨,三寸舌摇万树风。
草木催眠人入梦,问谁醒鼓大槐宫。

(一九六九年十二月)

涧 花

自香自谢涧中花,吝啬余晖半缕纱。
最是裸峰无伞盖,夜凉风雨避谁家?

假日上集医病归途

轻装上市药囊还,一大牺牲假日眠。
牛后敲犁耕白发[①],田中撒句种青天。
运回黄稻犹残粒,收敛红尘未了缘。
茶径低哼杨驸马,萧家公主莫猜嫌[②]。

(一九六九年十二月)

【注】
① 以竹敲犁,不忍鞭牛也。
② 杨延辉、铁镜公主皆京剧《四郎探母》中人物。

牧 归

竹翠摇摇摇影长,林梢归鸟噪斜阳。
遥闻样板敲天响,复惹饕蚊卷地狂。
乳犬二三追鸭子,村儿四五钓池塘。
忽然得句吟无舌,牛背匆匆搔几行。

(一九七〇年五月)

抒 闷

今也无端昨也非，名山事业浪沙堆。
可怜天命凭人定，才上芳枝又雨摧。
躯干掷回千百载，差科完了两三杯。
农家儿愿农家老，只勿石壕吏夜追。

（一九七〇年九月）

晨 炊

两月归休病惫身，邻童搓手报霜晨。
泥炉瓦甑柴煤点，糙米田螺水陆陈。
改造形留书卷气，忧思粒尽灶头民。
牢骚块垒糜粥下，半饱强于不饱人。

（一九七二年二月）

长春南湖

天光花气水浮歌，画艇情人载蜜过。
我觅华年湖畔影，柳风难起旧清波。

斗室歌

故人来问君如何，仰天为唱斗室歌。
未有红牙铁绰板，焉得琴瑟箫笙和。
夜夜坐眠抱足痛，斗室如监长镣重。
苍狗白云过窗棂，一日遍踏三千梦。
曾随谪仙游庐山，喜渠诗句挂长川。
云帆开处奔沧海，轻舟过峡听啼猿。
慕公少习羽化术，怜公壮年不得出。
憾公邀月不邀余，愿将块垒抵掌述。
少陵自悲如沙鸥。我曾艳羡似快游。
秦楚吴越齐鲁涉，锦江巫山任淹留。
敢将人事苍生泪，和泪推敲舟车里。
公能万里遣愁心，我有愁埋立锥地。
屈子泽畔著《离骚》，陶公有田种豆苗。
放翁骑驴剑门入，仲则冰天跃马骄。
自恨草杖救半跛，斗室樊笼愁眉锁。
凭窗街衢观行人，匆匆几个略胜我。
众生百相一醺醺，累名贪利热纷纷。
天下青紫如芥拾，吾宁守道托孤坟。
不欲上征天阍叩，骨贱何须彭聃寿。
只思揽取江山来，好共夜雨分屋漏。
五岳黄山立床旁，武夷峨嵋识煎汤。
暑卧千寻太白雪，冬倚火焰山作墙。
东海南海听使唤，湘水珠水流清盼。
夕掬长江洗尘埃，朝滤黄河煮香片。

赏他才士吟花风,帝王将相滑稽雄。
自笑颠狂楚接舆,回眸身陷书棺中。
此书此棺合一炬,身魂脱略升腾举。
造化来还造化回,天外定多吟诗侣。
斗室斗室蜗牛窝,载窝不胜蜗牛何?
窝中只余歌一曲,歌之未竟已滂沱。

(一九七二年二月)

壶 中

仙家别有好乾坤,脱屣豪呼紫府门①。
山种愁声川碧冷,月消清影日黄昏。
已偿口债犹身债,平了鞭痕还齿痕。
为问壶中容得否?范公忧乐屈原魂。

(一九七三年二月)

【注】

① 李白《途归石门旧居》:"何当脱屣谢时去,壶中别有日月天。"

答友人劝 二首

大病小瘳出院，偶有友人来，多劝至附近流花湖公园散步者。时正埋头诗歌问题探索，因为答。

（一）

塑膜窗帘烛影孤，衰颜争肯哭穷途。
眼无敢死匡时者，壁有逃生劫火书。
残稿重逢悲落索，归田作意理荒芜。
晦蒙久失天中月，那忍韶光掷小湖。

（二）

恶病经年半死归，头埋故纸冢堆堆。
君来吓走门前雀，心寄迟开岭上梅。
空许大乘超自我，蒙恩小辟报其谁？
言能拒谏诤臣去，白水犹残豁齿杯。

（一九七三年三月）

流花湖散步曲

　　得梦宵来串串，西北东南，往古来今乱，公园里叫它随着步儿散。人道是曾经越王宫殿，料也曾断井残垣。大跃进，跃出了这块芳甸。湖号流花，为甚的花不流一瓣？遥闻着日夜听得惯，太阳升在叶底枝间，满地影跭跭，蝶翅儿停翻，鸟声儿停喧。葵树们摇着扇，摇倦了一缕缕薄寒。四个五个苍头老汉，绿草池边，红字碑前，推推搡搡太极拳。两个三个老大娘们慢，慢拉着东家长西家短。条椅儿油漆斑斓，坐着卧着几位洋洋懒，手指头袅袅烟。全不管，水凝着汽水瓶儿罐头罐，辉煌灿烂，逗得死鱼儿翻白眼。小木桥古朴栏杆，想过去觅尘缘，一侧零落断，半空了桥面。待消受良辰无憾，牺牲了小斋寂寞枕书眠，寻一幅美景流连，却掷给了奈何湖里奈何天。春宵半刻千金半，这里的光阴贱。

（一九七三年三月）

湖 边

残桥罢读枕波眠,短梦抛成小漪涟。
岸钓轻寒轻暖树,花愁不雨不晴天。
长空有路出尘想,大地无方解俗缠。
家里诗缸杂句满,明朝换米未当钱。

(一九七三年三月)

夜 街

午夜娘怀稚子眠,焉知娘体卧冰盘。
鼻酸奉请兰堂读:"邑有流亡愧俸钱"。

(一九七四年一月)

旧岁岁暮登高

狂飙堕地骨支离?世网浑沌造物奇。
壑底口余三寸舌,市中货卖一张皮。
五千年国人思顺,廿四花风信到迟。
心力消磨足力软,登临多难万方时。

(一九七四年二月)

遣 闷

乙卯春节，冻雨连宵，不得出门。

三千块垒砌诗巢，怪底春来冻雨刁。
心爆一声盐井火，笔呼八月海门潮。
寻芳郊甸花无信，匿迹林园树有枭。
后土皇天囊括毕，问余何处葬牢骚？

（一九七五年二月）

梅县车站

星儿聊赖月沉沦，驿站风凉湿露频。
墙隅褴衣遮饿梦，灯前泪眼乞怜人。
一盘素粉推之食①，两个汤包分了吞。
丰产鼓锣天震落，文章消灭万方贫。

（一九七五年九月）

【注】
① 时有数小儿围绕乞食，难以下咽，乃尽推食食之。

朝云墓[①]

零落乖违闭墓门,新霜掩却古啼痕。
怜才身共谪人去,慕义名随学士存。
玉塔有情怜玉骨,芳花无语对芳魂。
六如亭畔新华发,八句权充酒一尊。

(一九七五年十二月)

【注】
① 王朝云,苏东坡侍妾,东坡遭贬南来惠州,他妾皆辞去,独朝云相从。死,葬惠州孤山,墓旁有玉塔、六如亭。

郊 行

一幅田园水墨匀,蜂儿蝴蝶乱花尘。
江山不共人颜老,几度摧残又是春。

(一九七七年四月)

乡中书事 二首

（一）

乡关讯断忍伶俜，依样高粱大豆青。
杨柳长街真梦影，窝头小米亦簠簋。
寒凉岁月秋来去，患难交亲人死生。
姊弟灯前言别后，不知晓日打窗棂。

（二）

此路曾栽一段情，香居不复读书声。
花期有信邮开落，柳老无言告死生。
似水因缘消旅夜，如天风雨剩浮名。
心台积恨三千困，年少空修白首盟。

（一九七七年八月）

编《当代诗词》戏题

开科哪许便封侯，未信高枝即上流。
选美唯依真法眼，敲门勿用大砖头。
雕龙客到身迎拜，媚世文逢鬼见愁。
铁面公心常不缺，苞苴鼓胀莫轻投。

附志：
法眼公心铁面六字为余编诗所立规矩。颇蒙时誉。惜后来屡被人用于作招牌广告，真是无可奈何！

唐诗讨论会

渭水春闱摇钓竿，才人仆仆走长安。
售销月露云涛句，置买罗纨　　冠。
律入风骚唐气象，弦谐朝野汉江山。
谪仙子美偏萧瑟，诗苑徜徉鼻欲酸。

兵马俑 二首

（一）

千里金城六国摧，甲兵弩箭备为谁？
苦秦人满泉台路，魂魄先崩博浪椎。

（二）

敲朴鞭笞天下酸，咸阳腥谷众儒残。
焚书火烈金人铸，应悔未烧大泽竿。

舟行小三峡

街深巷窄壁摩天，小径急滩泄碧蓝。
我醉舟摇浮酒上，华清池外看春寒。

杜甫诞生千二百七十周年大会

锦江流碧雪山横,契阔支离天地情。
好韵一堂花烂漫,盛唐半部史凋零。
怀中家国浑恻怛,笔底黎元大不平。
万里桥西公最寿,千秋人拜老诗星。

(一九八二年)

昭君宅感事 三首选二

(一)

君王重色计多门,远嗅溪香畔有村。
若使寻才如觅艳,和番岂必遣芳唇。

(二)

紫台一去雁声寒,故国琵琶弹不还。
嘱咐梨园红墨手,休搬笑靥上愁颜。

屈原故里二首选一

汨罗魂去楚天哀,周流上下未愁开。
为叩纷纭嘉树土,文章苏世总空栽。

迁居得有书斋 二首

(一)

一为烧漏一逃坑，忧患相亲大半生。
岂敢忘焉诸道友，得其所矣众书兄[①]。
才贤共度风骚夕，砚墨甘劳案牍形。
自命车间新主任，丹房清净鼎炉鸣。

(二)

何须寸土总相争，纸价年年看涨情。
老子脚堪宽进退，诸君身免挤纵横。
吾家事戒无余览，他日文期有所成。
入户风儿吹愿小，怕惊倒了读书声。

（一九八四年）

【注】
① 斋名"得其所斋"。

白帝城怀子美

独对白盐赤甲西，回澜滟滪放歌时。
东屯圣笔遗何处？四百篇传天下诗。

闲坐自遣

两千石秩据书城，古哲今贤帐下兵。
每造相知三几位，常存佳酿十来瓶。
入无盗者诗偷去，出有车兮脚踩行。
独恨愁粗割不短，一条秋水岸牙崩。

偶 书

偷鸡摸狗踏苍苔，夜树猫头眼半开。
漫道国人皆曰可，明朝谅有赦书来。

（一九八五年九月）

白云山 双溪

暇日郊游好，清晖漾碧空。
云山张锦绣，索道驾葱茏。
径入阴阴树，花飞片片风。
双溪泉洌洌，茶煮看炉红。

（一九八五年十二月）

哀三峡五十韵

少年早识三峡名，中年有誓心头萌：
生不一掬三峡水，百年盖棺目难瞑。
诗篇每慕风发句，常驱神魂散游去。
壬戌四月乘春深，一叶飘我夔门处。
赤甲白盐朝云遮，神女倩倩藏轻纱。
急浪不体游人意，自奔蓬岛瀛州涯。
三百里水浮惊叹，可怜花径走马看。
南津关外首频回，峡云峡雨邀重见。
乙丑秋高楚天开，国中才艺联翩来。
左右目忙难分摄，壮丽雄奇两岸排。
黄山之云庐山石，武夷之屏华山壁。
谁人力堪集大成，蜀疆楚界纷堆积。
或如仄巷摩天楼，楼上窗窗悬翠旒。
日月照临抛一线，岩洞深窕琴堂幽。
或如五百罗汉立，撑天柱地风神异。
突似猛将横长矛，仰攻六师皆辟易。
或如亭亭舞红颜，西施飞燕杨玉环。
石榴裙下皆拜倒，仙音缥缈升瑶坛。
父老弦索歌大禹，开此奇境惊千古。
泠泠细流沱沱河，到此扬威复耀武。
雪浪奔腾闻鼓鼙，坚城摧玻万马嘶。
巉岩怪石掷两岸，栈道险滩猿哀啼。
峡中人物轻生死，号子压碎川江水。
纤夫汗落涨急流，凿工血泪岩骨紫。

千仞高台耕桑麻，傲然云外围篱笆。
漫拂月色星光去，诉苦芳邻神女家。
峡中气韵多谲变，更教才士情眷眷。
到此谁不得句佳，杓取滔滔洗紫砚。
太白之歌天下知，梦得灵口唱《竹枝》。
少陵思涌身滞留，巴女能唱元稹诗。
江山魂恋屈原魄，香溪烟笼昭君宅。
兴亡成败峡中天，三百里卷英雄册。
宋玉奇想《高唐》篇，瑰丽更多生民间。
国士挥笔青崖幸，悬针垂露见先贤。
风雨不动灯明灭，险滩无险航标列。
赏尽峡山幽与深，船工安枕诗家悦。
造化来此大铺陈，醉倒泰西旅游人。
妒意油然生叹息：上帝专宠华夏民。
欲将策论呈天座："欧美何不赐一个！"
独向宇中呈妖娆，混沌开后一绝作。
告别三峡心滞留，骊歌一步三回头。
画屏峡山空相唤，滂渤韵律枕边流。
倘许携归置案上，风格当助神思壮。
复将诗句编护栏，常护三峡花无恙。
几年消息不堪闻，辗转忧焚暮到晨。
甚人欲截巫山雨，何心忍断巫山云？
城乡没为鱼鳖屋，万亩闲游虾蟹族。
丈二之夫成侏儒，红羊重使神女哭。
盎盎生态失平衡，几多后患方潜形。
我心哀哀投峡口，不肖辜负禹王功。

附记：

一九八五年秋，水电部、中国文联、三峡省筹备处联合邀全国各省市作家、诗人、画家、书法家、摄影家百余人，组三峡考察团，遍三峡各地考察半月余。虽游目有乐，难减塞胸之哀，因对三峡工程公开持异见者，独余一人。故此诗初题《哀三峡》。后于重庆《西南环境报》发表。

汉霸二王城讽古 三首

（一）

旧垒残城草径寻，滩声还向故沟沉。
风悲底处雄王梦？铜镞翎消墨绿浸①。

【注】
① 乡人曾以拾自田中之一枚铜镞相赠。其状与西安秦兵马俑出土之铜镞相同。

（二）

鸿沟难为国疆深，百战功消霸业心。
辜负重瞳疑亚父，斩蛇亭长识淮阴。

（三）

刘项争锋一笑堪，旗飞壁垒战云耽。
楚河汉界遗风烈，王霸兴亡付手谈。

黄河古渡抒怀

吟客魂消古渡头,相携重似少年游。
朝烟暮霭缠山壮,丝柳杨花吻面柔。
灯影红随车北去,波痕黄向海东流。
掬回河月河边土,料下诗炉炼句遒。

远眺大禹岭

淡淡长风早露凉,心溶春色入苍茫。
白浮晓日双桥赤,绿盖中原一水黄。
抛下清词随浩荡,牵回秦鹿数兴亡。
五千年国思尧舜,开凿功归大禹王。

河清轩

难关众口祷河清,四字冤沉百害名。
流失论该休息去,中州本在水中生[①]。

【注】
① 黄河游览区书记王仁民同志有一论点:黄河泥沙并未"流失",它的造地运动创造了中州。

开封古吹台

禹王台复古吹台，李杜高携韵去来。
水没梁园歌舞歇，柳条春剪试新裁。

归 来

足矣书斋小地天，尘心吵嚷作游仙。
往来春夏秋冬路，纠结东西南北缘。
肩上人拍一个马①，囊中诗值几文钱？
行装卸罢归聊赖，催稿信堆愁眼看。

【注】
① 拍，读平声。

《中美望厦条约》旧址石案

榕荫一纸国权伤，石缝中分弱与强①。
徒令田家生沈米②，朝官类是李鸿章。

【注】
① 一八四四年美国迫清政府签订不平等之《中美望厦条约》，条约在树下一石案上签署。石案中有一缝，两国代表各据一边，现石案犹在。
② 沈米，澳门当地农民。时葡人乘中国积弱，一再侵略扩张领地。葡人总督亚马拉乘马到望厦村一带，意图蚕食耕地，被沈米等人用柴刀砍死。

乘"惠警"号快艇访霞冲

远水长空众岛环,白沙非复旧时难。
霞冲未忘登强虏①,怒浪声留大亚湾。

【注】
① 霞冲,又名虾涌,在大亚湾。一九三八年十月日寇攻广州,在此处登陆。

(一九八六年三月)

访澳头渔村

轻车访富海之涯,晓日苍山着绿纱。
指点新楼相竞起,小康快步入渔家。

包公戏戏咏 四首选二

探阴山

鬼气重峦叠嶂蟠,回龙原板调门寒。
前台铡了后台活①,脸谱重勾又扮官。

赤桑镇

不准亲亲乱典刑,喇叭吹胀老包名。
嫂娘假戏当真作,执法刀原木削成。

(一九八六年五月)

【注】
① 少年看《探阴山》(亦名《铡判官》),多在前台表演用铡,颇类魔术之大劈活人。

京中探吕千飞兄病留赠

得句真飘逸,骚香蓟上梅。
社名称《野草》,才调重千飞。
天眼终能豁,诗心不浪摧。
珠江春夏水,常满寿君杯。

车过农安所见

红瓦新家牧马回,村翁篱外数流晖。
云浮古塔黄龙府,万顷秋风葵子肥。

卢沟桥引

　　结伴扬尘，暑风时节。盈车杨柳，满目川原，寻访汗青光芒一页。挽危亡，半壁江山，八年烽火，此地开篇碧血。踞长桥，五百雄狮尽怒，国耻家仇誓雪。人谁忘，浪激幽燕，泪飞华夏，孤旅河上男儿，炎黄英杰。军帐里，匣剑常鸣，兵场上，目眦常裂。忍听第一关外，三千万黑水白山呜咽。"松花江上"流亡曲，唤岳穆冲冠词切。卷天潮响，岂许倭奴，亿万神州僭窃。一呼跃起，北穹庐，南百粤，血肉长城堞。青纱帐里，夜露湿戎衣，五岳岩上，霹雳敲金铁。

　　终见强虏，凶焰澹灭；抹了旗中赤，独剩降幡白，武士道精神骨折。到而今，虎狼安在？唯英雄遗事。任子孙敬吊，史笔悲壮关说。依然芳草，更多花树，岁岁河声，唱卢沟晓月。问太行莽莽，香山迭迭，血债这般，如何了结？抚高碑，觉丹心犹动，肝肠还热。赋首新词，汪洋大恨，留挂宛平城阙。

（一九八七年六月）

京华别荒芜诗翁

诗姓早识天下李，社稷坛畔荒芜体。
麻花堂险乐府新，纸壁斋糊诗千纸①。
消除宠辱存元神，瞿铄古稀今有身。
檀香山作传经客②，完达山老伐木人③。
世运民生肠九转，狐鼠最怕逢公眼。
活国不惜佳头颅，浑忘丁酉曾加冕。
剃头刀试发如霜，犀角丛丛射有芒。
忽然诗化穿云矢，迅雷掣电中天狼。
病室婴婴求友热，千飞煮酒清饴设④。
长昼窗柳摇青青，把臂未负诗人节。
晋阳饭店翁作东，为我块垒浇三盅。
机窗回首殷殷别，壮气正夺幽燕空。

【注】
① "麻花堂""纸壁斋"，皆诗翁所居名。
② 翁早年曾赴美，于檀香山执教。
③ 五十年代末曾于黑龙江完达山作伐木工人
④ 同访诗人吕千飞教授于民航医院，时千飞患心脏病。

《紫玉箫二集》选

日寇投降 三首

（一）

满天凉露压降旗，武运凋残日下西。
会看大和魂葬处，豺鸣突化暮鸦啼。

（二）

箪壶合泪万家情，日日围听故国声。
月到街心传语遍，秋风已动武侯旌。

附志：

　　日寇无条件投降之初，东北各地已无报纸，居民惟赖听关内广播以传布消息。多人将广播记录后，抄成大字张出，通衢小巷，无处无之，围观者朝夕不断。有人对同一消息亦日临数次，看了还看，眼中含泪。

（三）

大豆高粱十四年，八千里地一愁颜。
田园寥落从头理，流浪歌悲驾鹤还。

清 明 二首

（一）

黄泉罢市售肥鲜，今岁无人送纸钱。
战骨纵横三尺外，兵声扰破冢中眠。

（二）

百里郊原战血乾，早消残雪盼芊芊。
初芽杨柳伤心绿，草色应红妃子斑。

（一九四七年）

雪 四首选三

（一）

昨夜窗鸣纸欲穿，霜生被角枕生寒。
拨云思借清明火，三尺河冰化翠澜。

（二）

天蓝碎作纷纷白，沉重千家压絮裘。
袅袅炊烟呼不起，冻尸一夜凸新丘。

(三)

千重厚土妄生棉，大野茫茫未解寒。
焉令霏霏三九雪，也堪保暖絮团团。

弃儿 二首

(一)

十字军车缓缓行，搜罗泄地弃儿声。
呻吟断续家家是，狭巷深街仔细听。

(二)

泥身蓬首目凄惶，骨立形销稚气丧。
挤满车厢啼尽血，更无余泪问爷娘。

(一九四八年)

逃归者言 二首

（一）

哀号呻吟不忍闻，田园寥落罪斯民。
凄凉月泣蓬蒿哭，迟死人看鼠食人。

（二）

进退无端两饿乡，城郊百里铁围墙。
堪怜一线逃生地，惨日风回曝骨场。

闻梅兰芳逝世消息

广陵散绝韵不回，群岭伤心野哭谁？
空谷兰残幽更远，寒原有地可听梅？

（小志）
　　时余正戴罪于白云山劳动，挑肥山中。忽闻农场大喇叭广播中有梅逝世消息。惊愕痛惜，伫立无言，仰面高天，欲哭无泪。句在扁担下压出。

（一九六一年）

楼头送雁

雁声诱动少年愁，辽阔长天许自由。
淡淡云含千里月，萧萧雨送一行秋。
预闻紫塞飞银絮，总念丹枫夹绿畴。
吴楚江湖残水暖，立锥有地报危楼。

风

草偃花飞叶下残，破窗磕磕乱琴弹。
雄风无象凭斯画，摇荡苍生正倒悬。

忆 昨

错行一子满盘输，厨下终忘问小姑。
大地春风吹浩荡，美人秋水忆模糊。
频听老调三花脸，难破新愁八阵图。
败本因天非战罪，君恩似海免加诛。

堤 上

山乡吆喝牧归声，老树秋禾晚照明。
犊子撒欢归步急，我身影并小桥横。

夜 醒

依人檐下老农家,啮碎三更梦鼠牙。
自守心源归气骨,未知眉阜斗铅华。
寒凝月魄云程远,险识人情世路斜。
春讯迟迟风冽冽,何当送眼上梅花。

秋场即兴

捱过凉初雨,秋乡少睡乡,
月儿肥挂树,影子瘦粘墙。
日日镰争稻,村村碌作场。
塘浮谁氏艇,泼刺网灯光。

鹧鹕

鹧鹕安所觅,筋力欲云殚。
得句医长夜,消肠卧逆澜。
萍轻无定水,波绿有余寒。
烟雨霏霏白,山青呼到难。

野 望

远山一列化蒙蒙，村道忙忙老钓翁。
竹重帆行夹岸雨，窗昏人立落花风。
青烟淡淡浮孤寺，白鹭斜斜试翠丛。
短梦是家身是客，华年于此吊匆匆。

（一九六五年 阳春）

塘边小立

已是蒿莱弃置身，临渊小立羡游鳞。
山村树静篱笆破，时有忙忙结网人。

诗稿数首投溷

本是肠中几寸澜，合当送尔下溷轩。
轻身我暂归空界，异境君堪得涅槃。
守志未终应罪谴，夺情可奈幸宽原。
清香污臭糊涂里，占据高枝鸟正喧。

（一九六八年）

对牛谈

风中雨里相守，连日耙田依旧。地支丑，排行九，你在你之前，我在我之后，肌消骨瘦。君莫生忧，我不鞭抽。待秋来冷气飕飕，你得个休休。

读郭沫若《李白与杜甫》

小兵思路翰林名，老大蚍蜉撼树声。
昨夜遥闻揪斗紧，杜公汗了一身惊。

壬子元夕 二首

（一）

地支队列鼠儿前，鸡犬云中叫破天。
些许风光交异类，人间怪事不人年。

（二）

梦中惊彻吏追乎，消痛丹丸读禁书。
略解四时荆棘绕，明天哀乐一年初。

癸丑岁首有作，时足疾住院

秋冬春夏总牵缠，咫尺如棺蜀道难。
自唱自拉姬别霸，欲行欲止雾弥天。
八千里路危檐底，十万吨愁太岁边。
未可迎头轻动土，多平少仄过牛年。

（一九七三年）

卖破烂

朝朝收破烂，破烂何其夥。
寸缕留遮羞，峻嶒畏赤裸。
欲卖儒冠贱，交易谈难妥。
买一再送八，外加头一颗。
四折五折焉，再搭一个我。
腹笥书史藏，颅内文章锁。
力尚任捉虫，骨枯宜引火。
三寸摇终宵，不获一字可。
如君之右名，谁不躲躲躲。
废品大站东郊东，逢街便拐左左左。

听 蝉

利口诛心草木兵，覆巢之下愧偷生。
风乖冬九春三月，路险山千水万程。
香向迢遥愁里老，梦于浩荡药边横。
书床病久无聊赖，耳落蝉儿绿处鸣。

红灯梦

　　昨夜魂儿游梦中，十字街头闹哄哄。人也挤，车也拥，南北西东路不通。飞不过飞鸟，爬不过爬虫。但见街心闪闪大红灯，撑天之柱，最最高峰。一忽儿地上，一忽儿苍穹。万丈光芒变作万丈大棒打得凶，砸碎了月，批臭了星，留一个空空如也的真干净。　　你辈来自刀耕火钟，理应回到火种刀耕，小人爱富，君子固穷。要安居何妨钻钻树洞，要记事，只须结结草绳。野蛮是高级道德，愚昧是头等文明。白痴上座，饭桶高升。谄的赐爵，虐的加封，违者死，议者坑。　　今宵我醒何处？杨柳岸，残月晓风。与老友相对空空，他笑我魂犹发抖，我笑他心正怦怦。恨芳菲遗落梦里，留一头白发蓬松，剩一把瘦骨崚嶒。共说道：但得此梦不再，宁可不眠不卧今生。

过 了

过了三关又五关，蕉心半死命当删。
既生瑜矣何生亮，不入时兮便入山。
楚地歌人围壁吼，秦家弓月在天弯。
燕云粤草长安土，都被攀龙附凤完。

"同年"友朱问病共感旧事

新歌源溯旧荒唐，谋产阴家易姓阳。
以子之矛攻子盾，扣人大帽断人肠。
入门问讳原该识，出洞挨刀冷不防。
太液岂容生谏草，芙蓉一朵足风光。

踏莎行·病中怀乡

斜月窥窗，弄乖情绪，昏黄遥夜灯无语。荆花紫雪暗摇香，风旋欲逗思乡句。　　远梦频迷，短如花去。衡阳雁断音书旅。蒸腾泪化北归云，松花江上三更雨。

归乡途中

迢遥此路梦年年，归去偏无入梦篇。
落日烟长山坐送，村头树老鸟回旋。
桥挑灯影横江上，耳逐车声乱枕边。
夜气沉沉谁独醒，凭窗人语过中原。

列车中看震后唐山

天地乖张两不仁，劫波何忍更斯民？
车声疾似逃生路，我欲停招百万魂。

过山海关

辞却南枝望北枝，坐归日夜怨车迟。
人言轮响关东地，迎着窗风泪满衣。

夏日昼寝后作

湿云散尽剩火流，臂酸葵扇汗乡侯。
鸟梳缥绿怀冲迈，蝶选娇红敢自由。
大雨灭难胸底焰，狂飚扫却国中头。
何为缺少刑天态，舞掉缠腰万贯愁。

到家与三位胞兄和胞姊共饮 二首

（一）

待弟终宵恨夜长，此时应已过辽阳。
盈亏廿四年间月，一断鸰原两处肠。

（二）

互从衰发辨离颜，魂梦前宵尚少年。
兄弟一时相默默，举杯碰落泪灯前。

望香山思陈子昂《幽州台歌》有作

天时人事两匆匆，一病千秋涕泪同。
欲访幽州台已晚，雁声云影古秋风。

南 京

日日寻幽访胜行，吟鞋踏乱古今情。
桥担南北关山路，舟载东西野岸声。
灯影秦淮秋梦桨，柳湖残堞月临城。
兴亡屡屡兴亡鉴，不变斜阳照秣陵。

（一九八六年）

读杜 三首选二

(一)

万钧寂寞簪何堪，野草荒畦禹穴探。
白发暗生云正冷，青天欲坠酒初酣。
前宵梦乱乡音北，此日诗逢狭韵南。
可羡杜公山水恋，扁舟停处结茅庵。

(二)

杜诗掩卷泪分流，异代萧条等样愁。
碧落云粘窗楠树，玉盘露溢素娥眸。
梦长紫万红千国，气短朝三暮四猴。
若许吟怀除列嶂，不辞天地一沙鸥。

春节花市买花口占

绵绵暖雨逛花街，一束春光买转来。
北望遥知天地雪，此州佳景靠盆栽。

汉霸二王城讽古之四

空有重瞳只擅嗔，能窥袴下不观身。
黄金若早冠奇士，省了头颅赠故人。

满江红·友至

塔影斜窗，君忽至，捣吾吟穴。相对坐，牢骚互换，漫天胡越。最不迎时仁义礼，真难出手风花雪。突邻家大闹迪斯科，敲铜铁。　　心正乱，腰休折，是书蠹，非邦杰。怅万言千首，栩然蝴蝶。白日行行人见鬼，素笺落落毫挥血。待偷闲小馆请三杯，银钞缺。

（一九八六年十月）

周谷城老人赠题《纵横诗史间》中堂

风华蚀尽幸余生，冷月寒塘水上名。
惹草拈花方寸地，只容转侧末纵横。

读唐偶得

金盔银甲映临洮，月黑风惊大雁高。
郡县城关张羽檄，刑台仪仗挂弓刀。
一番鼓角晨吹打，几处单于夜遁逃。
野幕琼筵安百姓，寒沙胡马又萧萧。

劝酒辞

诗品中寻，人品中觅，蜀道难哉，交亲知已。数茫茫海上，零零散散，岛屿尖尖而已。各位应召来也，寡人心喜。非我辈，搬骚弄雅，问人间，风流怎地？慷慨当年，漫赢得周身皆黑，梦难将息。

哼两段皮黄，似钓得山川胜迹。高轩今夕，捉来两盏三杯淡酒，莫唇边点点滴滴。到花城，踏我七宝楼梯不易。想人生，聚少离多，况光阴过隙。明日天涯雁远，山程水驿，落霞回首，此会还堪有几？

答玉祥问瘦 二首

（一）

战守心台拒细尘，权枒角出性非驯。
不肥莫问诗之罪，枕上盘中逊阔人。

（二）

能消味苦善禁拳，岂向长街卖可怜。
叟在病中焉不瘦，老夫疢疾五千年。

扫

歪风邪气扫堂皇，赦了西城漏北乡。
休怪小臣归报晚，燕窝鱼翅待精光。

沁园春·山海关感史

地举崔巍，天送翻澜，山海莽苍。面辽东雪白，鸭江已渺，城关第一，萎缩边疆。姜女歌停，劳人汗尽，垛堞弓刀暴戾防。艰辛甚，此西行万里，嘉峪沙凉。　　古槐挂冷朱皇①，凭汉贼开门为虎伥②。念萌芽春草③，闯王铁骑，春行秋令，顺治严霜④。救却残灯，归还故苑，萧瑟流年三百长。徘徊际，有涛鸣足底，探首龙翔。

【注】
① 明崇祯帝吊死。
② 指汉奸吴三桂。
③ 明代资本主义萌芽。
④ 李自成造反、清军入关。封建制度重新巩固。

别公骥师，嘱警杀鸡吓猴子，机上得句

领取叮咛感故知，寸心无力断红丝。
猢狲弃树屠鸡后，立地男儿血性诗。

夜 起

看透名场与戏场,白衣一送二分狂。
工农兵"学"商人热,天地君"亲"师道凉。
万户侯纷敲大款,三花脸稳坐都堂。
风流罪过吾岂悔,明月不疑地上霜。

重到牡丹园

醉倒春风卧艳堆,李郎二度探香闺。
为询诗价调多少?富贵花儿娶不回。

河满子·与数诗友晚步黄河

几位吟坛社友,来敲落日长河。一片闲云裹了去,半遮粉面姮娥。独有烟迷岸渺,灯红舟歇平波。　　回首浮天阁柳,诗魔纠结情魔。古渡头边千古事,敝人悲慨奇多。无数兴亡在水,渔翁网得如何?

打苍蝇

千车万骑出咸京,一片牙旗讨贼声。
假想敌人何处是?遥闻老虎打苍蝇。

参观黄河大学即席

衣冠文武水流东,昔日行宫作泮宫。
学子莘莘来又去,桐花飞借柳条风①。

【注】
① 诗成,笃文兄当场用湖南吟腔朗吟。

追 呼

追呼诗道伪归真,荜路荒榛羁此身。
笔入名场锋易挫,魂留大野性难驯。
词章风月低千尺,豚犬衣冠贵半文。
造化有情堪俯仰,一抒怀抱发霜新。

读赤壁之战地域论战文章戏作

孙刘曹事水茫茫,借重诸君翰墨光。
文武两班争个甚?巴丘路近问周郎。

蕲春李时珍纪念馆

济世回生圣者堂,仁心仁术弄岐黄。
人间几许多情病,《本草》篇中少妙方。

别后谢东坡赤壁诗社诸家

囊贮伊洛水，千里访群戴。
不见三足鼎，江流飘素带。
人物淘去也，剩有风流在。
赤矶送白帆，绿野丹青态。

休嫌诗社天地窄，拥拥挤挤文生采。
只将才乳哺儿孙，子瞻一住九百载。
迎我杜康解忧物，送我金铸平平仄。
为道桃花潭水深，不及江身长到海。

（一九九〇年四月）

熊鉴兄置酒邀与朱帆兄相过和熊兄

连宵诗手缩寒斋，旨酒新温诱我侪。
块垒三堆春夜雨，牢骚百斗布衣怀。
荧屏净末排排坐，胃口鸡鱼侃侃开。
小弟生平思啖鬼，有劳大嫂速煎来。

（一九九八年）

刺杂文家牧惠、燕祥、舒展、老烈诸兄兼以自嘲 二首（时共宿蛇口）

（一）

本小专营杂货销，鲁家老店子孙骄。
每逢阿Q灯呼亮，宁对晏婴马拍高。
辣汗淋漓爬格纸，杈窝霍霍吓猴刀。
何妨花鸟谈风月，衙内公卿指旧朝。

（二）

文丐何来论短长，由他腐草草头王。
千篇难塞贪夫口，只手空搜老药囊。
天下澄清非我辈，人家脏臭管他娘。
清酒三更观二竖，轻提丹诏舞膏肓。

贵妃出浴雕像

艳后何来舞脱衣，纷窥池上洗凝脂。
蓬莱宫恚无端辱，绝似芙蓉枉死时。

重到西安 二首

（一）

吟题四野种长安，魅紫妖红惑陌阡。
风雨潦残裘马地，坪梁埋尽汉唐天。
清诗每自杯中钓，盛世多从纸上观。
楼里弦歌尧舜禹，乐游原上旧炊烟。

（二）

鼓楼买酒酹栏干，晚照苍茫失骊山。
太液池香花渡语，帝王州夜月临关。
驼铃西去摇沙漠，甲士东归献可汗。
兴后亡前民在俎，一声叹息塞秦川。

去鸣沙山

　　欲游鸣沙山，然适旅游淡季，无车无伴，店主人怜我远客，供自行车一，余喜以单骑去，十余里渺不见一人，真如入无人之境。然情有别趣，料古人骑驴可能有此体味，今人难能，而吾能之。

再谢多情店主人，李公单骑踏霜晨。
白杨左右萧萧路，独揽风光奉我身。

鸿门宴仿古大帐及宴时群像

祖龙吞六合，天下苦秦久。
弱民弄坑焚，嗷嗷闻黔首。
无语立金人，大泽长竿吼。
阿房火未红，先热鸿门酒。
长剑舞光寒，寒彻前宵友。
虤肩赐将军，一唊成不朽。
甲帐移中原，两双逐鹿手。
垓下别美人，灞上免折柳。
据坐长乐宫，江山新入口。
鸟尽良弓藏，兔死烹功狗。
安得猛士来，汉家四方守。
霸气嘘作云，赢家今在否？
君不见，新开大帐宴不停，
两家君臣皆土偶。

去秦安

轻车九转载吟眸，落叶声敲满地秋。
大岭层田青麦雨，早寒夹路走秦州。

天水女娲像

黄岭黄山泥土和,造人原料任仙娥。
匆匆漏正心肝位,佳士奇荒劣种多。

过张掖所见

黄沙白草古残城,戈壁平铺山骨横。
碧色全由风掠去,吹之不淡是天青。

酒　泉

百战将军驻马泉,匈奴未灭耻言旋。
甲兵十万分尝尽,俗客空投买酒钱[①]。

【注】
① 泉中游客所投镍币甚多。

酒泉市鼓楼

气壮通衢据,祁连白入楼。
伊吾闻大鼓,征戍不回头。

满江红·望祁连山

坐望祁连，蓝中白，玉龙颠蹶。掷满路，黄沙戈壁，断城残堞。偶地萧萧杨几树，忽然瑟瑟钩初月。钩不起，长卧势横天，千秋雪。　　昂藏态，嶒峻骨；寒云破，鸿钧裂。似银河浪涌，一时冰结。笛冷汉唐通塞使，霜埋将士安边血。折吾腰，烫酒奉晶明，浇君热。

月牙泉

孤零姹女玉波盆，贮尽沙鸣注满云。
愿募三千泉陇上，清光甘冽饷劳人。

安西过后

思统佳禾占陇原，蛮荒投掷天外天。
排空撕片江南雨，来绿雍凉十万山。

玉门道上 三首选一

边烽沙海溃长堤，雪嶂惊心雁阵迷。
大地田园胡马后，春郊布谷怨空啼。

陇右闻见

谁道丝绸路，丝绸不到门。
十七八家宅，无一上学人。
方脱辨梨枣，已为力田身，
室中有长物：四壁蛛网尘。
骆驼食余草，冷灶燃为薪。
夫妻年方壮，纵横皮鳞皴。
有田三亩瘦，寒陋沙砾宾。
树少鸣春鸟，天失化雨仁。
小儿啼索馍，惟索母泪频。
羊裘磨三代，虮蚤虑难存。
补疮拟挖肉，无肉何须论。
闻道公侯宴，水陆罗八珍。
复闻纨褥子，一醉掷千缗。
别墅嫌寂寞，抱艳走西邻。
海上市金屋，西人舌吐唇。
财源江连海，海通沐猴群。
朝前忙新禄，廷后坐老臣。
日日白条子，舒卷曰扶贫。

黄昏行陇右公路

车傍残阳走，天开百石弓。
一弦鸣大道，劲簇射秋风。

陇右道中怀古

铺地埋山千古愁，几人曾想觅封侯。
征夫拭泪颅堆雪，都护停弓雁过楼。
塞马嘶风闻笛管，汉宫笑浪漫箜篌。
游魂潜入春闺梦，青鬓还为少婿留。

瀚海 三首选二

（一）

瀚海粘天卵石铺，骆驼刺草旱云梳。
前探十万三千岁，疑有鲛人养蚌珠。

（二）

炊烟缕缕有还无，银汉床乾地髓枯。
安得长锥天凿玻，应时好雨奖耕夫。

友人赠山石盆景

黄山之峻武夷幽，精卫衔来置案头。
焉缩我身成寸半，抛书挂杖忘机游。

辛亥革命八十周年 三首

（一）

大义昭昭气浩然,风雷手挽击狂澜。
武昌一炮红江汉,碎了皇清三百年。

（二）

胸罗天下但为公,火炬炎炎万木丛。
七十二峰英烈骨,黄花香透史篇风。

（三）

海峡西东共本枝,中华儿女苦轻离。
江山君主归民主,真假文章一样题。

飞霞洞外小憩

小卧飞霞外,枝摇欲暮天。
溪声流短梦,忽作绿中仙。

傅作舟兄宴

傅作舟先生《济湖诗稿》出版宴诸友，九人中惟余为东北人，另八人皆湘客，即席赋此，以助酒兴。

围中侃侃酒边狂，一盏关东八盏湘。
惟楚有才堪傲世，芙蓉国产楚平王。

读《长恨歌》

温泉魔水浴环肥，入则王妃出帝妃。
倾国花裳三月暮，长生殿誓一风吹。
诗劳白傅胭脂笔，泪聚蓬莱海浪堆。
仙帐绵绵多少恨，何尝二字到扒灰。

西江月·题方唐漫画《回想》

万木千林伐尽，春光不住葱茏。树墩寂寞坐诸翁，爱续当年雅梦。　　瘦骨枝悬独鸟，铁笼瑟瑟迎风。多来米法索拉中，生态平衡断送。

双调·折桂令 二首

（一）

　　想当年蠹样贪书，恍且惚兮，暗遇仙姑。月债风情，缠绵始罢，垂泪还珠。空搜了文章第宅，拣一堆者也之乎。又练些诗酒功夫。问道谈经，躲过危机，君又何如？

（二）

　　禀回他诗陛群臣，豪唱歌吹。李杜苏辛，难齐格调，邯郸举步，才气愁贫。唯为那苍生泪满，比诸公不减毫分。计未到宿草孤坟。一副情肠，十万忧端，缠老腰身。

思佳客·看京剧梅花奖得主秦雪玲表演

　　裙底莲花步步生，春池水碧晓风轻。
　　台下群山纷玉倒，一转明眸万种晴。
　　荀派锦，筱家莹[①]，弓鞋得得悄娉婷。
　　深宵月好人归去，口口争怜是雪玲。

【注】
　　① 秦雪玲习荀派戏，又选筱翠花派为继承目标，筱派跷子功被长期错误弃置，雪玲冲破成见，重新拾起，苦绦功成，为当今唯一跷子功继承者。

赠李锐长者

东湖系缆玉盘升，一爽天风识国桢。
炼狱灯摇龙胆紫，幽斋心慨马迁声。
寒多荒塞人未死，雾重庐山月自明。
往事从头今事又，非关治乱不关情。

奉呈程千帆前辈

长安驿舍柳青青，一缕余寒引识荆。
肝胆劫波存傲骨，文章冠礼戴修名。
闲堂不住闲文字，重客咸归重少陵。
每憾程门无立雪，老来犹觉未全丁。

机上看天山

挺举嵯峨一片山，青苍白氅瘦生寒。
松梅未敢当乡土，云絮流风太古冠。

天 池

灵峰千载铸皑皑，绿掩纱橱两面开。
礼宴纵留阿母在，瑶池不照穆王来。
早闻预辟盘陀路，空见横陈玉镜台。
手里并州刀若有，波心白处好云裁。

屯垦战士

戈壁滩长储段奇，一篇屯垦万篇诗。
饷嗜田园瓜果黍，酌尝战士马牛犁。
白雪飘寒催鬓换，黄沙堆热瘗乡思。
于今后裔接前钵，可有艰辛似往时？

饯春诗会

春风今夜报阑珊，肥瘦吞光野味残。
月眇东窗知酒烈，客来蜗舍饱儒酸。
颅中停放三唐韵，纸上耕耘半亩田。
闹市无林堪折柳，不知花梦落谁边？

【注】
戊寅坤尧自港来，邀聚熊鉴、经纬、永沂、杜文达及东遨、燕婷夫妇于得其所斋。时当夏之将始，春之秒末，故曰饯春诗会。

调坤尧博士

黄生生态拟书虫，坟典鹰扬欲碧穹。
三窟居安台港澳，一尊浇乱马牛风。
既当博士投诗窟，不重盆花好野松。
霞客文章云路远，毛锥扫后现葱笼。

满江红·徐续、褚石《广州棋坛六十年史》索题

二尺棋盘，点燃了，漫天烽火。听隐隐，风吹金鼓，矢矛纷堕。汉界云浓营垒布，楚河浪险旌旗涉。怪牺牲遍野血不流，坚城破。　　头一对，麾双色，输者苦，赢家乐。笑皱眉张口，军师站客。由彼死生分巧拙，劝君俯仰观寥廓。味人间何处不斯般，机心作。

四九级同学聚会 三首选二

（一）

卅九年长荆棘途，乱风剥却好肌肤。
纵横深浅新沟壑，故我还曾记得无？

（二）

百丈嚣尘底事成，蓦然回首剩浮名。
五关过后惊头在，叱咤犹闻六将声。

南岳忠烈祠

万绿丛深枫叶丹，艰危国脉抗狂澜。
鞠躬热洒江山血，青史昭昭黑也难。

王船山像前

如拜先生座,姜斋绛帐声。
论高天地气,句妙古今情。
漫捻长髯白,傲看莽草青。
人间徒广远,无处载均平。

登南岳祝融峰

子美萧骚望杳然,阿伦足下祝融巅。
湘江九曲朝衡岳,松柏群高绿楚天。
璧月洞庭渔火远,佛光仙影雁声悬。
人间块垒投幽壑,十万冬雷滚大千。

"文革"中佛寺被毁

寺院经文一丙丁,火官难御火红兵[①]。
峰峦骨脊烧不化,又在烟云雨里青。

【注】
① 祝融:上古传说人物,死后为火官、火神。

遥奠钱锺书先生 七首选四

(一)

帝京未染杏花尘，至圣才华至道人。
设使空明成巨椁，料难容得大师魂。

(二)

劫尘蔽日卷云生，坑下斯文百万横。
处险能安凭智略，大音高处最稀声。

(三)

"言者不知知者默①"，先生知者默中存。
若非大地割喉管，十部"管锥"遗子孙。

(四)

奠酒时馐俗莫陈，飘然洁去脱浑沦。
相知且坐休相送，愁混乌纱传里人。

【注】

① 白居易《读老子》诗句，原话见《老子·德经五十六章》："知者弗言，言者弗知。"参看《管锥编》第二册一六五六章，先生云："故吕不韦之'不言'，乃可言而不必言；老庄之'不言'乃欲言而不能言。"

文人下海有感 十四首选九

（一）

光荣竹筒四民先，一落危崖老九渊。
知识本来皆粪子，耕春大任在肥田。

（二）

千金掷处舞裙松，教授修鞋买朔风。
呕血十年文百万，难为一曲扭腰红。

（三）

三更灯火照新愁，岁岁新愁扫勿休。
屋漏窗虚明月好，看人骑鹤下扬州。

（四）

寒林鸦噪暮天苍，痕叠心头棍子伤。
余悸三千驱未得，左家不许触真疮。

（五）

公自杏黄旗外回，祖方父道不须违。
由来大老粗高价，文化班头没字碑。

（六）

咸亨酒店匾堂皇，铺子林家炮换枪。
设使鲁茅归去晚，也应董事长当当。

（七）

灯瘦窗虚月似烟，五羊皮下竭心泉。
鬻儿售女平常事，润笔原来卖血钱。

（八）

春风难释腐儒酸，民有堪忧梦未安。
锦帐舱中西子卧，愚夫拒上五湖船。

（九）

生平去就定荣枯，幸有瓜田得豆庐。
书卧枕边琴在抱，无财可守不成奴。

乘筏泸溪河游仙水岩 二首

（一）

一路车轮碾雾行，晓风细雨向仙城。
蓝天碧水流轻筏，白虎青龙卧晚晴。
道法真需丹火炼，琵琶缘自紫云听。
他年羽客名归我，十二楼头拭月明。

（二）

冈峦出水岸边堆，桨打青青一梦回。
知否身炉丹所在，宜哉道院术焉归。
惯看鸡犬云头闹，忍许尸虫墓里肥。
竹筏浮思三十里，泸溪村妇浣流晖。

羞女岩

大胆公开天赐图，何来一字曰羞乎？
痴儿生死悲欢地，浑沌人间太乙炉。

一剪梅·雁荡山

雁荡名区摆手招,趁觅风骚,借作渔樵。进山身似受包抄,前后雄豪,左右妖娆。　　杓取龙湫研墨描,一写芳标,二摹清操。他年有幸受重邀,又折郎腰,再惹魂消。

南歌子·夫妻峰

人约黄昏后,山高月上迟,男儿意重女儿痴。夜夜相滋清露解相思。　　昼里羞偎抱,明离暗不离①。一更到五尽佳期,惹得游人心瓣痒兮兮。

【注】

① 两峰相并,昼间无甚异处,入夜,月色映照,绝似一对男女相拥相吻。

古阳关遗址

一自诗人赋别情,千秋柳色忒青青。
沙原望尽闲云树,故垒凋残羁旅形。
古董滩围沙砾海,丝绸路断骆驼铃。
行囊添块阳关石,留与儿孙唱渭城。

寄秦安诗友

秦安太白诗社友人函告云：诗友等每聚饮，必为余虚设一席并代饮。盛情炙人，感而得句。

大斗何劳代某干？酒魂夜已到秦安。
凤山花树泉新酿，邀月亭头月不寒。

【注】
秦安凤山有邀月亭。诗友多集会于此。亭名为余游时所命，匾为余所题。

纽约孔子塑像 二首

（一）

先师至圣也心伤，华埠街头放逐场。
绿卡未知曾获否？孔林绿叶已还乡。

（二）

何日为公大道行？当今天下未分明。
劳心游说寰球国，羁旅前头万里程。

【注】
孔子塑像为华裔所建，在包厘街南端，孔子大厦（高四十四层）之后。碑座刻有孔子《礼记·礼运篇》全文："大道之行也，天下为公。……"下为英文译文。

纽约林则徐塑像

高过楼群十万重，漫天正气大洋横。
销烟事业英雄概，百载公为第一名。

【注】
林则徐塑像今年十一月落成揭幕。像后为曼哈顿高楼集中地，距孔子塑像很近。美人评林公为近代第一位反毒英雄。

金缕曲·别克平诗丈

年正花时节，怅炎凉，壮哉踏倒，浪如山叠。抗战军兴投笔去，欲把虾夷射猎，更向着风骚腰折。言志缘情追律细，倩风雷解了心头结。华国句，填辽阔。　　谭公隔海高呼切：李先生，美州诗友，待君邀月。澎湃尼亚加拉冷，却醉自由枫叶。杯须尽，啸歌三阕。纵有相携多几遍，便招来几个相离别。重聚日，问蝴蝶。

屈原祠诸诗友纷为余摄影

千峰插剑楚云空，寒雨飞舟载泪东。
峡岸怨心声谷外，后皇嘉树水屯中。
仰首拜尘音去绝，哀民忧世梦来从。
所愧大夫唯一死，骚声划破大江风。

（一九九六年十月）

鸣沙山与斗全各撮细沙一瓶

观来恰好伴吟声,撮座沙丘入小瓶。
大木宜然关祸口,要鸣且在里边鸣。

谢海内友好问病 六首选三

突罹疾病,海内友好互传,电话、信件、诗书纷纷垂询,关切、安慰,病房则花篮(不是花圈)如列,令人不忍言别,吟此拙句,代个谢字。

(一)

精舍无方净六根,浮生初觉似微尘。
阎罗玉帝嫌多刺,地狱天堂两闭门。

(二)

去来窈窕影姗姗,病室窗留晓梦残。
点鬼今番无姓字,人间尚未酒泉干。

(三)

四望苍茫晚照红,登高有约众君同。
徘徊歌啸观天地,挥斥云雷十万风。

陶像歌、兼谢工艺美术大家 刘藕生

娲皇遗块坐匹夫，松根瘦骨马迁书。
翘首向天何所问？迩来可有诗文无？
观君似我又非我，冥顽似铁头二颗。
我本劫馀血肉躯，君经炉炼三千火。
羡君皴皱不再深，雨雪霜雹枉自侵。
喜君冲冠不新白，衫底包藏菩提心。
畏君绝巘不知退，跌落涧底纷粉碎。
幽兰幽谷空幽香，犹临蜀犬对影吠。
我命岂如陶土焉，炉膛只许化热烟。
驱云车兮帝阍过，白玉京冷不宜眠。
秋声秋色织萧索，惟有大白可堪托。
诗文何须传尧封，一生行状即遗作。
天生万类应自由，有泪专为苍生流。
蝼蚁之命不忍夺，雨狂总为草木愁。
葱茏丛里狐鼠众，毛锥当戈难为用。
书生之气常弥天，世道谲诡遭戏弄。
混沌西北有女神，成纪黄上太古人。
今日陶土克隆我，蚀骨不蚀狂狷魂。
此魂他日归荒草，休上韩公谀墓文。
室里墨痕帘外雾，樗材陶体相对处。
君未折腰米五斗，我未遥拜官尘路，
天堂地狱非我家，倚紧人间霜雪树。

刘耦生《百虎图》歌

耦生馈致长画幅，画中打面风粗鲁。
蓦然腿抖心突突，斗室居然围百虎。
腰无熊渠子之没羽箭，手无黑旋风之黑板斧。
景阳冈上无我胆，十多大碗二郎武。
齿交嗑嗑前致辞：体缺肥厚包瘦骨。
虎曰知君弱书生，滋味不过酸豆腐。
余等皆为美食家，缴首诗儿免食汝。
只许颂德兼歌功，体裁任凭律或古。
我道应制非可长，秃笔不擅细腰舞。
感公不吞不嚼意，小可敢辞作诗苦！
公等山林为行藏，自由之国百兽王。
松涛有乐鸟有簧，
高天伞盖石榻床，溪水春醅苍崖墙。
一跃风随神扬扬，跃到人间成豪强。
不着红装着武装，
虎臣虎将驰沙场，捉得狐兔交皇粮。
虎痴许褚脱星当，蜀汉关张赵马黄。
窈窕为之披霓裳，封侯赐爵挂勋章。
虎而冠者吾不详，冠而虎者见平常。
攘攘熙熙聚敛忙，握符逐鹿坐庙堂。
噫，吁，嘘，
苛政猛于虎之殃，妇人荒山泪断肠。
更有狡狐假威光，奸宄奴才为主伥。
此事虎曰太荒唐，岂需鬼物来相帮，
愚人莫犯吾发芒，人若犯我当馔尝。
生态平衡绩煌煌，食劣吞卑留刚强。

虎兮虎兮堪流芳，仁兽之名未可忘，
《聊斋》卷里曾表彰，松龄惜未寿而康。
颂歌唱起收难了，诗人虎前纷拜倒。
虎臀略如马屁拍，虎髯谁敢试一挠。
山林大烧而滥伐，公等领地日蹙小。
虎骨坚挺虎皮妍，猎户获之当稀宝。
浸之乙醇可壮阳，披之诸兽逃夭夭。
非鳏即寡婚姻难，独生一个也难保。
兄弟袍泽关囹圄，无期之刑胃无饱。
前岁我作曼谷游，鳄鱼湖园虎已老。
铁锁加项匍伏之，风雨骄阳昏到晓。
遭缚还遭叭儿吠，林泉梦断长林杪。
傻瓜相机争咔嚓，人虎合照美个鸟。
我思纵之山乡里，敞人岂不尝镣铐。
休为膝下悲空虚，虎子虎孙人间找。
为公叹息倍伤神，所见多矣难具陈。
百虎泣下数行苦，哀我族类同轻尘。
故园有路归魂魄，骨肉天涯共沉沦。
感戴先生能爱物，先生胸头揣个仁。
可堪商品大潮涌，一颗仁心值几文？
不如大款一口烟，不及小姐一点唇。
春光一缕千金夜，绿酒红包权力门。
刘氏藕生多高义，问苦敢与虎比邻。
保护区开宣纸上，长吼声自画中闻。
行扑眠坐纷百态，怨怒气多出岫云。
淋漓意匠泼浩淼，肖公形象蓄公魂。
诸公遗照凌烟阁，百家姓外郡望新。
伤心百虎返画图，世间几个同情人？

《京剧诗、文、画、书、印》三十首选七

盖叫天

景阳冈上打虎,十字坡前打店。没作大虫的口中餐,危危乎母夜叉的馒头馅。紧凑利落高精尖,绝艺太白巅,活武松,盖叫天! 西子湖边,钱塘潮浪浪如山,故居门外起狂澜。一生空把英雄扮,劫波里翻了船。莺飞草长二十年,名伶血,碧江南!

拾玉镯

风清草暖闺门外,一颗春心怎的栽,小凳儿坐热了无聊赖,奈何天气绣花鞋!春阳懒懒春情晒,翩翩年少蝶飞来。两片桃红贴粉腮,心上打牙牌,偷把眼瞄,羞把头抬。 这边厢半应半嗔真娇态,那边厢颠到了神魂脚步儿歪,玉镯儿光溜溜地不到怀,难煞了女乖乖。手帕儿盖,纤手儿快,拾起了一笔风情债!

宇宙锋

歌台醇酒酿,醉了众曹刘。
一出装疯戏,百年菊部楼。
艳容荆壮士,哑子武乡侯。
恶卒何豺虎?阿房空杖旄!
丹阶訾二世,烈性冠千秋。
官吏芳馨泯,梨园姓字留。
赵高诚贼佞,小姐好丫头。
赫赫秦宫壮,堂堂相女尤。
梅郎声自远,血统论应休。
宇宙锋间事,当今惜少俦。

风雪山神庙

天地茫茫白,荒村冽冽风。一杆枪挑仇千缕,酒葫芦恨万盅。昏君稳坐着东京,高大尉手攒着朝廷。花花太岁,狗着心,狼着性,野猫儿贪着腥。莫道天意从来高难问,草料场把天烧得满面红。　　山神庙,空踞着神灵,眼底香绕酒供,肚里爬着馋虫。山神庙外,飕飕着刺骨寒,哈哈着三个帮凶。嘎地一声,庙门开了缝,闪出了人如虎,枪似龙,打杀了三个坏种,老马得,为英雄留个影!

武松与潘金莲

盆中炭火妙文章,纤手儿拨拨弄弄忙,却热不成对,旺不成双。"叔叔要有心,嫂嫂有情肠!"小杯杯怎比三大碗的量,叫汉子敢过景阳冈。拳头不打象牙床,这出戏,该重唱。　也莫说潘氏淫兼荡,生就了花儿相,该有春风暖雨供伊享,老天欠伊一笔风情帐。也休云封建武二郎,绿头巾怎忍抛给亲兄长!这幅丹青,男可敬,女堪谅。

乌龙院

月色窥窗来照。罗帏锦褥人娇。酒杯儿,沾不出温柔梦好,大英雄心念着英豪,老阎婆空拉了丈二皮条。这三郎宋怎比那三郎张俏,一日不风情,这婆娘捱不住衾冷春宵。莫看她眉儿柳,眼儿杏,口儿樱桃,却是位心儿狠,手儿辣,性儿刁。要把那宋押司扭送官曹。"我就杀了你!"这告密的狐妖,猛抽出寒气森森的一把怒恼,粉窈窕涂成血窈窕。赢得梨园看客千声好:告密构嫌罗织者,都当吃口宋江刀!

李清照

　　新词几句伤日暮，泪滴敲得罗衿苦。半夜响金钲，中宵传羯鼓，家也不成家，国也无完土，总被奸佞误。好韵才休，使多少须眉臣仆！红颜人妒天也妒！　　算来往日短温存，回首惊魂遗满路。帘卷西风谁与诉？雁字声寒，黄花瘦损，一日眉攒千百度，空自觅觅寻寻，梦里乡关，酒朋诗侣，人在何处？

增补篇

胞姊雅贤墓上

别时春气满，天今流夏云。
姐姐长眠处，幼弟独自寻。
昔迎弟归日，伴母共倚门。
今日含悲返，不敢望新坟。
姐去应未远，来追姐姐魂。
姐魂不为应，墓厚难相闻。
回忆儿时事，双嬉慰双亲。
送弟负笈去，为收书物勤。
至今衣襟侧，尤有姐针痕。
久伫不忍离，戚戚泪沾巾。
四野青纱帐，为姐遣黄昏。
蝉儿时断续，乡路无行人。
徜徉回首际，墓草摇夕曛。

附记：
姐长我三岁，十九岁夭，家人久不告我，偶于乡人口中得知，乃归，先至墓上。

（一九四五年）

中秋怀乡

节到中秋节，热风呵不歇。
旅囊诸物空，独有家山月。

（一九五三年）

戏 题

新婚三日尚羞郎，厨下迟疑羹也汤？
未识嘴刁姑食性，初调先犯小姑肠。

（一九五七年）

交 心 二首

（一）

臣胸何事为君开，花样翻新老鹿台。
噩梦变形思想犯①，史篇遗笑惹人哀。

（二）

智舍掏光缴债钱，涕流百斗泪三千。
茫茫净土无心国，月锁深宫正好眠。

【注】
① 思想犯：日寇残酷镇压东北人民所创的罪名，凡有"反满抗日"思想者皆被称为"思想犯"。一旦被捕，绝无生路。日本宪兵队大都让狼狗（警犬）将"思想犯"活活咬死。

（一九五九年）

得母书

不必寒衣嘱咐频,节逾霜降是夏深。
故乡弯月随行脚,探访平安报老亲。

夜

风旋窗冷月行迟,僵指冰凌未敢诗。
窄被推覆儿梦暖,父身半赖硬棉衣。

(一九六〇年)

胃 痛

捧心日日并腰弯,自信迎时此态宽。
劝道多餐酸性减,先生忘却大饥年。

从化温泉春昼

闻歌起坐看春归,初绽夭桃老去梅。
昼静方填词二句,肠枯先溅酒三杯。
窗悬山氅思豪客,耳到云巢觅响雷。
莺燕穿林松径转,妙龄一队探花回。

(一九八〇年)

敲 断

敲断舟栏搔破头，烟迷鸥渺客生愁。
唇边公战心私战，昼里醺游夜壮游。
廿四花风常到耳，八千子弟早封侯。
大江东去沙淘未？忍见清流换浊流。

骑骆驼走鸣沙山

踏沙袴下两峰行，一赤条条浩气横。
嘱咐多听高卧处，好山惯作不平鸣。

范仲淹

甲兵数万驻胸头，气节谁为天下谋。
一记关情忧与乐，千秋仰首岳阳楼。

端 午

楝叶花丝护屈魂，汨罗底享水波嗔。
上官后裔怀王胄，也作江边投粽人。

上清宫废址镇妖井

林疏径曲菜花黄,残井凄迷对夕阳。
太尉魂惊逃黑气,愚夫膝软拜魔王。
流诸泪血双成海,赢得人天一骂娘。
昨日神明终死去,还余新草趁荫凉。

鹧鸪天·游刘家峡水库

万里黄流一段殊,漓江之水太之湖。炳灵寺外群仙会,姐妹峰双候客图。　如梦也,亦真乎,千秋才现此规模。苍空应向清清问,何日童山绿盖初?

(一九九四年五月)

鹧鸪天·刘家峡水库赠黄河酒家老板娘

燕啭柔纤劝客尝,甘州压酒不须量。泡台三后黄河鲤,一曲春风杜韦娘。　加倍酌,礼应当,声言交换妙诗肠。招来天上鹧鸪调,伴奏佳人下晚妆。

瓜州食瓜

车尘忘扫进瓜州,香列街边翠欲流。
贪嘴远客君莫笑,不贪负了此回游。

枪毙大贪官

如椽丹笔试新裁,可怨先生气运乖。
刑鼎铸然藏冷库,皮囊剥矣制招牌。
真乎假也倡兼反,攘且熙之去又来。
劳等廿年君好汉,当前急务觅娘胎。

答蜇堪见赠

灯惊拍案赏隋珠,临汝词边欲认输。
燕赵儿吹风月笛,杏花村拼索郎壶。
玉笙大鼓听君夜,鹳雀名楼落日图。
衰病举杯如举鼎,先生哪比后生乎?

附记:
蜇堪喜京剧,擅裘派,又喜京韵大鼓,为余唱骆玉笙大鼓,味佳厚。出口如此,入口则极善饮。

蚊 二首

(一)

更深才下炼钢台，倦意千斤压倒栽。
长喙尖尖叮梦上，耳光扇了自家腮。

(二)

纱厨多洞自由风，底事迟留肉肆中？
大吼一声还我血，肚囊破处掌心红。

（一九五九年）

夜 醒

依人檐下老农家，啮碎三更梦鼠牙。
自守心源归气骨，未知眉阜斗铅华。
寒凝月魄云程远，险识人情世路斜。
春讯迟迟风冽冽，何当送眼上梅花。

（一九六四年高明）

放麻风病区

即日检收行李行，女儿泪眼送车声。
云横雪拥蓝关路，露重风多玄鬓情。
失却佳人难再得，致之死地每偏生。
麻风杆菌不麻我，料是嫌沾座右名。

（一九六四年）

附记：

一九六四年下半年，广东作协全部人员被赶去海陵岛搞"四清运动"。作协右派三人与音协右派二人，则同被逐之高鹤县山区合水公社劳动。该地为著名麻风病多发区。余之"三同户"即有一女麻风患者，手指已变形。我等人中有某诗人，到后紧张、畏惧、几至精神崩溃。余则设法从卫生所借到一批有关麻风书籍。知其所害，乃知有所避，心中泰然。

游河南宋陵感史

河山唾弃屄王坟，肥马貂冠傲子孙。
春月余杭迷玉笛，秋风塞草走降臣。
满江红泪将军岳，正气歌碑丞相文。
家祭放翁存底物？中原遮眼是胡尘。

杂 感 二首

(一)

书翻今古看缨簪，一钵糨糊九族粘。
马屁方肥惟拍响，牛皮愈韧越吹酣。
魂消觅艳羞言老，诰管封侯莫问贪。
岭下苍黎愁种鬓，葬穷无地到山尖。

(二)

花蔫苹瘦柳头垂，礼失求诸野未回。
酒绿歌黄心痒痒，唇红眉黛眼飞飞。
雨零玉枕钞千叠，风入纱橱梦二堆。
上有苍鹰怜腐肉，由他公款报销归。

(一九九九年)

来 客

聊赖文章了，客来格格轩。
秋凉寒露后，茶热酒杯先。
马拍花生笔，牛吹口尽川。
山妻忙水陆，摘月下椒盘。

路侧梅花 二首

（一）

独立苍岩万绿堆，友生三四久徘徊。
地无冷气多冰骨，香压枝头雪不飞。

（二）

小梅独放路边枝，听厌骚人拍捧诗。
但恐风狂禁未得，诸君可否借寒衣。

访 旧

三十年长岁晏身，几多岩岭化成薪。
可堪玉树风前影，终落红羊劫后尘。
梁断难谋金也屋，月明空敞梦之门。
朱唇绿鬓埋沟壑，纵使同车亦路人。

桂林游

桂林感旧

别井辞亲避地心,投南首选桂花深。
魔高半纪三千仞,体重寻常九十斤。
空教爽风怜北客,何来骇电掣鸣禽。
群峰毕至迎诗友,洗耳扶衷促畅吟。

一九五三年大学毕业,因厌左榜而怀远,觅胜地以筑巢。填写志愿独选古文身之域,甲天下之名,不意竟反西而东。

宿阳朔

长宵逆旅可怜卿,一枕相思梦有成。
西巷伴嗔声细细,东邻相窥玉亭亭。
漓江水绕舟浮碧,岚气云稀树送青。
漫步无尘归去晚,小城挤入满天星。

鸬鹚

斗笠蓑衣网四时,竹排山影仵鸬鹚。
悲怜猎水加喉锁,吞吐难为感遇诗。

漓江行舟

妖娆夹岸两排排，四季桃红桂子开。
非欲名存天下甲，谋留明眼赏瑶钗。
苗家舞鼓壮家歌，迎送招呼桂桨和。
归隐武陵无此水，诗心动处砚当磨。
一峰才去一峰来，沽酒邀渠买醉偕。
暂聚早订他日会，三花①醇美莫空杯。

【注】
① "三花"：桂林特产酒名。

斗歌台，不欲登临

阶级歌台斗未休，曾谁扭曲姐儿喉？
书生白粉涂隆准，老景心忧水倒流。

假寐

崖边假寐尚迷离，似雾如烟竹影堤。
忽忆舟摇西子柳，三潭秋雨落涟漪。

盆

一水千峰玉女盆，月华日影印游痕。
慷慨几座平原省，家在南云八桂村。

笛 声

天蓝水碧稻金黄,素屋白烟舴艋航。
断续笛声风送渺,轻摇竹外牧牛郎。

水云图

波心如簇有还无,山势撑天不倩扶。
淡淡浓浓新意匠,身居真个水云图。

画 心

莫道无声却有声,诗从笔底画心听。
白衣送酒神来主,客已消魂不欲醒。

旅 囊

碧眼黄毛拍照忙,三花米线竞先尝。
岩茶大枣沙田柚,波影山形入旅囊。

梦 扉

自从别后素心乖,露冷花零伫绿苔。
再会无期魂有路,梦扉夜夜为君开。

文化城

将军试剑伏波情，战血昆仑关上凝[①]。
烽火日连灯火夜，赢来文化作城名[②]。

【注】
① 抗日时，昆仑关之役，是我国军民浴血歼敌，战果彪炳之战。
② 当时国内众多文化名人聚于桂林，办报、办刊，宣传抗日。桂林因被誉为"文化城"。昆仑关战后，诗人田汉热情吟诗，直送我军司令部。

自憾

十题才解二三题，自憾生平山水痴。
谁剪银河流赤县，子敲峰岭赏枰棋。
多情眷眷身心约，隆准疏疏筋力疲。
陌上春衣新折皱，东邻有子莫相期。

众殍

涧深径仄断人行，空屋檐残麻雀声。
瘴雨知怜红豆色，荷塘诞自骊山坑。
濠梁许论鱼之乐，客馆初闻枕也惊。
草偃无言风过响，禁他众殍饿肠鸣。

和刘征烤鸭诗打油

二〇〇二年，因病，久未至都门，今应召赴京参加学会会长、顾问之会。会上刘征兄开场白云："昨见报上有文，言吃烤鸭有益心脏病康复"，并打油一首赠汝伦，其最后一句是"从此天天吃烤鸭"。会上晓川、梁东、作斌皆有和作。晓川云，他会后愿请汝伦兄到东来顺。刘兄争曰："先打油者我也，我作东，合理合法。"争执不下，乃由公家买单。打油者五位，吃鸭者两位。此油因我而打，不可白吃，油曰：

  病网恢恢寿反加，文章广告固夸夸。
  烧鹅岭外哥哥叫，那有闲闲赶烤鸭。

【注】
烧鹅，广州名肴，味香浓，唯名不及烤鸭耳。

神 经

  宇中马步战尘生，师出堂堂片假名。
  耳痛忽闻哀四野，镝飞不息射三更。
  阴阳翻覆玄黄乱，鸟兽偕亡草木零。
  纵许神经埋史册，合留子胥马鞭评。

偷鱼赋·忆儿时趣事

儿时趣事一笑堪，长宵静静坐塘边。
赤日炎炎浇赤裸，心事重重看钓竿。
暗祝鱼儿休上当，吞钩不是美味般。
可惜鱼不纳人意，懵懂波心中机关。
邻家儿享丰收乐，池小水浅闹肥鲜。
恻隐之多来母教，鱼儿挣扎我心怜。
偷送鱼儿归碧水，突觉此举不安全。
起身悄悄离岸去，邻儿发觉手持竿。
大呼追杀偷鱼贼，一路声声国骂篇。
偷儿空手高高举，下边无裤上无衫。
我脚如飞他脚急，边逃边辩案情冤。
逃入家中呼众犬，尔辈快保主人安。
大门关，登墙垣，澄明我行可对天。
邻儿畏犬不敢前。呜呼焉，呜呼焉，
今生冤案此最先，犬儿保我放生权。
天时人事两倒颠，长大险成众犬餐。

客自

客自殊方话半宵，打窗似雨叶摇摇。
女窥明镜颜非玉，雁过辽天羽亦凋。
彩笔正肥韩干马，素襟何瘦沈郎腰。
寒原泪冷生民病，共向愁肠浊酒浇。

读《两当轩集》感黄仲则 三首

(一)

少年误入两当轩，看澈心源即泪源。
回望柴门凋白发，并刀无刃剪饥寒。

(二)

空学跃马踏冰天，古道黄沙薄命怜。
母老家贫儿女幼，寸草春晖哭二泉。

(三)

采石矶边太白愁，吟声难宿醉仙楼。
机缘未上腾王阁，收拾诗魂万古流。

花 时

花时岁月影无随，旧约如烟不禁吹。
回首相思堆满路，心头犹自乱峰堆。

拾 穗

进出年年炼狱门，灵台依昔旧清魂。
折腰如仪君休笑，原是秋风拾穗人。

（一九七一年）

瘦字令

日日相厮久，朝朝相对后，
恼渠破镜炎凉透，青山锈，秋水皱，
俊成丑，头成叟。镜曰此论何别扭！
薄云永夜连永昼，先生枕上思红豆。
屡蒙风狂加雨骤，裁章锻句图不朽。
总为吟诗瘦。NO，NO，NO！
他行左侧咱行右，迈过中年心依旧。
囊中逃了一钱守，那得飞车苟苴走。
未见嫦娥舒广袖，秋波梅腮羞挑逗。
得闲我手写我口，仄仄平平随意凑，
浇去块垒心中寇。
身不禁人殴，力不足格兽。
呼几位君子交中友，拼碎几杯淡淡酒。
诗不嫌陋，批不能臭，何瘦之有！

文章附录

为诗词 形式一辩

——与丁力同志的一次通信

丁力同志：

您的信拜读很久了，您提了不少中肯的意见，准备写点什么和您谈谈、因为忙、所涉及的问题又复杂，所以提笔而又掷笔都屡矣，终於从金风送爽的清秋，拖到雪满西山的现在。

差不多近十年前了，那时身如秋扇，而大脑也有闲，我思考了关於诗的一些问题，顺便梳理了过去积累下来的一些想法，弄成洋洋洒洒的十多万字，用以添补精神世界的荒芜，那时，当然无法拿出。一个视草绳如蛇而畏之的我，迄今尚有些一怕被指为不敬于圣明，二怕攫罪于名流。多年来又挤不出一点充裕的，作作刨削棱角的功夫。好在，当今容许争鸣，乘此把某些看法，择其要者，略陈数端，作为奉复，并候我公明教。

自"五四"前后的新文化运动以来，古典诗词形式便总是处在被告席上，受到各种各样的指控。虽然罪名都属冤哉枉也，却又极少为自己作作辩护。当时一群有民族良心的人士曾出来为之作作抗争，但未免窝囊，不能把对手击败，后来也就偃旗息鼓。诗的论坛，从此彻底易主。毛泽东提出在民歌、古典诗歌发展基础上发展新诗的主张。这总算是一条可行的路，是符合诗歌发展史和规律的主张，我想这总能结束那种诗与文不分，诗语与口语不分，亦即无韵、无调、无味的荒谬状态。六十年代初期，诗歌界曾有一次就此问题的重大论争。但解决了问题没有呢？没有。我总觉得那不过是次小接触，虽然热闹，却说不上深刻，一些重大的根本问题还没接触。

您在信中提到，新诗要走民族化、大众化的道路，主张一种从旧体诗词脱胎出来的新诗，这当然也是可以的。但这不仅要诗人拿出货色，写出继承了旧体诗词具有鲜明的民族形式、民族气派，在思想艺术上都是响当当的好诗，还要把从"新文学运动"以来，以胡适为代表的新诗理论及其体系作一次认真的总结批判。在我看来，当时那一套理论是很少科学根据的，是经不住诗歌史和实践的检验的。

您知道，"新文学运动"时期，在某些新文化代表人物的心目中，古典文学是被叫做"毫无价值的死文学"（胡适）的，甚至连文字也罪孽深重，非废不可，"欲使中国不亡，非废除记载道教妖言的汉文不可"（钱玄同）。这样，古典诗词自然成了主要罪犯。胡适就大声疾呼诗的革命，诗的解放，几乎把一切诗形式——当然主要指中国诗歌的民族形式——都视为"枷锁诗神自由的枷锁镣铐"，要予彻底"打碎"。他主张"诗歌革命自何始，要须作诗如作文"，诗要"合乎语言的自然"，"话怎么说，诗就怎么写"。之后，又有王平陵其人者，说"由韵文进入散文是诗体的解放，也是诗学的进化"，其他如西谛（即郑振铎），也是诗要"由韵趋散"的主张者之一。

按照这些理论，作诗即作文，即说话，真正的诗和诗人也该绝种了。一切作文的人，会说话人都可以称为诗人，多嘴而啰嗦的老太婆，将是最多产的诗人了。

这种"打碎论""解放论""进化论"和"趋散论"正是新诗散文化，中国诗词形式应该消灭的最早的理论根据。这一理论及其体系，统治了我国诗坛已半个多世纪了，它指导了许多诗人的实践，导致了鲁迅说的"新诗直到现在还在交着倒楣运"。

当时，诗写得越象散文，越象说话，就越革命，越解放，也越时髦。谁要沾一点旧诗词的边儿味儿，便是保守，便是封建。总之，愿怎么写，就怎么写，愿长愿短，有韵无韵，悉听尊便。如果再带点洋味儿，离着中国语言的味儿愈远，则越是诗，越是好诗，这就是当时诗歌散文倾向的特点。

"以文为诗"原是诗的弊病，唐诗人韩愈就被嘲为"以文为诗"。但韩愈的"以文为诗"和新诗的散文化倾向却是不同的。韩愈的这类诗总还保留着诗的形式特点，如句型、节奏、韵脚等，而某些新诗则否，不过是大白话或散文的分行排列。完全抛弃了中国诗词形式的"易记""易唱""动听"（这是指诗歌的韵律、音乐性）的特点。它不为群众喜闻乐见，不能流传，局促于少数知识分子的圈圈内，这不是交了"倒楣运"是什么呢？很遗憾，鲁迅这句新诗"交了倒楣运"，一直被某些理论家们所不喜，讳莫如深，绝不引用。其实这是鲁迅对诗歌散文化新诗的处境的形象概括。

鲁迅说："诗须有形式"，正是说新诗的没有形式，他指的形式决不是外国诗形式如十四行体、分行排列（分行不是中国诗语言本身的形式，只是种外国诗的书写方式）等，而是指没有中国诗歌所具有的形式，其特点则是"易记""易唱、……、动听"，只有易懂一条，是当时某些白话散文诗所有的，但也有大量洋味十足的诗谜诗（它是当代"崛起"的朦胧诗的华籍老祖）。而这类诗，陈毅就说过"旧诗难懂，新诗也难懂"。难懂，是大多数旧体诗词的一短，这正是它要克服，新诗所应反对的，但这类新诗比旧诗更难懂。

鲁迅说，新诗不能在人们的头脑中将旧诗挤出，应该说新诗不能像旧诗一样，占有自己的位置，但说新诗不能把旧诗挤出一点，却不能苟同。中国诗歌史上有没有一种新诗出来，就代替了旧诗的地位呢？没有。

诗就是诗，中国各种诗体不同，从未发生过对立乃至战争，决没像秦始皇那样，把东周王和六位诸侯王"挤"出王位，而自己独霸世界。

当七言诗已经成熟，为诗人们普遍接受和采用时，诗人们不还是照旧写五言诗和四言诗吗？《当代诗词》第一集就有吕剑先生的一首四言诗，写得还真够味道。当五七言律出现后，五七言古体也未被取消。号称律诗圣手的杜甫诗中，古体就多到三分之一。当宋词、元曲出来后，诗人们也仍然写古体和律诗，并没有代替了古体和律诗的地位。新旧体诗的并存，意味着诗人有更多的抒情言志的工具，可以为诗人们的不同题材、不同需要服务。一种新诗体的出现，显示着诗的园圃中培植了新的花株，诗的家族里有了名新的成员，祖孙共存，父子相并，融融洽洽，热闹、红火。中国诗史上从未有一种新体诗一出台，一亮相，就摆出排斥前贤老辈，要取而代之，唯我独存，其余通通该死的霸主架势。只是五四以后才出现了这场面——口中"耶斯""噢"地叫着："你们都是出身封建的东西，是古董，是朽物，都给我滚，滚，……"

不难理解，中国古典诗词的新旧体之间，有着血肉的关系，就像父子关系一样。而五四后的散文化自由体和古典诗歌则没有任何血缘，非其类族，所以才怒目相向，绝情绝义。

电影、电视出来了，皮影、木偶戏存在着；话剧、舞剧、歌剧出来了，戏曲、地方戏存在着。

诗形式的变化，新诗体的出现，不是"旧的不去，新的不来"，不是沿着新东西代替旧东西的轨道。新的东西的诞生不标志着旧东西的死亡。

"以新诗为主"，这里是把物质生产和计划经济的思维模式，移到文化生产上来的思维模式。中国诗歌史上从没有以什么为主，从而以什么为次的提法，近代律诗对古体诗，词、曲的对于古近体诗，从辈分上说，都可以自称新诗。却没有什么以什么为主，以什么为次的提法，近代律诗对古体诗，词，曲的对于古近体诗，从辈份上说，都可以自称新诗，杜甫"新诗改罢自长吟"，当然是指律体的"新诗"，辛弃疾"为赋新诗强说愁"的"新诗"，指的是词。但他们以及他们的同代诗人，都不曾请他们心目中的"新诗"。坐上主位，而让旧诗屈居下席。大词人苏东坡写诗二九零六首，而写词则只有二七零首；金代元好问编的《中州集》，选诗一九七八首，词一一三首，则以新诗为主呢，还是旧诗为主呢？诗人写什麼内容，什么题材，适合哪种诗体，这和诗人个人的爱好、兴趣、习惯、特长、修养有关系，是由诗人自己决定的事情。

古典诗词形式束缚思想，"五四"前后到新中国成立后，都如此说，所以诗要解放。诗词格律不过是"篇有定句，句有定字，字有定声"这么多东西。看来，确象很有束缚性。但我却觉得，诗词格律不但有造成诗的音乐美、易记、方便传播的一面，还有更积极的一面：第一，它限定诗人把他的某种思想感情在这么个框框中表现出来，那就迫使诗人去选择最恰切最浓缩最形象最富表现力的语言，把他的思想感情更集中更有效更艺术地典型地予以表现；第二，它也迫使诗人把一切可有可无的重复累赘的表现力差的语言通通删去，其结果是达到诗的高度精练或精纯；第三，更给读者以想像和体味的空间。能否如此，那就要看诗人有无这种本事，有无这种艺术造诣和才能，肯不肯下功夫。我以为，这是诗词格律必须充分肯定，必须充分估计的方面。可惜，我们的诗歌理论家却从来不曾从这方面去认识、去认定和正确估计，反而被"束缚思想"论束缚了思想。诗词格律只是对于不懂也不想懂的人，不热心诗歌艺术的人，艺术造诣不足的人才构成真正的束缚，对于把作诗当成作文和说话的人，简直就是可怕的束缚性的威胁，威胁性的束缚。

如果说诗词格律束缚思想，那么我国千千万万首诗词中的思想，则都是被束缚着的思想了，或者都是思想不足甚至是无思想的了，这岂不滑稽。

认为诗词格律束缚思想，是一种片面的形而上学的观点。这种观点危害极大，它是新诗要散文化、自由化，要所谓"解放"的主要理论根据之一。

诗词格律并不难掌握，能用点追求异性那样的努力，"梦寐思服"的精神，要写封能打动对象芳心的信那样的功夫就成了。对于一个熟悉地掌握了诗词格律的艺术造诣高的诗人，诗词格律根本谈不上束缚，他自由，他"从心所欲不逾矩"得很。

诗词格律不过是根据民族语言的特点，由诗人，诗的理论家精心创制并长期实践、探索、总结出来的一种民族诗形式，一种高度艺术化、音乐化了的诗形式。一切诗的格律都是民族语言的特殊的艺术构成。每个民族都有她只属于她自己而为其它民族所无的本质特点。因此，中国的诗词格律，只有使用汉语的汉民族所有而不能为操其它民族语言的民族所有。外国人如日本人、朝鲜人、越南人写中国诗词，使用的只能是汉语，而不能用日本语、朝鲜语、越南语写中国诗词。诗词格律是中国汉民族语言的珍珠宝贝！由于民族语言的不可能被消灭，诗词形式也不能被消灭。要消灭这一形式的前提，那就是消灭它赖以产生的民族语言，而要消灭一种民族语言，那就得消灭这个民族，或者这个民族被其他民族所同化——这也是一种消灭。

"五四"前后的新文学运动以来，中国诗词就时时处在被消灭的威胁之中，但它还是顽强地存在着，以至于当时以及后来都主张消灭它的某些人，最后还是把它拣起来，奇特的是有的人是"犹抱琵琶"，一方面抱着个"束缚思想"不放，一方面甘愿被它去"束缚思想"，"勒马回缰作旧诗"去了（闻一多）。

现在，很多青年虽然不懂它，却很想懂它。《当代诗词》编辑部就收到大量青年的来稿，他们要求帮助他们，他们以不懂而遗憾。他们在自寻"束缚"，以不被"束缚"为苦，以能被"束缚"为乐，这不太傻气了吗！

把诗词格律斥为封建的东西（因为它产生于封建时代），只适合表现封建的思想感情，也是种可笑的偏见。多少资产阶级革命的英雄豪杰，无产阶级革命的将帅们用它表现他们的思想感情啊！这种论调和那种"出身论""血统论"同样荒谬。须知语言是没有阶级性的，它是为各个阶级服务的社会交流的工具。在特定阶级、社会集团、职业中有当然的特定的习惯语、同行语等等，但这不能给语言本身贴上阶级标签，它们也不能改变语言的全民族性。诗词格律是一种艺术的语言形式，这类习惯语、同行语当然会走进诗词格律中去，然而也不能给诗词格律划个阶级成份。

问题主要还在于写的是什么内容，表现的是什么感情，其次是看用什么词汇。我们一般是把词汇分为典雅、古奥的和通俗、浅近的两种。即使在唐代，也有"老妪都解"的诗，古典诗词中流传下来的许多好诗，即使现在，也还有些是浅近易懂的。

还有一种看法，社会经济政治制度变了，社会生活也变了，为了反映新的生活，就要求新的形式，而且形式则如胡风说的是"冻结了的形式""僵化了的形式"，内容决定形式嘛。这当然是对内容和形式的机械理解。然而主要的还在于把一种艺术形式当成了上层建筑来对待，也就是把语言当作了上层建筑中的国家机器、法院、军队、警察等一类东西。经济基础变了，上层建筑也跟着改变，然而文学形式、语言却不能随着改变，解放前说的话和解放后说的话有什么不同呢？难道吃饭改成饭吃，走路改成路走，天改成地，南作了北么？

几千年来，中国诗的语言形式有许多变化、丰富，从四言诗，到五言诗、七言诗，到长短句的词和散曲，但它们生长着的土地，一直是封建经济的土地。新中国成立前后，经济基础，政治制度、社会结构都在发生着裂变，质变，但依然有大量的人在写诗词。可见，教条地把诗词形式当作上层建筑来对待，是十分可笑的荒唐的。诗词形式首先是语言形式，然后是艺术化了的语言形式。

现代语言复音词增加了，旧体诗词格律不能容纳新的复音词汇了，这也是在同一理论体系中经常说反复说的一种道理。但是复音词的增加只能说是增加，因为中国原来就有很多复音词，这只能说它丰富了我们的词汇语库，但决不能改变民族语言的基本语法结构和组词方式，也不能取消更大量的单音词。

我记得，从前有位同志说："中华人民共和国"这个词就写不进七言诗中去，因为它自己就七个字了。但"中华人民共和国"不是基本词，而是由许多词组成的专用名词，国家的代称。其次，诗人如果歌颂中华人民共和国，把她的美好用形象的语言描写出来，不就是对她歌颂了么？一定要写，那么，中华、祖国、神州、赤县、禹甸等不都是她的代称吗！这不和称美利坚合众国为美国、美，称苏维埃社会主义共和国联盟为苏联、苏一样吗！诗是诗，不是签订条约，协定，不是政府公文，不是发布告，一定写她的全称干什么？反映了汉、唐帝国气象的诗，有谁写了只一个字国号的汉或唐呢？刘备的三顾茅庐被许多诗人写过，但没有任何诗象《三国演义》那样。"汉左将军、宜城亭侯、领徐州牧、皇叔刘备，特来拜见先生。"那小童回答得好，"我记不得许多名字"，刘备则说："你只说刘备来访。"可是诗人们连刘备这个字也很少用。"三顾频烦天下计"，便省略了刘备这个主语。如果杜甫像《三国演义》那样写诗，还会有杜甫这位诗人吗？看来，只有散文的自由体好办，把那一堆封号、官号及其他都写进去就是。

杜甫的诗被称为"诗史"，因为他反映了他所处的时代生活，但他反映的手段是用形象，是用诗的语言，而不是新旧《唐书》那样的散文语言。这说明诗的语言和散文语言，口语语言的巨大差别（这里不多说了）。

诗的解放是不科学的，它是个抛弃诗歌特点，违反诗歌发展规律的口号。这个口号是在指控诗词格律中提出来的，然而这类指控都是虚构的，莫须有的。一种诗形式形成之后是很稳定的，任何诗形式都具有一定的稳定性，艺术达到高度完美化的诗形式，就更具稳定性。但即使如此，它也有它的局限性，即不能满足诗人的一切要求。正因此，诗人们才总是要有新发现，新创造。近体格律诗可谓高度完美化了的，但也还有词、曲的出现，而它自身则又为新形式新格律提供充分的养料和经验。词就是吸取了律诗的平仄规律发展起来的，没有律诗的平仄规律，便没有词。散曲也是吸取了词的长短句经验和平仄规律发展起来的。后者对前都既有继承又有发展，既有遵循又有突破，用您的话说，这算不算一种解放体呢？有继承，有发展有遵循，有突破，这已是新体诗发生发展的规律。文学上的这一规律，我国五世纪的理论家刘勰就已发现并在理论上予以肯定，他说："望今制奇，参古定法"（《文心雕龙：通变》），又说："古来辞士，异代接伍，莫不参伍相变，因革以立功"（同上：物色）。就是说必须广泛地吸取前代的成果，有所因袭、继承，又有所创新、变革，才能有所"制奇"，有所"立功"。中国诗歌形式是需要变，需要有所创新，但不能既无其父又无其母。离开传统和取消民族形式是死胡同，它的"倒楣运"还将继续。正如您所说的："民族化、大众化，我认为是新诗发展的必由之路。洋化、现代主义化，是绝对走不通的。"

可是这条"死胡同"，有人钻过，有人非钻不可，棍打不回。

您当然记得，何其芳曾积极研究试验过现代格律诗，在他之前有人试图没出息地模仿照搬十四行，更有闻一多先生提倡过新格律诗，即被人嘲讽过的"豆腐干体"。何、闻两位的用意可以理解，都是感到新诗的散文化倾向的严重，意图给新诗寻一条出路，摆脱那种不上口的散漫的难以流传的"倒楣运"的处境。

何其芳主张顿的整齐：

红军攻下了纳粹的首都日本军阀也签订了投降书……　我们的排炮像密林，射击被包围的敌人的兵团和城市

都是散文形式，头两行可作报纸的标题，也可作通电、宣言、声明、布告的文字。"射击"二字本属下一句，为了凑成顿的整齐，硬将之"斩首"，放在上一行去，而且洋气十足。但是谁在诵读时感觉到它的顿在何方和顿的整齐呢？作者主张现代格律要用"口语，说话的调子"是有了，诗的调子呢？这两者能等同吗？人们每天都把自己"口语的调子"说给别人，也每天都听别人"说话的调子"，难道还要到诗人那里去听"说话的调子"吗？诗人给予读者一堆"说话的调子"就满足了吗？

闻一多先生的格律诗讲究字的均齐，诗的"建筑美"：

要好地茶杯贞女一般的洁白
受哺的小儿接呷在母亲怀裹
鼾声报导我大儿健康的消息

虽然有点诗意，但却是带着欧化味的散文句式，也无法令人感受到什么"均齐"。有的则是所谓"建筑美"，或把

短句子拉长。或把长句子压短，凑成豆腐干式的方阵。这大约就是鲁迅所说的"给人看"的诗。什么叫"建筑美"？马路两旁的建筑，都那么方方正正就是"建筑美"吗？一座建筑像个方盒子就美吗？

这二位学问、事业都有成就的人物，所要建立的新格律诗，都是以散文（包括欧化的）和口语为基础，有些是很合乎胡适的"合乎语言的自然"的。也都是远远地避开了中国民族的诗形式，深怕沾上诗词的格律形式的边儿味儿。令人奇怪，中国诗不要中国诗的特点、格调，不知是出于一种什么心理状态。中国诗的发展不要中国诗的传统形式作基础，将怎样建立起来？有没有先例，如果还有哪位以散文、口语作基础，企图建立一种格律能把大家的笔都"格律"起来，那将是神经病人的所为。

当然，比闻一多先生还可以上溯得更早些，即新文学运动中的刘半农、钱玄同先生。他们是当时的闯将，但大约也微微感到新诗散文化的问题，在广大群众中吃不开，因此主张用皮黄戏（指京剧）的曲子填词，标明"调寄"某某戏的某某段唱词。想像他们注意到诗的唱，感到皮黄戏能为群众接受这一点。这主张比闻、何二位正确得多，符合中国诗多从唱开始的基本规律。但他们没有注意到，皮黄戏是种板子音乐，而非牌子音乐，每一段唱词可以自由增损字句，不同的演员之间也可以有不同的增损，这就不能"格律"起来。而且，在受洋思想影响很大的新诗人中，京戏是没有什么地位的。京戏本身又是种地方戏，用它的唱词来"格律"全国是根本不可能的。而更要害的问题——他们的主张也是避开了中国诗词的格律，不以中国传统诗词为基础。

任何艺术家都不能不受到他前代艺术所达到技术成就的制约。中国格律诗的发展印证了这一点，而要建立新格律诗的以及散文化的自由体，则完全忽视以至鄙视这种制约，意图搞一种"爆发"式的革命，以及用外国的"进口货"，来代替中国诗歌的传统形式。须知，作为民族诗形成的基础的民族语言，其发展变化是根本不能用"爆发"式的办法的。其发展是十分缓慢的。其基本语言，基本语法结构也是十分稳定的。我们现在使用的基本单词，绝大部分在三千年前就已有了，基本语法结构也是从那时就开始形成了，宋元以后的"古白话"，和今天的口语也是很接近的。因此，作为在民族语言的基础上创立的诗词格律也是十分稳定的，它不理睬某些人对它的攻打敲击，它不可能接受某某人的个人意志或想当然，从此就息影诗坛，悄然隐退。其实有识之士早就提出过"旧瓶装新酒"的办法，这个比喻好，它符合科学，即把诗词格律当作一种工具，它承认了语言上发生的变化，它承认新的和旧的需要结合，新对旧的依存关系。

由于时代生活的变化和发展，当然也反映在语言的变化和发展上。这一表现为某些反映旧生活的词语性质意义上的变化。黄遵宪讲的"诗界革命"，主要就是指新的词语入诗，而不能被失掉了生命力的陈旧的词语"拘牵"住。

语言变化的又一方面是语音的变化，唐宋之间这种变化就已存在，到了散曲时代，北方语音由已没有了入声，散曲主要用的中原地区的中州韵。到了现代，普通话盛行全国之后，按古音古声写格律诗会有些障碍，对于不熟悉古音的人，平仄是较不易掌握的，有些韵字的分部是令人难以理解的，如东、冬的分部，如支、微、齐、灰各部中的一些韵，入声部的字就更无须提了。我接触到一些朋友和青年，他们想学学分别字的平仄，道理不难懂得，但在通行数千年的平水韵中那个字属平，那个字属仄。我想只要花点心思，就能够掌握，并非什么难事。

　　普通话，从前称为国语，现在台湾，港澳和海外华侨依旧称之为国语。普，普遍的意思，通则是通行，所以还是用普通话比较贴切。既然它是普遍通行的语言，那么现代人写格律诗为什么不能用普通话的语音平仄呢？如果如此，那么要说解放，那就是中国格律诗的一大解放，它显示着格律的从古音中解放出来。这样的诗词，可名之为普通话诗词。如果有诗人在民歌、古典诗歌的基础上，创造出一种有现代语音根据的新格律诗，那当然更好。这种新格律诗仍然保留着平仄声讲究。因为平仄声是中国汉语语音特点，很富於音乐性，这种音乐性应该在格律中得到加工。但这种新格律诗的出现也不意味着旧格律诗的取消，争奇斗艳，很好，你死我活，不必，也不可能。就是按古音古调写旧格律也是诗人的自由意志，我一向这么写，也不反对别人这么写。

　　普通话的字音分阴平、阳平、上声、去声，或叫第一、二……声。在小学语文课中就开始学了，不过课本中没有加入平仄的称呼，建议将来加入。这样平仄声的掌握就不是什么难事了。

　　总之，诗词格律不能丢掉，它充分利用汉语这一声调语言的特点，具有鲜明的音乐美，而新的普通话格律诗词，最好：

　　一、用普通话语音的平仄；

　　二、多用现代词汇；

　　三、古奥的词汇应该少用和不用；

　　四、生僻的典最好免用。

当然，这里谈形式，但不单只追求形式，这样的误会最好不要发生。诗的立意、内容、意境、思想性都是必须讲究的。林黛玉女士说："第一是立意要紧""若果有了奇句，连平仄虚实不对都使得的。"（《红楼梦》四十八回）。王夫之说："无论诗歌与长行文字，俱以意为主。意犹帅也，无帅之兵，谓之乌合。李杜所以成大家者，无意之诗，十不得一二也。"（《姜斋诗话》）

我想，新的普通话诗词同样能以崭新的风姿，溢香舞艳于诗的万花园里。有诗的形式，易记、易懂、易听、易唱、动听。大市通衢，茅屋野店都将有它的声音。"凡有井水饮处，即能歌柳词"，我想普通话格律诗不但不应该让柳耆卿独美於前，并将大大超过之才对。

至于您主张的那种脱胎于旧体诗词，打破了旧体诗词严格的格律，如字数、平仄、对仗、词谱、曲谱的解放体，当可一试，希望您和其他诗人都有所探索并取得成功。

我的想法和您有些不同，这不同主要在是否保留旧体诗格律上，但这不过是大同中的"小异"，我们的"大同"是原则的、根本的，这就是诗要走民族化的道路。

以上皆属浅见——不是客气，甚盼我公指正。

专此恭复，并祈　健安

汝　伦

一九八一年十二月十九日

在中华诗词学会成立大会上的讲话

各位诗友：

祝贺中华诗词学会成立。它的成立是中国文化史上破天荒的大事，是在源远流长的中国诗史上树起的一块丰碑。

诗词是我国优秀的民族文学，它理应得到我们正常的继承和发展，过着它正常的生活。如果这样，这个大会也许不一定召开了，即使召开，那意义内容也会是不同的。但数十年来，诗词时乖命蹇、晦气重重，总是处在将被人置於死地的危险之中。尝遍了苦味，遭尽了冷落，过着匿影藏形的岁月。作为文学的一大品种，数十年来，文艺界作报告、写总结，堆砌丰产数字，讲起成绩，吹打弹拉唱；在洋洋巨著的现代文学史上也一样，采取的都是驼鸟政策，不承认主义。从来不提诗词一个字。不管是谁，诗词写得再好再多，也不能参加作家协会。我个人参加中国作协，就不是因为我写了诗词。

这个现象是中国文坛的一怪。

大家知道，新文化运动是反帝、反封建、反礼教的。它曾经高呼科学和民主，招唤德赛二先生，但这个声音若断若续，似有还无，虽生却死。作为文化运动，当时被当作主要射击靶子的是传统文学，特别是诗词。不分良莠美丑，不分精华糟粕，一律斥之为贵族文学、山林文学、"毫无价值的死文学"。连汉字也是罪大恶极的，钱玄同认为废除汉字是使中国不亡的"根本解决的根本解决"。最后株连到整个国家、整个民族。在胡适眼中，"中国不亡，世无天理"，中国民族"成了一分像人九分像鬼的民族",中国只能走"全盘西化"之路。当时某些文化闯将之间,几乎展开了否定传统的竞赛,谁把传统否定得彻底、大胆,似乎谁就最英雄,最革命。他们被"所谓坏就是绝对的坏,一切皆坏;所谓好就是绝对的好,一切皆好"的形而上学弄得朦头转向,失掉了理性。(鼓掌)

在这当中,诗词被击中的子弹最多,中国的诗词形式、格律、被判为"枷锁诗神缪斯的枷锁"。胡适说"诗歌革命自何始,要使作诗如作文",主张诗要写得"合乎语言的自然",话怎么说,诗就怎么写。解放后,大讲诗词形式的束缚思想论,正是源于这个枷锁论。有位著名诗人叫何其芳者主张诗要用"口语的调子",当然也不过是胡适的"合乎语言的自然"而已。

我现在讲话,都是"合乎语言的自然"的,是"口语的调子"的。但我是在作诗吗?(鼓掌)

如果说话、口语都是诗,那么啰哩噜嗦的七大婶、八大姨,岂不成了最多产的诗人(笑声)。

取消了诗与文、诗与口语的区别,使之进入"无差别境界",就是取消了诗。

任何艺术都是有自己的规律、自己的特点,都不是自然状态的东西,都是经过创作而艺术化了的。舞蹈家如果不遵循美的法则,不按一定的乐曲、节奏,来规律他的舞步舞姿,而成为一种美的"律动",那只是能是乱蹦跳,而不能叫舞蹈。诗歌也是。民族形式的诗歌,是由特殊的艺术化了的语言形式构成的,它已经成为艺术化了的民族语言。中国的汉语是种声调语言具有声调的美,但客观存在还得经过艺术加工，才会成为更高层次的语言形式。诗的格律化，是在古音韵学家发现了汉语声调的特点的基础上，经众多人加工、提高和反复实践才逐步形成的，并进一步完善化了的。它一形成，就被全部诗人以至全民所接受。因此，中国律诗的平仄律，是由汉语的音调特点所决定。正像拉丁系语言诗歌的抑扬格，斯拉夫系语言诗歌的轻重格，是由他的民族语言的艺术化形式，它一旦形成，同样是稳定的。这种稳定性就是它的生命力。它能促进、培养和形成整个民族对诗艺术的审美心理和审美习惯，直到发展成一种审美要求。这种审美的心理、习惯和要求，又反转来巩固、强化诗词格律的稳定性。

这就揭示出，我国汉语诗词的平仄律为什么那么长寿的原因所在。这是株千年大树，本固枝荣，它不是什么人凭主观意志所能动摇得了的。

当然，从表面上看来，新文化运动后诗国巨变，江山易帜，诗坛上一片"说话"，分行排列的"作文"。而民族形式的诗词作品被放逐，被叫作朽物、古董、谬种，礼貌的说法是"不宜提倡"。它一再被宣布了死刑，但总是"缓期执行"。还是被动挨打。就像电影上的武打，一个人被打翻了，站起来，再打翻，再起来，永远打不死，好像越打越壮实，（笑声）甚至能把对手彻底战败。我常常想，那位打不死的人，一定是练过挨打的硬功或内功的（笑声）。汉语诗词也有它的硬功或内功，那就是它生存于数千年来牢固、稳定的民族审美心理、审美习惯和审美要求之中。物极必反，阴尽阳生。它首先在北京被打翻，现在它却走进了北京的政协大礼堂（大概还是统战对象吧，为什么不走进人民大会堂）。

大会标志着诗词恢复了名誉，被落实了政策，这是为诗词七十年冤案平反的大会。（鼓掌）

学会的成立，预示着一种民族文化的振兴，光复了旧物，反映了民族的优秀文化不能被人为的力量割断喉管的真理。只要中国不亡，中华民族不亡，汉语存在，诗词就亡不了（鼓掌）。当前，诗社纷纷成立，遍及全国城乡，诗词刊物越来越多，诗人队伍越来越大，学会的成立，适应了这一民族文化振兴的强大潮流。

虽然，现在还有那么几位人士，继续操着新文化运动时代的老枪法，加上红卫兵式的咒语，攻击诗词写作是倒退，是复辟，不准和新诗"唱对台戏"，甚至还有位悲天悯人之士，竟然替古人伤心，说古人写诗词是"古人的不幸"，等等，但这都不过枉费了卿卿力气。

事实证明，在广大群众中间，爱读爱写诗词的人多得很，而长期以来却是"率士皆宾言不足，普天之下一《毛诗》（指《诗经》）"（鼓掌）。一九五七年，作家老舍曾呼吁出版个专载诗词的刊物，有点和"不宜提倡"对着干的味道。可是呼吁归呼吁，直到老舍"冤沉汨罗"很久之后也没有实现。一九八〇年，我和花城出版社的同志在闲聊中提议办这样一个刊物，之后是游说，鼓吹，后来竟真的办成了，即《当代诗词》。在发刊词中，本来是想提个"诗词救亡运动"的口号的，因为感到诗词膝下空虚，有断子绝孙危险。出乎意外，在几家刊物上刊出征稿启事之后，很快就收到来自全国的诗稿、信件，有的信谈得极其热情。三个月左右，粗略统计下，竟达万首之多，有些是整本整本寄来的。其中除了诗人、作家、教授、专家、老干部外，近百分之七十是中青年，中小学教师、一般干部、工人农民和战士。还有大中学学生，年龄最小的十四五岁。他们几乎全部是自学的，有的水平不低。为此，刊物专辟了个《雏凤新声》的专栏。我以为，培养青年一代的写手，是一项战略工作，也是《当代诗词》在发刊词中为自己规定的一项任务。后来了解到，很多青年曾拜当地一些专家、教授为师，很像旧式家塾。这些专家、教授是可敬的，他们早已默默地从事了这项战略性的工作。

至此，我更加相信，诗词是亡不了的。

下面谈谈两种值得深思的现象：

一、"新文化运动"当时的一些新文化闯将，虽然激烈地反对旧诗词，但他们几乎个个能写一手相当不错的诗词。这是大家都知道的。值得特别提出的是闻一多先生。他有首轶诗，在《当代诗词》上发表了。诗是"六载观摩傍九夷，吟成鴃舌总猜疑。唐贤读破三千纸，勒马回缰作旧诗。"（鼓掌）诗写于一九二五年，即诗中所说"六载"。所谓"傍九夷"，是说摆脱自己的民族传统，去依傍外国人，实则指盲目模仿照搬外国。"鴃舌"，典出自《孟子·滕文公》，指写的诗没有中国气味，一派外国人的声口腔调。这一点使这位大学者"猜疑"了，并且是"总"的"猜疑"，意思是早就"猜疑"，常常"猜疑"，这是可贵的猜疑。我常常以为，这个"猜疑"意味着诗人的醒悟，他是第一位有了醒悟的新诗人，也可以认为，这是闻一多先生对新诗界那种散文化、欧化现象的极其尖锐深刻的批评；更可贵的是他指明了"勒马回缰"才是出路。因为"傍九夷"是此路不通；"吟成鴃舌"的鸟诗，并不被广大人民欢迎。当然，理论上反对诗词，而私下："勒马回缰"大写特写诗词的人是很多的，问题是缺乏闻一多先生的醒悟。大概只觉得"弃之可惜"，食之又大得其味的吧！

反对传统文学最力的胡风、阿珑两先生，他们的诗词不但写得多，而且写得不坏。《诗刊》《当代诗词》都发表过他们的作品。

二、浩劫后，许多新诗人也纷纷"勒马回缰"了，寄托感慨，抒发怀抱，很多诗写得诗味浓厚，有的高过填书塞典的"学人诗"。《当代诗词》还发过一位著名朦胧派青年诗人的诗。

"我见青山多妩媚"，传统的民族形式的诗词的"妩媚"，征服了颠倒了老的、少的，使他们纷纷勒转了马头。

不是其他，恰恰是独具特色的民族诗歌，被世界上许多有识之士赞颂为世界上最高级的诗歌，给我国在世界赛上赢得了刻着"诗国"大字的奖杯和金牌。它理应受到大熊猫、长城那样的待遇，珍惜它，保护它，发展它。真令人难以理解，有些人对我们的民族诗歌为何那么蔑视，鄙视，甚至仇视！那儿来的这种感情？出于什么心理？说是"崇洋"吧，可是恰恰他"崇"的那些"洋"们，就有很多人崇敬着、崇拜着中国的诗词。在美国、西欧如此，在日本尤其如此。美国的庞德（Ezra Pund）被称为二十世纪最伟大的文学家。此人政治上反动，但对中国诗却佩服得五体投地。他认为，中国诗的短小、精确和集中是无与伦比的，音节只有七个。他批评英美诗的冗长，要求摹仿中国诗，用尽可能少而精的音节，完美准确地表达意象。日本的汉诗家石川忠久教授曾写信给我说："汉诗是高级艺术，无疑是世界上最灿烂、最富内涵的诗歌。"全日本有一股"汉诗热"，有三百五十万人参加汉诗的吟诵和写作，几乎每年都有汉诗家代表团来中国进行"麦加朝圣"。在华侨聚居较多的地方，也大都有诗社、有刊物、有功力较深的作者。

"若得正声归汉统，吾当剃度做头陀"，我曾想，如果诗词真能取得它应得的地位，即使没有贾宝玉那种"大红猩猩毡斗篷"，我也情愿遁入空门，当和尚去，（笑声、鼓掌）否则死不瞑目。倘若那一天到来了，我就希望"王师北定中原日，家祭无忘告乃翁。"（鼓掌）

当诗词编辑有一种职业性的乐趣，读到一首高妙的好诗，就象邂逅了一位倾国佳人，有时甚至有"后宫佳丽三千人"的风流天子感觉（鼓掌）。

中华诗词学会也要办刊物，张报老事先要我谈谈这方面的事，我无啥可说，只谈几点希望：

一、学会的宗旨、活动当然要通过刊物反映出来，我希望刊物能真正实现学会的宗旨，开展有利於振兴、发展民族诗歌的活动，团结数百家诗社，通过刊物，起到领袖风骚的作用。

二、希望刊物发表的诗词应是第一流的，能代表当代诗词的最高水平。（鼓掌）

应提倡、鼓励时代的"兴观群怨"。金圣叹曾把诗比喻为诗人心中的"轰然一声雷也"，那就是说，诗所表现的感情应该是强烈的，能振聋发聩，能激发、激起人民为我们的时代和事业献身的精神。应能反映时代生活的真实，"观风俗，知厚薄，明得失"。应能沟通扩展人民间的思想的横向联系，加强感情上的链条。鞭笞生活中的假丑恶现象及不正的党风、不正的世风。诗人"可以怨"，也可以怒，"怨而不怒"不好。如果一个诗人面对假丑恶，见到损害国家民族利益的事情而不愤怒，就不配作诗人，连普通人也会怒，诗人则以其赤子之心来大怒，"愤怒出诗人"。"牢骚太盛"未必不好，看诗人"盛"的是什么牢骚，是关乎国家民族利益的牢骚，还是个人主义的牢骚。公元三百多年前齐威王就认为可用发牢骚"以为谏"。照我看，我们今天纪念的屈原就是位牢骚大家、牢骚高祖。司马迁说："离骚者，犹离忧也"屈原的骚就是忧，他忧的是国家是人民。忧国忧民，评击丑恶，是我国诗歌的优秀传统，优秀诗人的高尚品质。只是楚怀王不曾以骚为谏，并且使诗人"肠断"了。历史上凡是开明的开放的时代，发牢骚都是允许的。不允许诗人发牢骚，牢骚反而会更多。

我希望刊物以风、雅、颂的次序作编排体例，《诗经》就如此，数十年来，我们的一些刊物，不仅以"颂"居首，而且以颂派包办、占据了全部席位。空洞、虚伪、谄媚、粉饰升平，标语口号，令人恶心，头痛。以"风"居首席，并非复古，根据文学首先是社会生活的反映的观点，就是诗应反映人民的喜怒哀乐、人民的七情六欲、社会的生活实际。

我还希望刊物不发那千人一面、众口一腔、应景趋时的节日诗，不发表缺乏性灵，没有寄托、感慨的应酬诗、游戏诗。应该杜绝照顾诗。（鼓掌）

在艺术前面，人人平等！（鼓掌）

三、诗词创作面临许多理论问题，需要探讨、研究、争鸣。如诗词的平仄律，可从语言学的角度进行些科学探讨；又如"五四"前后的新文化运动以后，建国以来，强加给诗词的某些诬妄，也应予以清算。总之，既是"学会"的刊物，多发些有见解、有价值的学术论著，那是合情合理的。

四、希望组织人力对当代人的诗词作品作些认真的评论，这既有助於提高艺术质量，也有利于鼓励创作，但要避免文艺界目前那种胡吹乱捧的倾向，这是文艺界的不正之风之一种，不能叫它吹到诗词界。

顺便谈件事，上月初在岳阳召开了全国和第一次当代诗词研讨会。《诗刊》杨金亭同志作了长篇发言，从宏观上俯瞰了当代诗词创作的现状，作了精辟的分析，高度概括了评论。《当代诗词》准备以头版头条的位置发表。

五、多作些扎实的工作，如可否组织一批诗人、学者编一本新的韵书，代替流行的《诗韵集成》《诗韵合璧》，即《佩文韵府》的简本。因为诗韵的现代化已经势在必行，古韵已不适应现代人的需要，它严重地妨碍着当代诗词的写作，而且有些混乱现象。若由学会或刊物编出，它就带有一定的权威性，容易为大家所接受。希望今后不要再提什么诗词改革的口号了。不需要什么都要改革，改革是改革坏的、错的。你改革诗词什么？格律？那格律已用了千数百年，这证明它好，它合乎语言的艺术需求，你改革得了，你有什么水平？最多只能诗韵改革。

总之，提高当代诗词创作的思想性、艺术性、永远都是一件大事。诗词创作的质量不高，振兴中华诗词就是句空话；也会给鄙视、敌视诗词的人抓住辫子，叫作"授人以辨"。

毋庸讳言，当代人掌握诗词艺术的功力，暂时还得让古人领先。在以诗取士的唐代，到宰相必须进士出身，宋代和清代，诗词是一个人从江湖走上魏阙的敲门砖，是脱却布衣换上朱紫的手段之一。他们的诗词写作训练是长期的、严格的，因此，提高得快而扎实。这一点，当代人是无法比的，写作都是业余的，可以写，也可以不写，无关荣辱进退。长期缺乏发表园地，写了也是孤芳自赏。既无精神鼓励，也无物资刺激，即使发表了，稿费也是物价腾飞中极端稳定的物价。（笑声·鼓掌）

更主要的是新文化运动以后，诗词写作有过两条断裂带，首先是诗词处于逆境，写作怕被人目为保守、复古，"蒙不洁之恶名"，故使一些人封了笔。其次是由于"左"的政策，造成民族文化的普遍降低。兼之不敢提倡，不准提倡。一般来说，诗词写不过唐宋，完全不足怪。评论家们大可不必以唐宋人的标准来要求当代，撇嘴、白眼都可免去，这并不表示你高明。实事求是，话不能说得离开实际。鲁迅曾说："一切好诗，到唐已经作完。"这是鲁迅在与人通信中的一句自谦的话。绝不可视为定论或高论，它很不科学。可现在正有些高明在利用它来否定后来各时代乃至当代诗词的创作。

单从这句话本身看，当然是片面的。唐诗是个高峰，很高很高的高峰，但决非顶峰（鼓掌）。唐以后真的就有没好诗了？显然并非如此，例子多得不必举。顶峰论是形而上学，是"三百篇后无诗"的观点。还是"江山代有才人出"的发展的观点，辩证的观点，符合事物的实际，同样的江山，怎么到了某一代就会停止了"才人"的孕育？或者作了结扎手术？土地上过去能生五谷，现在也能生。有"人才出"，就会有好诗，只是"出"的多少有差别。

杜甫被称为"诗圣"，圣者，无所不通，无所不能，无人可及者也，很有点顶峰论味道。但杜甫自己没自称为"圣"，没以为自己就是顶峰，他在半山腰。"会当凌绝顶，一览众山小"。他没有孔子那种"登泰山而小天下"。其实泰山在中国是三等矬子。

真正艺术地写出了当代人的心声，反映了当代人的生活，时代的风云雷电，时代的雄浑、豪迈、妩媚，时代的欢乐和悲哀，就应该承认那是好诗。"文章信口雌黄易，思想交心坦白难"，这是聂绀老的名句，是讽世的，也是哲理的，流露了诗人沉重的历史感慨，对仗工整。吕千飞先生多才也多病，就在开会的今天住进了医院，所以未来参加大会。他从前住院时有首《遗嘱捐赠遗体》的诗，其中有句是"自此一身方大用，浮生且喜未空过。"这是种高贵的献身精神，决非那种紧跟万岁闹革命、刀山敢上、火海敢闯的空喊狂叫可比。当然，诗也含蓄地写了一代优秀知识分子的悲凉命运，意在言外。我们一向喜欢死后加封赠谥的办法，冷落虐待其生前，赐爵封谥其殁后，可能这还算是幸运的，比鞭尸好得多。现在，千飞先生还活着，我祝愿、祈祷他能战胜顽疾，并且祝他长寿。我们不希望"大用"他的"遗体"，我们希望"大用"他的这一崇高精神，给那些死前还要捞上一把的人狠敲一棍子。荒芜先生有句："但使片言能活国，不辞掷却老头颅"，也表现了同样的精神。这精神是从屈原"虽九死其未悔"，杜甫的"吾庐独破受冻死亦足"和"我能剖心血，饮啄慰孤愁"（《凤凰台》）那儿继承来的。荒芜还有首《赠屈原》的诗，写的是武汉东湖的屈原塑像在浩劫中被推落水的事，"只怪先生心眼窄，投江完了又投湖"，（笑声·鼓掌）尖锐深刻地讽刺了十年浩劫的荒唐、罪恶。它不是游戏笔墨，而是辛辣无情的鞭挞。读来令人发笑，但笑后就能使人愤怒。

  这是唐人写得出来的好诗吗？唐人没有这种生活，唐代知识分子一般说还是好过的，唐太宗曾把天下应举的士子称为"天下英雄"而不是臭知识分子。他们没有"焚书坑儒"的遭遇，唐代皇帝们没有搞过"文革"。上举这些诗都是好诗，因为它反映了时代生活中最令人摇情动性的生活，敞露了诗人们最闪光耀彩的心。

当然，也有些功夫深厚、学问渊博，书袋掉得满的老先生，写出诗来，古味很浓，置之唐宋人诗集中，可以乱真，使人想象出作者穿戴着唐宋人的衣冠，踱着唐宋人的方步，但这只能说这是当代人写的唐宋诗词，不能被选为当代诗词的代表。明代人宗唐，以唐人的马首是瞻，但宗出个什么名堂？要想"代雄"，就得"新变"。这"新变"不是"傍九夷"的变，不是摇起"鴂舌"作鸟语鸟诗的变，它必须继承传统，具有民族特色。世界上任何优秀的文化，都是具有鲜明的民族特色的。只有民族的并且是优秀的，才能成为世界的。

唐代近三百年，人口五千万，《全唐诗》除大量散失的以外，收诗四万九千多首，但有李杜水平的才两位。唐代建国四十年时，初唐也只生了四杰，骆宾王大概才读小学二年级，卢照邻还在幼儿园；王、杨的父母是否已登记结婚尚待考证（笑声）。我们现在的人口是唐代的二十多倍，写诗的人数相信大大超过唐代写诗的人数。经过一段后，我就不相信我们就不会出现四杰，李杜元白韩柳、大历十才子那一层次的诗人。一百年后，如果我们也作一番搜集，恐怕是不仅仅是《全唐诗》的二十倍。在这么多诗中，我想一定会站出来李杜元白韩柳，走出来四杰、八杰、二十杰、十才子、百才子、千才子。（鼓掌）

我们的民族已经进入一个伟大的开放改革时代，也是"史无前例"的。诗人的笔承担着这一历史任务，既为它鼓瑟吹笙，也为它扫除路上的障碍。

诗人要有胆识，要有使命感。时代为诗人的笔准备了了砚墨，提供了花笺。前人以他们的佳章丽句，为我们留下了珍贵的遗产，也带着这些佳章丽句，走向了世界，贡献于人类文化，为民族争了光。作为他们的子孙，我们不能作自堕志气的懦夫，不能承认九斤老太太"一代不如一代"的逻辑。放弃进取心，在前人面前匍伏而行，和在外国人面前卑躬屈膝、自抽耳光一样，前者是不肖，后者是奴才。（鼓掌）

五十年代在林林同志家看到郭老早年赠林林同志的一张条幅，上面是赠林林同志的诗，曾说："未有诗人不太痴，不痴何事苦吟诗。"我们需要"语不惊人死不休"式的痴，也需要"不识时忌讳"式的痴。有此两痴，好诗出之不难。当代人大都不留胡子了，但我知道"吟成一个字，捻断数根须"式的诗人还是不少的。

"赢取仙娃心事许，乘风竞渡看谁豪"，我很想看看"谁豪"，再看看"仙娃"谁属？

张报老在桌子底下第二次"踢脚"，意思我明白：请说得短些，我有点儿东拉西扯，请大家批评；谢谢大家的忍耐。

一九八七年五月北京

诗的如是我观

一

诗应是诗人心中的雷电,既发声,又闪亮。闻者动容,观者动色。

诗是诗人心室流动的血,其血型应该永远是民族的。

无父无母,所谓"感日月光华而生",全属妖精们的自吹。因为妖精们感到自己的父母不光彩,所以攀日月为亲。古代神话中说:"圣人无父,感天而生",或者感什么图腾而生,那是吓唬老百姓,以示不凡。据说神农氏出生是母亲感了"神龙",少昊的出生是母亲感了"流星",尧的出生则是母亲感了"赤龙"等等。但他们都没说无母,可见还承认母亲的存在。那可能是由于母系社会的观念遗留,父亲并不重要。否认父母,扬弃民族特点,属"感日月光华而生"的吧,可惜那日月却并非中国的日月。

二

胶柱鼓瑟,拘泥于前人,虽然肖祖肖爹,最多不过是"守成之子",决不是创业者。模仿洋人,以人之牙慧为珍珠,人之唾余为美味,长不出他人的肉,头发也黄不起来,眼珠也蓝不起来。假洋鬼子能吓走阿Q,但靠"哭丧棒",当不成英雄。

中国诗要走时代的路,但必须有中国的脚,穿中国的鞋,不是装上的假肢,而是有父精母血,走出中国的脚印。

三

诗人给予世界的，应有他们的人格本色。

"却嫌胭脂无颜色"，是真正的佳人。"着粉则太白，施朱则太赤"，大约太白了像曹操，太赤了近关羽，离佳人就越远。正常的是有点儿红，有点儿粉，"红粉佳人"是也。

我愿佳人以本色来见，蛾眉淡扫可矣。

四

"国中和寡"，并非都是"阳春白雪"，道士念咒，和尚诵经，出了寺观道院，谁懂？又遑论唱而和之！

物以稀为贵，诗人愈多，诗价可能愈低。

关在小房子里唱给墙壁听的诗，喜欢捧场的评论家的掌声，即使异化成铅字，加上扩音器，世界也同样看不见、听不见。

"两个黄鹂鸣翠柳，一行白鹭上青天"，前句说不知他们唱的什么？后句说，他们离人世越来越远。

五

"眼前景物口头语，便是诗家绝妙词"，是针对填书塞典，喜欢掉书袋的诗人说的。但严格推敲此话则大错。眼前的景物口头的语，仅仅诗料而已，不是诗。诗是经过诗人艺术加工后艺术化了的语言，即必须诗化出诗境、诗意、诗味，才有达到"绝妙词"的希望。

六

　　散文的句法，再加上诗味淡，即使分行排列，也不配称诗。分行排列只是外国诗的一种书写方式。中国传统诗歌就不分行排列，谁敢说那不是诗。

　　现在是"分行排列"多，诗少。好象徒手列阵的士兵，其阵堂堂，可惜不能打仗。

　　散文中如能写出诗境、诗意、诗味，那是上乘的散文；散文句子，则虽有诗意也属下乘的诗。在下宁可看上乘的散文，却不愿看下乘的诗。

　　诗的语言和散文的语言各有各的特点、要求。诗的语言如佳人鼓瑟，弹挑揉捻，按拍循节，音动使人心动。散文的语言如俏女朴蝶，翩翩然园心花丛，虽不作律动的舞步，却另有番风致。

七

　　圣人说："诗言志"。如"世界革命担在肩"之类便是其中一种，类似的"志"，也不少，象个大红气球，可惜其形虽大，其中却虚。

　　志固当言，但必须有强烈的情在其中，必须通过诗的文字，诗的特点言之。

　　俞伯牙一忽而"志在高山"，一忽而"志在流水"，那是通过他膝上的琴。若直呼："我要上山"，"我要跳水"，钟子期早就掩耳便逃了。

八

　　杜甫诗曾被农夫吟咏，白居易诗"老妪能解"，元稹诗"巴女能唱"，据云"凡有井水处便能歌柳（永）词"。笔者颇想知道某些诗人的诗，是否曾走到"凡有井水处"？或者进到凡有自来水管处了？

　　人民向汨罗河投角黍，搞龙舟竞渡干什么？诗人曾"哀民生之多艰"，诗人曾"上下求索"，曾为理想而"虽九死其犹未悔"。

九

　　孔夫子云："国风好色而不淫"，色者，美也，大看不妨，乱搞不可。"淫者，乱其心也"，好色是常情，不淫是道德。

　　孔子曾"放郑声"，因为"郑声淫"。谁知道郑风"淫"的什麼模样？猜想《金瓶梅》里那些大写性行为的诗词曲就类似郑声吧？再者呢？当代某妙龄女"诗人"的"黑洞"性诗，料也属此类。

　　《诗经》中的第一首诗就是写男女之情的，类似的诗后面还有许多。由此可知，孔夫子并不是道学家，道学家产生于南宋，晚辈得多。

十

　　《诗经》中以"风"诗居首，数量也多，"雅"诗次之，"颂"诗居末座。孔子所以收入这一小小部分，因为它们确实存在过，是"得其所"矣。这反映了作为编辑家的孔夫子的眼光，诗论家孔夫子的文学观点，佩甚！

我们曾以"颂"诗居首，并包办一切，独占天下，独揽风光。最后，它独孤地留在原地，它是位弃妇。多了，便需要垃圾车。没有谁能记得或背诵它们，它们在人的记忆中消失。

诗词格律化运动的历史回顾

从诗人时代开始

中国号称诗国，历史长，三千多年了，史未绝书。先秦诸子中言及诗的地方很多，还有引诗的风气。无论在哲学、政论、外交辞令及论辩中，诸子都喜欢引诗，动则"诗云"一番。诗不仅能加强议论的色彩，也能加强议论的力量。所以孔夫子说："不学诗，无以言"。在古典小说中，开头往往有首诗或词。一些重大历史事件的发生和结束，一位重要历史人物的活动与消失，一幅巨大的战争场面，直到一对才子佳人的缠绵悱恻、悲欢离合，也往往"有诗单道""后人有诗云""有诗为证"。仿佛有了诗的一证，就是千真万确，增大了它的可信性。诗像个"信物"，又如当今公证处的"公证书"。

这说明诗在人们心目中的分量，社会生活中的地位。

诗是人民生活的反映，人们喜怒哀乐的表演场。政治家把诗当作为政好坏、人民生活状况的晴雨表。所以统治者们设采诗之官，专门采诗，以"观风俗，知厚薄，明得失"，作为改进统治的依据。诗在经济政治生活中，起着它独特的不可替代的作用。

中国几乎自有文字以来，就有诗的记录，"言之不足，故咏歌之"，诗是"言之不足"的补充与强化。

中国最早的诗歌总集，当然是《诗经》。我们感谢孔子。《史记》上说，孔子时代有诗"三千多首"，经孔子一删，剩下三〇五篇。果真如此，孔子可算干了坏事。孔子删诗之说，历来有学者怀疑，但笔者相信。经孔子这位大选家之手，305篇总算保存了下来。否则，三千多首诗可能统统被历史的长河冲刷个干干净净。305篇是诗的精华选本，所以利于保存，最后它提价为"经"，罩上了神圣的光环，就更利于保存和传播。

春秋战国时代是个混乱的时代，诸侯并立，王霸争雄，权利、土地的争夺不断，战争的场面愈演愈壮观。"弑君三十六，亡国七十二"，杀人盈野，血流漂杵。那时人民中自然有歌者，但歌声被战伐之声淹没。那时没有职业诗人，即使有也会被强制参加征役而死于战场，我们迄今还看不到直接描写那时战争惨烈的篇章。孔子编选的诗，有商、周直到他生时所流传的诗，无作者名，全是"集体创作"，"三百篇后而诗亡"？亡者无也。那是个阴谋诡计十分发达和出奇创新的时代，看看当时统治阶级内部玩权弄术，斗角勾心，你杀我砍的频率之大，简直令人眼花缭乱。那是个阴谋诡计大集中展览的时代，是人的兽性、心理阴暗面大剥光的时代，他们都成了"脱星"，纷纷上演。那是个诗歌干旱的时代。只是到了较晚期，才在江汉湘水之间，崛起了一位诗的个体户，一位能以个人名字写入诗史的人物——屈原。这是经过一段荒芜的诗国的一次大收获，是久被压抑的诗声的一次大喷射、大爆发，光芒四射，它的岩浆积聚成诗国的高峰，以诗人名字命名的高峰。从此，中国才有了个响亮的名字：诗人。

屈原，以他矫健的想象之翼，翔天而起，心游八极；以瑰丽多彩的词藻，开辟了一条诗的大道。在这条大道上树起了一块块丰碑式的存在：爱国、忧民，对丑恶势力的憎恨，对美好事业奇丽的梦。这时，才有了直接反映战争惨烈（如《国殇》）和个人激愤的篇章。他的歌吟成为独特的一体：骚，硬是挤进风雅颂的队列，并取得亚军地位：风骚雅颂，壮大了诗歌家族。从此，中国优秀诗人都在他憔悴的身影之后，吸取着各种营养素，但也在他身后拾取一项遗产：不幸。屈原的才，为上官大夫之流所嫉妒，为坐在王座上的那位所不喜。他被撤销一切职务，停发工资，放逐了，自沉了。名曰自杀，实为他杀，是丑恶的政治把他推进了汨罗江水。从此，一切继承屈原遗产的优秀诗人头上，总是回荡着一个幽灵、魔影而不时肠断；因为他们口袋里多是太盛了的"骚"，而不是"颂"。

然而从屈骚的思想构成上看，从规模和艺术水准上看，骚都把风雅颂远远地抛在身后。

屈原开辟了一个诗人时代，屈原的出现，标志着一个诗人发挥作用的时代已经开始。然而有趣的是这个时代的起点，没有划在经济文化发达的中州，而是划在视为化外落后的蛮夷之乡。接着是唐勒、景差、宋玉，也是楚人。之后，又有个空白时期，很短，秦无诗，原因不必说。接下来是项羽的《垓下歌》、刘邦的《大风歌》，也是楚声。这两位逐鹿人都大量投资当皇帝，一位没当成，一位当成了。前一位唱得慷慨悲凉，英雄日暮。后一位唱得志得意满，主了沉浮，但心中还有恐惧，怕人造他的反，需要枪杆子守护他的宫阙："安得猛士兮守四方"。

两位的歌，标志着诗的重量，而八面楚歌却无人记录，只记录了带皇权味的东西。从前的"颂"，是下边仰着脸唱给侯王们听，现在是帝王唱给他的臣民。虽然诗不怎么样，可是沾上了皇味、个人味。

不管是谁唱的，诗进入了诗人时代，诗和个人联系了起来，不再仅仅限于无名氏们的"集体创作"了。诗人的个体创作成为主导，诗人们的努力发动了一个个诗的运动。它不仅标明诗的存在，主要显示了诗的进步与走上了符合创作规律的轨道而发育成长。正因此，诗创作才获得了能源。诗人写诗是对自己的心灵负责的。诗人需要鼓励，需要被理解和被赞赏，这是人类的高级精神需要，连牙牙学语的小儿也有这一需要。诗如同"分田到户"，大大刺激了诗人的生产积极性。直到变成了习惯，即使没有欣赏者在前，也会揽镜自怜。《国朝词综》中有位老和尚："得意高歌，夜静声偏朗。无人赏，自家鼓掌，唱彻千山响。""自家鼓掌"，不就相当于"揽镜自怜"么？杜少陵："新诗改罢自长吟"，也就是为了能"唱彻千山响"。

汉魏以来，文人诗总的来说是向均齐化方向倾斜，规整的五言诗逐渐成为主流，规整的七言诗也已萌芽，在出土的汉代铜镜上就有很多。这些诗比以杂言为主的乐府诗，艺术描写上感情抒发上较细，个人色彩浓厚，大作手们已形成自己的风格。作为古诗的《陌上桑》《焦仲卿妻》虽无作者姓名，但崔豹的《古今注》上说："《陌上桑》者，出秦氏女子。秦氏，邯郸人。有女名罗敷，为邑人千乘王仁妻，王仁后为赵王家令"，说得有板有眼。《焦仲卿妻》则是"时人伤之而为此辞也"（《玉台新泳序》）。前者所说罗敷不是一般人家妇人，后者"时人"，谅也非田夫野老。二诗出于有文化教养的人之手，那是毫无疑问的。《木兰辞》保存了明显的民歌痕迹，其中除了两句九言句，六句七言句外，余皆为五言，特别是从结构的完整，叙事的逻辑进程，层次、情节过渡中铺排、剪裁的合体上看，经过文人的针针线线和剪刀是不成问题的。

一位建筑设计家，在纸上画出了他的楼宇蓝图，但必须经过工人，这件作品才算完成。诗的创造却在纸上就完成了，一张纸笺就是整个建筑工地。

每个民族都有她的民歌，但只有民歌而无诗和诗人的民族，是落后的民族。诗人大脑的运转水平，代表着这个民族的形象思维能力、语言能力和创造性精神活动的高度。诗词，是我国民族文化最优秀的部分之一，他需要"诗有别才"那样的人物的积极参与。我国在尚无诗人的时代，诗歌固然已达到很高阶段，然而没有许多"别才"，诗歌艺术的提高就将十分缓慢，更难于期望有突破性的发展。这就是本文为什么强调诗人时代的原因。

格律化诗词的几个时代

诗是一种美化的语言，艺术的语言，语言的艺术。随着社会生活的进步，人们对诗美的需求就越来越要求更高层次，更多品种。诗人由於实践的积累，也日益提高了熟练了他的艺术技巧，并用这些技巧来反映社会生活，敞开他内心世界的感受和曲折幽微的心灵。诗的格律化外应社会对美的需求，内为填充诗人创造美的心理满足。

诗的格律化是诗人接受音乐的启示，而把注意力转向语言本身的结果。"诗言志，歌永言"，歌是诗的音乐化延长。"声依永，律和声"，即声靠合乎音乐规律的拉长、和谐，来强化诗的审美作用。但这毕竟是借助外力，诗理论家发现语言本身也可以产生这种合乎音乐规律的和谐，于是追求诗美开始了一项世纪性的伟大工程。

（一）格律美的觉醒时代

汉语是一种声调语言，有抑扬、长短之分，还有清浊、阴阳之异。而这是基于汉语声调的发现。南朝的周颙经过研究，发现汉语有四声，写出了中国汉语研究具有划时代意义的著作《四声切韵》。又一位诗人兼学者的沈约写出了《四声谱》。正式科学地宣告汉语四声的存在。而沈约的贡献在于对汉语的声调的研究上，即声的平仄运用到诗语言的组成，使诗语言本身就具有了由于声调的合乎音律的搭配而具有了音乐性。对此,沈约很是自负:"自灵均以来,多历年代,虽文体稍精,此秘未睹"。在他之前,确没有谁能做这一工作。诚如他所说:"自昔词人累千载而不悟",只有他才"独得胸襟,穷其妙旨"。沈约这一贡献是伟大的,他使诗从依赖他人的衣冠,改为露出自己肌肤骨格的健美。沈约的理论得到了诗人们的承认,出现了"永明体",永明体是平仄律的试制品,还不成熟。沈约还有些主观主义地创立了"八病"之说,但"八病"限制太死,诗人们难以彻底尊从。但不管如何,周颙、沈约的四声发现,不亚于天文学家对天体中一个星座的发现。诗词作手们不要忘记他们,就像吃饭的人应该知道有位"始教民艺五谷而农事兴焉"的神农氏。

当然在他们之前,诗要讲究声韵美的思想早已有之,但还是朦胧之中,没有基础,如沈约所说,"所昧实多",只有到了四声发现,创造格律美才有了物质基础。

这是格律美的觉醒时代,由于刚刚醒转,睡眼也未免朦胧,格律化还是首未完成的交响曲。

(二) 格律美的完成时代

这是指从隋到唐的格律诗的定型化、规范化。它是在沈约的"四声八病"的基础上加以改造,剔除了过于严厉也过于繁琐的限制,提出了新的设计,以不影响诗的声韵美的各种通融办法,允许的范围,终于被诗人们普遍接受和遵循。格律化的积极成果是带来了诗歌语言的更加灵动,语法的多变,使诗歌语言更加区别于散文语言,使诗歌语言更加强了它的审美特质。

格律化尤其促进了诗歌语言的精炼程度。由于字数限制，就迫使诗人尽可能省略语言的附加成分、关系成分，使意象语言又密集又凸出，即在有限的范围内容纳更多的意象语言。象任何文体文章都要剪裁一样，格律诗要求剪裁掉的东西更多，因此它容许诗句间、情绪间的跳跃般行进，跨度可以很大。这就造就扩大了诗的控制空间，也给了读者展开想象的天地。

看起来，格律诗因有了格律而不能任情挥洒，然而限制的只是文字而不是诗人创造的意境和思想。相反，诗的意境可能更为扩大，思想可能更加精纯。说什么格律束缚了思想的束缚论者，虽然也有大学问家、大辞章家，甚至有"四大伟大"，但在这个问题上，却是地道的皮肤科，浅人所见。

（三）格律美的发展时代

这是指由中唐到宋、元时期，即词与曲的时代。词和曲都是继承格律诗的平仄律经验，结合乐曲的新的丰富内容，适应乐曲的新需要而发展起来的新体诗，然而它们有自己独特的风姿、身影、面目。

以上两点，后面还将详细道来。

（四）诗词格律美的噩梦时代

这是指"五四"前后的新文化运动，对诗词否定开始，历时六十多年的一个时代。

中国近代、现代史是充满血泪、耻辱的历史。由于国家长期积弱，国势凌夷，民族存亡迫在眉睫，一批爱国的知识分子意图以外国的先进，来改造中国的落后。但他们的世界观中缺乏历史唯物主义和辩证法。对外国的东西没有一分为二，对本国的东西也不能区别对待。他们有一种狂热，狂热意味着失去冷静，失去理性。就象武松跳进张都监家里，首先就向两个可怜的丫环开刀。封建当然应该反，他们反得对。但应该懂得什么才是封建。在诗词上应该反对的当然是封建的僵死的内容，士大夫的空虚、颓靡的情调，尤其是同光体那种陈腐、晦涩、填书塞典的诗风。这一切和中国要求振兴，要求民族解放的思潮背道而驰。可惜当时见不及此，而实行了反封建的扩大化，把诗词格律也扩大了进去。诗词及其形式都给划入西太后、醇亲王、李鸿章、袁世凯和北洋军阀的队伍。

"外国月亮比中国的月亮圆"，中国诗的天空被外国的月亮占领。但战场却未打扫干净，残敌仍在，诗坛上不时有散兵游勇出没，偶而放几声冷枪，少数报刊上偶而还能发表些诗词。中学课本上，诗词的比重不小，大学课堂上还有诗词课，吴宓、吴梅、顾随、汪方湖、陈匪石、王力等一批学者还是大讲仄仄平平。他们的弟子，不少已是当代诗词的耆宿。令人感慨的是，那其间仍然出现了大量高级的作手。从他们后来才能慢慢出走台前的作品看，他们掀起了诗词的又一高潮。他们的作品价值和美不能畅行于当世，而只能在他们辞世数十年之后才破土而出，方擦去尘垢，终而被认识。但他们毕竟能泽被后代，也不负他们的生平了。

从新文化运动开始，弄仄仄平平就被视为"骸骨迷恋"，到"文革"成为"反动"。前者诋诲已耳，后者刑祸加焉。可是居然还有那么一批人沉溺迷恋而不衰，如同诵经坐惮的老和尚，听到猫儿叫春，就"老僧也有猫儿意，不敢人前叫一声"。"作诗如作贼"（笔者语），秘之藏之。而许多青年则如同"思凡"的小尼姑，他们搜罗入门书籍，寻师问道。"虽然是老夫人日日将门禁"，也力图"离楚岫，赴高唐，学窃玉，试偷香"（《西厢记·第四本》），一亲莺莺小姐的芳泽香唾。

一九七六年天安门事件，曾出现了大量诗词，而诗词格律多未掌握，艺术上是粗糙的，看得出，多出自青年之手。

这是个政治事件，而非诗词运动，更不能认为是诗词运动的恢复，因为事件中的写手们并无这一动机与要求。只不过因为诗词这一形式精悍短小，利于战斗，不像新诗那样拖泥带水。把天安门事件中的诗词当作是诗词运动的恢复，是对这一震动全国的政治事件的淡化。

（五）诗词格律美的复苏时代

史无前例的民族大浩劫终于结束了，国门开锁了，人们重新思考历史的重压。终于有人勇敢地站了出来，冲击了一直统治了文学界的一个禁区，这就是新文化运动以来全盘否定民族形式的诗词形式，用民族虚无主义的态度，要割断优秀传统，意图用外来形式代替民族形式各种各样的论点。为诗词这一最具民族特色最完整最优秀的形式提出了强有力的辩护，这就是我本人所写的《为诗词形式一辩》一文。它呼喊诗词的生存权。应该受到尊重，它的传统应该受到继承和发扬。这一冲击，实际上是为诗词在新的历史条件下的复兴作了思想准备，提供了理论根据。事实上在以后的各种场合各种刊物上，已发表了大量批判性文章。观点、论据都是一致的。接着是创办刊物为诗词提供了生存场所，给那些"不敢人前叫一声"的"老和尚"送上了一个扩音器。同时也提出了在青年一代中培养写手的战略；影响所及，在全国范围内，组织起大大小小的诗社，从通都大邑到边远小镇，创办了各种版式的刊物，真是波澜壮阔，蔚为大观。这是诗国有史以来不曾有过的"文物出土"，但它不是古老珍稀而不合今用的文物，而是既古老珍稀又焕发时代光采的文物。直到一九七八年，在宣布褫夺诗词权利终身的地方，在屈子投江之日，成立了中华诗词学会。

在这前后，各种个人的专集、选集（不包括政要名人）陆续出版了。各种选本出版了，各种规模的赛事举行了。这是可喜收获，对今后的诗词运动无疑都是一种推力。

但问题是思想艺术皆为上乘者居少数，质量平庸乃至低劣者仍属多数。原因是文化断层，文化素质的普遍低落。而发表作品，出选本，搞赛事，需要有个"法眼、公心、铁面"。这是笔者编《当代诗词》所遵循的守则，后来被一些选本、赛事挂了起来。但是，包括笔者在内，说说容易，作起来难。商品的广告词和商品的质量并不真的一致。

遭人憎的是有些习惯于"紧跟"，紧密结合"节日"，粉饰升平，美丑莫辨，并无真情实感，不过是节日的灯饰，橱窗中的时装模特。这类诗出生之日，便是死亡之时。

另一种令人忧心的是仿古拟古之风，不看名字，不看作者小传，不知作者是今人还是古人。正如钱锺书老人所说："仿学其师者，践陈迹而乏生机，不啻死也。"

在一些刊物中，我们不时发现这两类尸体的纵横！

纵看十数年来的诗词运动，成绩可观，问题很多，很根本，而前途还是光明的。这象官方的八股调，却也合乎实际。当然诗词运动还处在艰难时期，"天下军储不自供"，还得仰赖慈善家的慈悲。诗词事业本应是国家的文化建设，是民族精神文明之所必备，理应受到一切炎黄子孙的重视。但在某些人眼中，诗词，还不如大熊猫、金丝猴那般野生野长的畜牲。它虽像美人，却难得君王带笑看，真令人痛感"不知天上宫阙，今夕是何年？"，笔者但愿：

第一，"上有好者，下必甚焉"，现在是下已"甚焉"了，却上无"好者"。不"好"也行，能重视便可。宏扬民族文化，要的是现钞，不要空头支票。

第二，教育部能够明白，提高人民的精神、道德，规范、陶冶、优化人的大脑，诗词是个重要手段，美育课不仅仅是音乐课、图画课，还应当包括诗词课。诗词课不仅仅是文学课、语文课，也是美育课、德育课。达尔文谈他曾一度丧失了对音乐和诗的爱好，他认为这一爱好的丧失，会损害他的理智，危及他的道德观念。在波兰，诗还被用来改造罪犯，使他们的贪欲、暴戾得到缓解。用基督徒的话说，叫净化灵魂。灵魂的病症，需要灵魂的本草。

在中国，唐诗人张籍曾要用杜甫诗来使他"心肠改易"，在《聊斋》的《白秋练》中，说王建的《宫词》、刘方平的《春怨》诗，能起沉疴。前者医女，后者医男，他们得的都是灵魂方面的病症。《毛诗正义序》有云："发诸性情，谐于律吕，故感天地、泣鬼神，莫过于诗。"诗能"美教化，移风俗"。白居易认为"感人心者，莫先乎情，莫始乎言，莫切乎声。"

中国既是诗词的国度，也是音乐的国度。能够非常早的认识了诗与音乐的功能，诗和乐同是"六经""六艺"之一。诗和乐是中国人民精神生产的双胞胎。诗礼，诗和礼结合；礼乐，乐也和礼结合。礼在维持政治制度、社会秩序，乐是维持这一切必要的补助手段。乐和诗一样，能反映为政的好坏，国家的治乱兴亡。因此治世、乱世各有其音，亡国也有其音。礼乐治天下，无非是使国家、社会进於一种有秩序的和谐的境地。"是故先王之制礼乐也，非以极口腹耳目之欲也，将以平好恶而反（返）人道之正也。"（《荀子·乐论》）用来"节人之欲"，以使"天地之合也"，"长少同听之，则莫不和顺"。柏拉图说过，古代希腊人曾用宗教音乐来医疗精神上的狂热症，用以宣泄强烈的情绪，使心理得到平静，恢复心理的失衡。而中国的诗词，不但以其内容，还以其鲜明的音乐性、音乐般和谐的声韵、匀齐的节律来影响人的灵魂世界。诗人在创作中未必有此明确的意识和目的，连使音乐纳入诗律的沈约也是"此秘未睹"。当然我们不能把诗词的这一作用说成广告语言"立见奇效"，但也不能不承认它具有潜移默化的能量。它是一种精神的补益药类，一种维生素、营养物、食物练中的一环。人缺了它不一定死，但少了它，却会影响灵魂的健美康强。

为此，中小学课本上要增加诗词的比重；中学要有懂得仄仄平平的语文教师；大学课堂要有专门的诗词课教授。笔者1984年在中国韵文学会的成立大会上，除了讲到周颙、沈约的贡献外，还就此向教育部门发出呼吁，在近乎声嘶力竭之外，还带有点激昂慷慨，以后凡有机会都这么激昂慷慨一番。惜乎，虽有现代化的扩音器，却无法"扩"到礼部堂中。有时不免悲哀，纵使声嘶力竭而死，也未必"扩"了进去。"天听，自我民听"，不"自我民听"，生了那双耳朵何用？先生，我们是专门听颂歌的？

第三，文学界应该承认，诗词是文学中最文学的东西，第一号种子选手。论辈分，它是文学的高祖，支派繁荣，"我李百万叶，条柯遍中州"（李白句）。论成就，它占了文学史的一半以上。没有诗词，中国文学史将沦丧大半壁江山。诗歌货架上，一片洋腔洋调洋货，未必就是文化先进。一个伟大民族，倘若丢弃他最具民族特色的优秀文化，那就是这个民族的耻辱。"文革"中的"样板戏"，用大号、小号、萨克斯管、提琴等等，代替了胡琴、月琴、鼓板等等，一片喧闹的大洋古，美其名曰"现代样板"，其实是在干着消灭一个民族的优秀艺术品种的勾当，可耻亦复可恨！数十年来诗词的遭遇，也很类似遇见了这种大洋古。

要消灭——个民族，首先要消灭那个民族的优秀文化。一切要消灭民族文化的疯子论点、洋奴行为都应该彻底清算。

诗词真正地恢复它的地位、声誉和高质生产，需要从中枢到寻常百姓家来一次民族意识的彻底觉醒，民族文化素质的普遍提高。但这非一朝一夕之功，需要有个过程，需要一点努力和一点耐心。如果我们这一把年纪的人看不到了，但愿能把这副眼用生物工程移植在子孙们的眉下。

诗词格律的四大美人

　　凡文学都理应是美的，因此近代理论家就把文学称为"美文学"。文这个字就是花纹的意思，象形文字的文就是个人形，胸部上有花纹。在一些民族的观念里，文就是美。诗词是文学中最文学的品种，对美的要求最多、最讲究。从语言结构、成篇布局到声响，制定了一整套严格的程式，不是为了别的，为了实现最完备的美。

　　然而这一套煞费苦心制定出来的严格程式，竟长期被等同于封建的礼法制度。

　　如果说诗人要抒情言志，要对生活歌唱，那么选择散文化加欧化的新诗可以，分行排列就是了。选择不要格律限制的古体诗形式也未尝不可。为什么不怕肉痛而要"捻断数根须"？它有魅力，魅力何在？它美，美在那儿？美在脸蛋，美在腰肢，还是美在金莲三寸？这其中定有奥妙，其奥妙在什么地方？翻遍古今诗论、诗话，找不到一点系统的揭秘性的东西。笔者不才而缺实学，但曾久久思考，此处试行揣测。

　　美国哲学家亚·哈·马斯洛说人类有两种需要，一是低级需要，一是高级需要，人类可以为高级需要而牺牲低级需要。诚然，人类为了生存而饮食男女，也曾为了吃饭，为了保卫饭碗和生殖器而拼个你死我活，但也曾为创造，包括美的创造而神魂颠倒，而废寝忘餐，置低级需要于不顾。被人理解，被人欣赏也属高级需要。诗人创造了美就能从中得到心理满足，就像母亲创造了个儿子，而喜欢听人说"这孩子真乖"一样。文艺复兴期的伟大作家薄丘加在《但丁传》中说："经过费力得到的东西，要比不费力得到的东西更令人喜爱。"他认为，以较大劳动所创造出来的东西，就是美的来源。是的，难能才可贵，易得则价廉。

毫无疑问，写格律化的诗词，比写自由体新诗、歌行体、古体诗要麻烦要费力得多。然而格律化诗词有经过费力所创造的美的构成，其美的构成就像中国之有四大美人。它们是声韵美、均齐美、对称美和参差美。你硬说它是束缚，那是你的权利，但它不是束胸、缠足，而是扎细腰。楚灵王就"好细腰"，那是种曲线美。格律的成功给诗人带来成功的愉悦，无可替代。

声韵美

（一）声韵美是格律化诗词最看重的美，为无论律诗、词、曲所共同拥有（声韵美也叫音韵美）。因为汉语是一种声调语言，格律化诗词就是利用汉语的声调来构成它的音乐化效果。《诗大序》："情发于声，声成文谓之音。"《郑玄注》云："声为宫商角徵羽也，声成文者，宫商上下相应。"《诗大序》时代当然还没有格律化诗词，但它肯定给格律化诗词的创造以启示。格律化就是把汉语的四声作合乎音乐性的搭配，造成一种乐感，使诗词本身就具有了音乐性。铿锵、悦耳、动听。

有的理论家说格律化是平仄相间。这种说法欠完整，因为五、七个字中，一平一仄也是平仄相间。正确地说，是平仄在节奏点上相间，在出句入句上相间，而且是合乐的相间。给它个相应的名字，叫平仄律，如同外国诗的抑扬律、轻重律一样。然而平仄律能包括抑扬律、轻重律以至长短律。沈约说："一简之内，音韵尽殊；两句之中，轻重悉异。"谢榛认为汉语妙在平仄入声有清浊抑扬之分"（平、去为扬，上、入为抑）沈德潜也认为"诗以声为用者也，其微妙在抑扬抗坠之间。"我国古代音韵学对字声的性质、色调、发音部位与字义等，曾作了大量细微的研究分析。懂得声韵学的会有效地利用这些来表现情绪，状写事物。但一般作者知道调平仄也勉强通得过。

字声平仄的合乎音乐的配置，使诗词具有了独立性，可以不再依靠乐曲的配合，好象从联邦制国家分出来成为独立国。可以吟而不唱，可以诵而不吟，也具有音乐美，既使动眼不动口，在眼中出现的文字，也能显示它的铿锵抑扬，因为有通感在起作用。诗词的声韵美能把听觉的审美效应转化为视觉的审美效应，耳朵眼睛都是审美器官。当眼睛看到那个文字而文字又是有声调的，那文字就由大脑神经，转发出它的声调。美人的眼睛会说话，当你注意她的一笑一嗔，会听见她说爱，还是说不。

押韵，是诗的主要特性，因此它又被称为韵文。无论古今中外，凡诗皆然，不押韵的诗是阉人或者动了变性手术。古体诗、乐府民歌，不讲平仄律，它们一靠句型、节奏，二靠押韵。有规律地平仄声搭配，和有规律的押韵，是格律诗词不可或缺的两翼。"异音相从谓之音，同声相应谓之韵"（刘勰）。押韵是种"复踏"（朱自清先生语），是种和声，是前后诗句产生联系的纽带，是诗句关系的团结因素，粘合胶凝固剂，中间失韵，如同豁齿，结束时失韵，是有始无终，始乱之，终弃之。韵，给人以反复回旋与和谐的美感，如琴如瑟，夫妻和美。"夫韵，歌诗之轮也，失之一字，全舆有所不行"（《唐音癸签》）这是个很好的比喻。中国人又形象化地把字韵称为"韵脚"，人无脚，站不起来，缺了一脚，失了平衡，不能走动，如同跛子，也不美，更不能舞蹈。《昭味詹言》说："诗中韵脚，犹大厦之柱石也，此处不牢，倾圮立见。"古体诗、民歌靠句型和节奏鲜明以及押韵，也可动听，但"尽美矣，未尽善也。"有平仄律的押韵，使诗词的声韵达到了最完美最完善。平仄律是汉语音乐化的最高成就。近体诗的格律。和词谱、曲谱一样，是没有凡工尺上或多来米法的乐谱，因此可以称为诗谱，文字就是它的演奏乐器。

均齐美

（二）均齐美。格律诗的均齐美主要表现为节奏的平均，句数，行数的固定。五言全诗每句五言，七言全诗每句七字，而全是八句或四句，如果分行排列，便像方阵。其节奏和一般的五、七言诗是一样的。五言为三拍，七言为四拍。七言句法多为上四下三，五言多为上二下三。但不管句法如何，顿数则仍须一致。如杜甫的"五更鼓角声悲壮，三峡星河影动摇"，句法是"五更鼓角声——悲壮，三峡星河影——动摇"。有拙句"词章风月低千尺，豚犬衣冠贵半文"，句法是"词章风月低——千尺（虽低而高有千尺）。豚犬衣冠贵——半文（虽贵而一文不值）"。诵之拍数仍然是二字一顿，再加个一字顿。

希腊哲学家圣古斯丁给美下的定义是"整一"与"和谐"，相同于托马斯说美的要素第一就是完整和完美，其次是比例与和谐。格律诗就具备句型节奏的整一与和谐。其对偶句与非对偶句。都按一定比例，也就产生整一、和谐与均衡。

近体诗的几十个字如同一个群体舞蹈的演出，服装要整齐一致，舞步、舞姿无论快慢，方向，都要按一定比例整齐、均衡、一致。这样，看起来才美。

人体的美，就是器官的位置、大小和肢体的长短、粗细，都按一定比例配置。柳叶眉、樱桃口如长在张飞那豹头环眼之间，就不相称。"增之一分则太长，减之一分则太短。"是理想的身高，一定也和他肢体的其他部分有最合适的比例。

均齐美也来自自然界，花草树木有很多例子。花与叶的搭配，花瓣的排列，树木的枝于干的粗细，也都按一定的比例，形成其的整齐、匀衡、和谐的美以及节律的美。

对称美

（三）对称美。对称美同样源于自然界。科学家迄今尚未作出解释，何以在万物身上创作了那么多对称？造物主何以那么热衷对称？几乎在一切事物上都可找到对称。对称是一切事物存在的形式之一，对称也是事物运动的形式之一，有前有后，有左有右，有表有里，长之与短，寒之与暖，阴之与阳。鸟类有双翼而飞，人有双足而走，兽类有前后足而奔驰。双耳，耳分左右；双眼，扩大视角，照象机的广角镜。鼻子耸立中央，但也有双孔，既呼又吸，脑袋一颗，但内部有两个大脑，分承思维、语言等功能。植物叶子既对称地生，叶脉也是对称地向两个方向分布。

对称，既是矛盾的，又是统一的。

对称美是一种高级美感，人类只有到智慧阶段才能发现对称、对称的美，并进一步仿效自然而创造对称美，对称美是人类高级的审美需要。从前，建筑系归美术学院，新中国成立后才归工学院，变成一种实用技术，但建筑上从来都讲究对称美，无论是宫廷、部院，普通民宅、陵墓、牌坊、门窗，对称美无处不在。表现在语文上是对偶句。

我国语文中对偶句俯拾即是，民间口语中"饥梳头，饱洗澡""明枪易躲，暗箭难防"等等，用对偶方式，表现事物的矛盾，反映对人生世道的深切体验。在散文语言中，对偶句所在多有。先秦散文，《论语》："四体不勤，五谷不分"，《周易·系辞》："方以类聚，物以群分"，《庄子》："不忘其所始，不求其所终；受而喜之，忘而复之。"《韩非子》："因任而授官，循名而责实。"李斯的《谏逐客书》，开了骈俪的先河。秦以后，贾谊的《过秦论》："囊括四海之志，并吞八方之心。"《李陵答苏武书》："出天汉之外，入强胡之域。"在反对骈偶的古文大家韩愈的文章里，也可随时找到对偶句"业精于勤荒于嬉，行成于思毁于随"（《进学解》），"闻其名则是，校其行则非"（《送浮图文畅师序》）。

在非格律化的古诗中也很多：

《诗经》：

昔我往矣，杨柳依依；
今我来兮，雨雪霏霏。

《屈原》赋：

朝饮木兰之坠露兮
夕餐秋菊之落英。

李白：

欲渡黄河冰塞川，
将登太行雪暗天。

白居易：

昭阳殿里恩爱绝，
蓬莱宫中日月长。

　　这类对偶句，诗人可能出于有意识的安排，或者习惯性的出现。句中并不要求平仄相间，也不要求隔句相间。如刘勰说："高下相须，自然成对。"

　　词是长短句的，但遇到字数，节奏相等的复句时，也往往用对偶句："三十功名尘与土，八千里路云和月"（岳飞：《满江红》），"雾失楼台，月迷津渡"（柳永：《踏莎行》），"载酒园林，寻花巷陌"（陆游：《沁园春》），"地雄河岳，疆分韩晋"（折元礼：《望海潮》）。元曲中亦然："黄金带缠着忧患，紫罗兰裹着祸端"（张养浩：《水仙子》），"两头蛇南阳卧龙，三脚猫渭水飞熊"（张鸣善：《水仙子》），"取富贵青蝇竞血，进功名白蚁争穴"（马谦斋：《沉醉东风》），章回小说也有对偶句作章回标目"赵子龙力斩五将，诸葛亮智取三城"（《三国演义》），"林黛玉焚稿断痴情，薛宝钗出闺成大礼"（《红楼梦》）。至于春联、楹联更无须再举。中国人对于对称美似乎独有偏好。对偶句是中国语言的特色之一。是江湖魏阙共同喜欢的语言形式。孟子说：

"口之于味，有同嗜焉"，因为"天下之口相似也"。拼音文字国家如英国也喜欢对偶，但由于是拼音文字，只能作到意对，不能作到声对和形对。只有方块字、单音节而语言简洁明快的汉字，才能对得里里外外规整、匀齐。

格律诗的对偶句在中间两联：

玉露凋伤枫树林，巫山巫峡气萧深。
江间波浪兼天涌，塞上风雪接地阴。
丛菊两开他日泪，孤舟一系故园心。
寒衣处处催刀尺，白帝城高急暮砧。

——杜甫《秋兴八首》之一

十年离乱后，长大一相逢。
问姓惊初见，称名忆旧容。
别来沧海事，语罢暮天钟。
明日巴陵道，秋山又几重。

——李益：《喜见外弟又言别》

八句诗，对偶句占了一半，足见中国诗人对于对称美的热衷，中国格律诗利用汉语的特殊性优势，把对称美发挥到淋漓尽致的高度。西方心理学、哲学、美学都把对称美当作高级审美对象。然而只有中国语言的对偶句，才能把语言的对称美弄得达到了极致。它创造了千姿百态的对偶方式：正对、偏对、意对、邻对、工对、流水对等等。技巧也越来越成熟。对偶句是律诗不可或缺的审美组成部分。

五七言绝句也可或前或后加一联对偶句，或者四句全是对偶句；但这样写的绝句不多。原因是，虽然有两句对偶，但从建筑整体上看，却是不对称的，缺少平衡感。与律待比较，又似乎有残缺感。而八句全对则又显得缺乏变化。

　　排律是律体的延长，一般不超过十几句、二十句，唯杜甫喜欢长排。对偶句多，固然可显示诗人的才力，但太多对偶句挤在一起，也令人不快，因为容易形成重复呆板。凡事总应有个限度，猪肉虽香，吃得太多也会倒胃。从架构上看，是小脑袋短腿，中间是大腹便便，很象大蜘蛛，实是比例不称。我想这是排律的通行无法与一般律诗相比的原因。

　　律诗的首尾两联是不对偶的。但从俯角上看，也形成一种对称美，它如仪仗排列两边，大门打开两扇，两对佳人从中婀娜而出。同时前后呼应，形成一种平衡，一种均齐。

　　（四）参差美。参差美主要表现在词、曲上，词、曲以参差美为特色。

　　参差美也是源于自然界。假如泰山七十二峰，峰峰高度、坡度都一样，泰山也就失去了魅力。杜甫写泰山："众山罗列似儿孙"，那就意味着众山有高低大小的不同。《上林赋》："临曲江之皑洲兮，望南山之参差。"山的参差错落，姿态各异，"远近高低各不同"，就形成了参差美。

　　大都市的崇楼林立，但不能等般高，穿同一式制服。"楼阁参差霜叶红"才美，白居易写蓬莱岛上的诸仙子："雪肤花貌参差是"，雪肤是共同的，但花的貌，花的姿必须是各逞其艳。

　　词的参差其形，长短其句，就是"雪肤花貌参差是"。它上承诗骚乐府的杂言，中承近体诗的平仄声韵，下开元曲之新声。

诗骚乐府的杂言，没有平仄声韵限制，因为那时周颙、沈约还没有出生。由于这些杂言诗的存在，后人就叫词为"诗余""乐府之余"。余，有轻慢之意，它为正统派文人所不屑，认为是"艳科小道"，"故雅人修士相戒不为"。但它还是所向披靡，进行了征服，使后来的大量雅人修士拜倒。

　　词原是为乐曲配的词。由于乐曲日益丰富，加上胡乐的不断进口，要唱就得配上文字，而五七言诗无法适应乐曲，有时不得不加上"和声"。如《胡笳十八拍》，在"胡风夜夜吹边月"之后，加上"吹边月"三字，"十拍悲深泪成血"之后，加上三字"泪成血"。再如王维的《渭城曲》，一首二十八字的七绝，为适应乐曲，竟用了二百七十四字，反复而成三叠，标题也就成了《阳关三叠》。其中有五字句、四字句、三字句和二字句，这是个很典型的例子。乐曲或急管繁弦，或曼衍悠长，要唱就需按乐曲要求填上歌词。现在我们听到一些著名的广东音乐曲子，如《平湖秋月》《娱乐升平》《步步高》等，都有粤曲艺人唱，笔者听来，也都是长短句的歌词。为乐曲填以实字，因此它也叫《曲子词》，当时文人也自称"填词"。"曲子词"本来很恰切，大概以为曲子二字为不雅，便起了个单名：词，可以提高身份，与诗并肩为姊妹行也。

　　当时有名气又有才的诗人，往往是乐曲家、歌者邀请填词的对象。如苏东坡在黄州时，"每用官伎侑酒，群姬持纸乞词。"柳永则使那些"教坊乐工，每得新腔，必求永为词。"

　　诗经、乐府的长短句，自然会给词的长短句提供经验，但直接原因还是乐曲。填词家不可能都是高手，乐工们也不一定都有文学教养，懂得专找高手去填。假如胡乱找一位文理不通、情调低俗的人物，胡乱塞进一些语言垃圾，那词也就不可能流传开去，就象当今那些通俗歌曲一样（顺便说一句，那些只能给人以感官刺激而不具任何美感的乐曲，加上那善作猫叫驴鸣的歌手们的唱，也不配有高档的歌词。）只有懂得好曲应配好词的乐工，才会去邀请有才气的文人去填，使词与曲珠联璧合。这些文人懂得乐律，也懂得诗律，因此就用平仄谐合又有具有文学性的文字来填。于是词本身也就具有了文学价值、诗的特点以及声韵均称的美。像律待成为具有音乐性的独立诗体一样，词也闹了独立，自成王国。一个具自己特点、风格的诗体诞生了。后来，词人们不必非懂乐律不可，照谱填去就行，没有唱也不妨，它有文学性，有诗味，有独特的参差美。词谱很多，这反映了当时乐曲的丰富。词谱多，扩大了词的容量。词谱的情态不一，也为风格不同的词人以及题材有差的内容，准备了可供选择的条件。

  元曲也是长短句，也渊源于音乐，直接继承了词。王世贞在《艺言》中说："曲者词之变。自金元入主中国，所用胡乐，嘈杂凄紧缓急之间，词不能按，乃更为新声以媚之。"作曲也一样是按谱填词，所不同的是曲还和歌舞剧结合，用的是中州韵（北曲），在杂剧里的唱词，也可以是一首优美的诗。《牡丹亭》中的"原来是姹紫嫣红开遍，似这般都付与断井残垣。良辰美景奈何天，赏心乐事谁家院。"和"则为你如花美眷，似水流年，"竟使黛玉姑娘感到"词句警人，余香满口"，"原来戏上也有好文章，可惜世人只知看戏，未必能领略其中趣味！"在杂剧中的这些曲文，多是剧作家根据剧情和剧中人物的感情活动而代拟的抒情诗。它不仅要作者能进入角色，还要有很高的文学造诣。否则就写不出文学性很高的曲文。至于散曲，更是和词一样，是一种长短句的富于参差美的诗。它的曲牌有很多就是词牌。它们二位的名字也曾相混，词曾叫曲，曲曾叫词。

但曲律极严，有"曲禁四十八则"，比沈约的"八病"多出五倍。它除讲究平仄外，还得讲究阴阳清浊上去等等。李笠翁说："填词（曲）""最苦"，"调得平仄成文，又虑阴阳反复，分得阴阳清浊，又虑声韵乖张。令人搅断肝肠，烦苦欲绝，此等苛法，尽勾磨人。"认为比之"悲痛，疾痛，桎梏、幽囚，殆有甚然者。"这就使一般诗人视为禁脔一块，带刺的公主，等闲不敢来碰。但由于它的声韵是和谐、均齐，语言又允许脱去典雅，以俗为雅，令读者更觉妩媚俏丽，楚楚可人。当代人填曲，也只把它当作词谱一样，按曲谱而填，最多是调下平仄便成，更有人连曲谱也不用，写出大体照顾平仄声韵的新曲，而风格，情调酷似。笔者想，新诗能如此写去，可能是一条路子，新诗可能因此而具备了民族形式、民族色彩，也不致使新诗与老百姓隔上十万八千里。

总之，声韵美、均齐美、对称美、参差美这些大美人却不是朝隔数代，地阻南北。它们同处一个香闺，同游一处园林。以律诗论，它的中间两联对偶，要求词性句型不雷同而有变化，也就是参差美。词、曲虽以参差变化为主，但也用对偶句，也讲对称美。它的平仄谐调，上下片的近似、相同，也是种均齐美。律诗是寓变化于均齐，词曲则寓均齐于变化。而平仄律的声韵美则是共同属性。诗庄词媚曲俏，各具面孔、风神。它们有共同的父精母血，这就是汉语、汉字本身。它们嬗变而不互相排斥，它们走过共同的道路，都是先和乐曲结合，然后又以其文字本身与音乐结合，共同满足民族的审美观、审美习惯。

如同词谱、曲谱一样，格律诗的平仄律，就是诗谱。

如果说，诗是楷书，词则是草书，而曲则近乎狂草，看起来没有法度，而实在也有法度，狂草并非潦草。

钱锺书老人说："文章、绘画，状物求肖，殊事同揆。"一切艺术的美的组成大都是相通的、相似的，戏曲和诗词形式其相通相似的尤其很多。

在戏曲舞台上，四到八位顶盔贯甲的将军上场，一套起霸动作，整齐而匀称。然而他们的扮相却不能一样，有生扮、后扮、净扮。同是净扮也不能一样，盔甲的色调、花式也要有区别，造就在匀齐中见参差。他们都是一对一对地上场，然后，"元帅升帐，我等两厢侍候，"分站左右，这就又是对称美。至于皇帝、皇后、太后的上场，文武官僚、宫女、太监等也一样。大将关羽上场之前，先有马童出来一溜筋斗。关羽出台后再一次对舞，一方面是大将的威严庄重，一方面是马童的轻巧灵活，形成对比，而反对为佳。这是在变化中的对称，差别中的对称。武戏的开打场面，既有对打，也有群打，刀与枪的对打，徒手与刀枪的对打。队形场面的调度，都显示出对称、整齐、参差的美，锣鼓点子的打奏，组成声韵的和谐。其中有时突然停顿，摆出不同姿势的亮相，既是和谐的又是参差的。它象电视画画的突然停住一样，然后又重新开始，我觉得这像词曲上下阕的过片。

城市设计家叫楼房参差不等地分列大街左右，如同峡江两岸的十二峰，从参差美中见对称的美，而街树、草地、花池则又有和谐、匀齐的美。城市，人称第二自然，建筑则是凝固的音乐，都是按大自然的美而创造出来的。诗词曲格律则是按照大自然的美创造的第二音乐。但这第二音乐必须用文字来演奏。

光是仄仄平平仄仄平，不能成诗，这是常识。本文说格律的美，不等于说格律就是诗。诗还要有用文字表示出来的内容美、思想美、意境美等等。但诗的格律却是这一切的有效的最佳的载体之一。诗的内容美、思想美、意境美依赖这一载体通向四方八面，播则能远，传则能久，这就是它的便于记忆。

　　从前教蒙生读书，强调背诵。现代人片面地诋之为"死记硬背"，这是十分肤浅的看法，不懂"死记硬背"也有妙理。"死记硬背"无非是加重记忆。记忆是一种生理机能，是现代人说的信息储存。就像电脑的储存，不使接受了的文字映象消失，并可使之与其他映象联系起来，从而在联系事物映象中由表及里、由此及彼地参照、比较、分析而获得理解。所以一时不能理解、长大了，知识面广了，就可以理解，体味出来。它是个咀嚼过程，消化过程和吸收过程。诗词中的佳句、妙句、警句因映象鲜明突出而容易留下印象。但借助格律化诗词的富于声韵美、对偶、均齐等优越性，使意象的储存更加有效。

　　记住，记住，让诗词的意象长期"住"在你的"昆仑"之上"智府"之内。记住，记住，记住是审美的接受过程，深化过程。有的诗初读时，只觉得铿锵好听，似懂非懂，半懂不懂，诗旨藏而不露，不知花也雾也；诗味黄里透白，未识茶乎酒乎？"羚羊挂角，无迹可寻"。但倘要记住了，在某一契机、某一刺激之下，会突然来了一个顿悟、妙悟。噫吁戏，原来你在这里！"今朝酒醒何处？"那不是"杨柳岸，晓风残月"吗？"那人"不是在"灯火阑珊处"吗？

罗丹说："美是到处都有的，对于我们的眼睛，不是缺少美，而是缺少发现。"笔者说，美不但要发现，还要穿透和解剖。诗词格律的创造者，在研究制定格律时，未必意识到此点，诗词作者在写作过程中亦然。但这确实是诗词格律的一项副产品，意外的效应。

历史上四大美人的结局都不美妙。西施完成了腐蚀敌人的特工任务后，一说她随范蠡下海经商去了。范蠡以善玩政治权术的特长来经商而成了巨富，西施当然成了位老板娘。可是也有人说，她在一声"留此亡国之物何用"之下，吃了一刀。昭君出塞是自愿，但她糊里糊涂，不知胡地风沙之苦，腥膻之味，自不免"分明怨恨"。倘她有蔡琰之才，大约也会写几拍"胡笳"出来。最后由一个"独留青冢向黄昏"，埋葬了一个可怜的政治工具。貂蝉本是个小说形象，生前尝足了当一个政治工具之苦，风光没多久，便演了一出"关公月下斩貂蝉"。至于杨玉环，象西施一样，侍候了人家的父子两代，使寿王有爱妻被夺之恨，玄宗得作了扒灰之乐，最后则"血污游魂归未得"。诗人白居易怜香惜玉，把她送到"海上仙山"，又顺便捧了下扒灰。这不过是诗人的用心良苦。

红颜薄命，都因为她们太靠近了政治漩涡，太接近了"最高"而不免玉殒香消。

诗词中四大美人，都有过风光得意的岁月，因为她们和才人骚客结了良缘。可惜，她们在政治中也挨遇"长门尽日无梳洗"的日子，子孙几乎了无孑遗。所幸，她们赖以生存的母体——汉语依然健在，她还能红颜不老，老也不死。

出路在足下

——答友人问

足下问:"当代诗词创作出路何在?"我答:"出路在足下。"足下又问:"出路如何?"我反问:"当代诗词创作没出路了吗?据我所知,只有到了末路、绝路,这问题才可以提出。"足下问:"我对诗词创作常常悲观,而且路有宽有窄,有直有曲,有平坦,有坎坷,走哪条好,这就是我所指的出路,我很想听听您的意见,但请您不要佛家说禅,道家论道。"我说:"足下自管放心,我既非头陀,也非道士,我乃俗人一个。"

我一直觉得幼儿从大人那儿学话、学走,学话,咿咿牙牙,口齿不清;学走,趔趔趄趄,腿脚不力。虽可笑,却讨人怜爱。可喜的是他们不会停止学话、学走,他们坚定得很。这一阶段和过程,人人有过,一旦成长了,他就有他们自己的声口,自己的身姿。记住,爹妈给儿女的永远都不是全部,儿女对父母的一切,也是有选择地继承,像爹像妈,只能某一部分像,像中必有所不像。

可叹人往往感到某些写诗的最高目的,就是爹妈的全部,就是复制一个他。有的干脆拒绝成长,像京戏里的周瑜,按他在历史上的历史,他早就该唱须生了,可他老是小生脸,娃娃腔,到死胡子也不肯长出一根。京剧里有"十净九裘"

之说，裘声不死，裘声千古，好！可走到哪里都听见裘盛戎在那等你，你不觉得单调么？

我说的是诗词写作模拟古人，穿着西装、夹克、却硬要钻进古人堆里，唐宋衣冠，明清心宅。本来是坐汽车、汽艇而登山临水的，却要说乘驴、策蹇（劣马）、或荡画舫、飘一苇舟，汽车、汽艇突然变今颜为古貌，似乎比车、艇舒服而快捷。原是壮年壮游，写出来则要扶筇、掺儿、对晚日残霞、听古刹经文，风则萧萧，雨则疏疏，一片索寞。用的本为电灯，却弄成燃灯、剪烛、吹灯、熄炬，电灯也似乎是燃的，剪得、吹得的。送友江边，惜别可能是真的，可也未必流泪，但写来竟是"送君江上泪沾衣"。古人交通不便，山川阻隔，送人远去，再会实难，"泪沾衣"沾得有道理，今日交通便捷，千里之遥，朝发夕至，甚至几小时，何以伤心至此！

诸如此类，不胜其举。写者大约都已忘情于所处时代，神游于千载以上。

当代人的人文教育被轻忽，诗人们读的书，绝对无法与古人相比，腹中典实拮据，下笔受窘。多读些书是对的，但读书不应只为作诗，搜书塞典，古人所讥，但此类诗客却络绎于途，更不见他们有什么脍炙人口之作遗下。

还有专门模拟某一名家的，功夫多者形似而神不似。足下见过哪位名家是靠专一模仿成功的？模仿绝出不了好诗。足下说李杜像谁？苏辛像谁？杜甫说李白"往往似阴铿"，我却不以为然，反过来咀嚼一回，阴铿没有什么像李白的。"世上几人学杜甫，谁得其毛与其骨"？得其毛者容或有之，得其骨者却从未见过。河南、湖南有三处杜墓，个个墓都"杜骨在此！"开始我都信，后来我都不信，除非杜骨自己跳起来："我乃杜骨！"！！

在唐宋大家之外的诸名家，也都有他们自己的声口，从未见他们以能像某大家而为荣。

人谁不喜欢真货色，谁又稀罕假古董？

先人留下的好东西应该学习，而其中最值得学习的是他们不依傍他人，创自己声口、自己色调的精神。

写诗填词的初始，多读些古人成功的作品，完全应该，十分应该，甚至摹拟下古人也不能算罪过，甚至不妨，但总不能把描红当作自己的书法。

我祝某些诗人早些脱离描红的年令，走自己的路。

足下问："放翁诗说：'汝果欲学诗，功夫在诗外'，这诗外二字指什么？"我答："诗之外，都是诗外。"足下又问："可否具体些？"我答："诗之外都是具体的，比诗具体得多，如山川草木、花鸟虫鱼，上至皇帝，下至草民。""那么空气呢？""空气也是具体的，什么氛围，什么气氛，足下对某人某事的感觉，某人某事的感觉对足下，它们不占空间，没有色，没有形，你看不见，触不到，接不住，但在科学家手里，它们是物质的。再如诗人的某些见解、态度、感情、道德评价，是非判断，美丑赏析，善恶区别。无论是具体的，不具体的，物质的，非物质的，全归诗外。在诗外，它们是诗料，经过诗人，它们变成诗，就像矿物投入冶炼炉，食物吃到胃肠，大部分变为矿渣、大粪。食物只有小部分营养成份被人吸收。古人之诗，他人的诗，对于足下，也是诗外。诗外功夫多得很，没有诗外，便没有诗内。"

屈原遭到放逐，最后投江自杀。他活着的时候一句这类诗句、语言都没有，而只有"亦余心之所善兮，虽九死其尤未悔""宁溘死的流亡兮，余不忍为此态也"。屈原"不忍为"的"态"就是奴态、媚态、妾态，没有一点骨气的丑态。

因当前而忘将来，见小利而忘大义，得暂时苟安，赢得权杖的一霎儿青眼，却不知是非毕竟有辨明，美丑有判然之日，水落而石自出，你写的那些玩艺儿就是废品、劣货、伪作。我为此类人惜，更为诗界太多此类人物羞，你在儿孙面前失掉光彩。我想问，你们为此付出那么多脑汁干什么，何苦来！

识美丑、辨善恶，明是非的功夫在诗外。

言志与缘情

"诗言志"与"诗缘情"是我国传统诗论的两大体系；先秦典籍中"诗言志"是根本论点，老资格。他首见于《虞书》，虽非孔夫子所发明，但许多人把它当作孔夫子的指示，他说过"志之所之，诗亦至焉"，志和诗为影之随形。"诗言志"主要反映了儒家、经学家和庙堂之上乃至庙堂之下的诗观，后世论诗家也大都掇拾之。这一派认为下则以诗"讽上"，上则以诗"化下"，使之"迩之事父，远之事君"，达到沟通上下、调谐关系、最终实现政权稳定的目的。

"诗缘情"来自六朝时陆机的《文论》，其实陆机并未想以此立说立派，他只说了句"诗缘情而绮靡。"诗缘于情，并非陆机的创见，在先秦文献和汉时的著述中屡见不鲜。说的都是情和诗的关系。《诗大序》虽然说了"诗者，志之所之也"，但也说了"情动于中而形于言，言之不足乃嗟叹之，嗟叹之不足故咏歌之"，咏歌之也就是诗，诗出发于情。"国史明乎得失，伤人伦之废，哀刑罚之苛，吟咏情性以讽其上，达于事迹而怀其旧俗也，故变风发乎情，止乎礼义。"其中伤、哀、怀，都是种感情活动或感情形态。

孔子说"诗可以怨"，怨，包括不同层次不同形态的情：不满、怨怒、憎恶、哀伤等等。汉时刘向认为"诗，思然后积，积然后满，满然后发。"（《说苑贵德》）这是说，思想感情有个积聚过程，积到不能不发时，才有诗。刘向之子刘歆则认为："诗以言情，性之符也。"（《全汉文：卷四十一》)。《淮南子》说:"歌哭,众人所能为也,一发声,入人耳,感人心,情之至者也。"以上这些都是陆机"诗缘情"说之前关于诗出于情的理论。"诗缘情"是陆机关于诗的高度概括。陆机当然没有创说立派的动机。"缘情"一说的效果,出乎他的意外,从此诗言志之论便不能统一天下,缘情论得天下诗人之所共之。白居易的《秦中吟》《新乐府》,是他对诗的一种现实主义实践,反映生活,描写人民苦难。他对诗说过"根情、苗言、华声、实义"如果他对人民的苦难毫不动情,就不会有这些诗。只是言志论,出自先王之教,圣人之口,没有人出来顶撞,二说并存,自说自家理。

但也有是人出面和稀泥,志者情也,情志一也。俞伯牙操琴,一忽儿"志在高山",一忽儿"志在流水",似乎他一忽儿志在登山,一忽儿志在游水。但何尝不可解为一忽儿情在高山,一忽儿情在流水。为同"登山则情满于山,观海则意溢于海"。情志相混,古人确也不曾严格将二者加以区分,就连缘情说的发明者陆机也将二者连用,"颐情志于典愤"。这情形数千年中一切诗理论家都未能免此。其实无论就字面和内涵,情和志皆非一事。少女怀春,少年钟情,闺中人思念丈夫,当"悔教夫婿觅封侯"之际,那有什么志之可言。当"今日鄜州月"之下,遥怜小儿女而叹"何时倚虚幌,双照泪痕干"之时,所言之志何在?"孤帆远影碧空尽,唯见长江天际流",只有友情,而无远志。

《国语·晋》说:"同德则同心,同心则同志。"志同未必情同,爱情不能换成爱志,交情不能易为交志,含情也不能说含志。同志又岂叫"同情";"各位同情,你们好,今天请各位同情来……"像话吗?

人皆有志，有志当然不妨以诗言志。曹操"周公吐哺，天下归心"，志在当位周公，使天下百姓"归心"而投他一票。李白"愿将腰间剑，直为斩楼兰"，志在为国家立功边塞，保卫国土。"试借君王玉马鞭，指麾戎虏坐琼筵"是志在尽忠皇帝，指麾戎虏吃喝。志不算大，不过是国宴中的一位主持人，未知君王肯借玉马鞭否，戎虏们服从指麾否？杜甫"窃比稷与契"，稷和契是舜帝时的贤相。他就是想作稷和契，但当时皇帝并非尧舜，因此他要"致君尧舜上"，必空作帝王之师。这些志除了表露有那么一点追求和抱负之外，可还有什么能使读者动容动情的吗？看类似的言志诗，如同听小儿们说我长大了当这当那一样，可以给几句夸奖，却不必认真对待。

　　岳飞的《满江红》中"壮志饥餐胡虏肉，笑谈渴饮匈奴血"。每听之总会使人觉得别扭。"苟能利侵凌，岂在多杀伤"（杜句）。这样的"壮志"欠妥。那种"饥餐""渴饮"若出自一个士卒或下级小校之口，也许可以，但不该出自一位将帅之口。如果岳飞是坑杀四十万赵卒的秦将白起，坑杀秦卒的楚霸王，那还可以说，可绝不适合岳飞的身份和性格。我是从这两句词来怀疑此词的非岳飞所作的。

　　在大诗人笔下，直通通的言志诗，都不过是偶然一见，倘若诗人热衷于这类言志诗，大写特写这类言志诗，诗人也就失掉了他自己。

　　　雪晓清笳乱起，梦游处，不知何地？铁骑无声望似水。想关河，雁门西。　　睡觉寒灯里，漏声断，月斜窗纸。自许封侯在万里，有谁知，鬓虽残，心未死。

　　　　　　　　　　　　　　——陆游：夜游宫

词写的是志在恢复疆土，杀敌报国而志不得展的一片至情，诗未言志，而志在情中，可见即使言志，也得使用富于感情色彩的语言，其情在相适应的境界中迸发。这首词，提供的是一堆热烘烘的情，而非干巴巴的一条志。

　　志在人的生活中，是对一个目的、理想的渴望与追求。在此过程中，必因各种客体的作用或影响，而触发了喜、怒、哀、乐、爱、恶、欲等七情，这情会使诗人寻求适当的形象语言予以发抒和表露，这才有诗。像曹操、李白、杜甫那点志，一二句诗即可道尽，而在他们的生活道路上，却布满触发他们七情的客体，造成他们感情的激荡和流动，这才有诗的催生。古往今来一切有成就的诗人，无不以写情为主，其诗可以能传之千秋百代，全在他们生动地写了一个情字。

　　可见，即使以曹操、李杜这样的大诗人的言志诗，也不怎么样。

　　美国耶鲁大学心理学教授萨洛威和新罕布什尔大学的匹尔教授共同提出了"情绪智力"这一概念。心理学博士高曼解释为认识他人的感觉，体念他人的悲喜。我国俗语说"将人心比自心"，先贤的人饥已饥，先忧后乐精神，皆"情绪智力"，即情商作用。诗人杜甫的与苦难人民同休戚，欲天下寒士欢颜而情愿以死。正是情商特高的表现。高曼说，在成功中，只20％是由于智商。笔者一向强调诗人要识美丑辨是非，别善恶，这当然要由智商承担，但写诗就必须情商。情商不高，决写不出好诗。

　　缘情和言志，当然相通，但须有别。古人说"情志一也"，我说"二也。"单讲言志，是一种片面，足可陷诗于歧路。

　　情是诗的灵魂，诗乎，诗乎，情兮归来！

创意 · 造境

——从几个诗词术语谈起

中国诗的理论上，有许多术语，比如立意、意象、境界，它并非仅仅术语而已，它是一个诗词理论体系，可概括诗词创作的全过程，可反映诗词审美的主要特点，它既是诗词的，也是艺术美学的。这些术语——也是一种美学概念，都是模糊语言。模糊语言是语言中的一大门类，很难作出象物理、化学、数学那样的界定，它们相互交叉互相重叠，你中有我，我中有你。如立意与意象，意象与意境，意境和境界。尤其中国汉语文字的一词多义即多义性，就更增加了对这些美学概念解释上、理解上的困难。

立意，我们一般理解为写诗时的命意，确立要写的主题，要表达一个什么思想，反映个什么问题。宋代刘邠说："诗以意为主，文词次之。"清代王夫之说："诗以意为主，意犹帅也。"《红楼梦》里的林黛玉也是个理论家，她在教香菱写诗时说："词句终究还是末事，第一是立意要紧。"

唐人杜牧连写文章也主张"文以意为主，气为辅，以词采章句为兵卫"。

立意需要对所描写的事物有正确的认识。要有个识美丑、别善恶、辨是非的能力。沈德潜说："有第一等襟抱，第一等学识，斯有第一等诗。"这学识就在于能否识辨美丑、善恶、是非，以及发掘出它深埋着的意蕴，它与其他事物形象的多方面联系的能力。

识别能力、判断能力是立意的基础、不识别错误和丑恶。就谈不到有好诗，立意为先。

其次，明代著名诗人谢榛不同意立意为先的看法：他在《四溟诗话》中说："宋人谓作诗贵先立意，李白斗酒诗百篇。岂先立许多意思而后措辞哉？盖意随笔生，不假布置。"这里所谓"斗酒诗百篇"是夸张说法，不足为据。但意随笔生的情况。确实存在没有事先想过的意思，写着写着就出来了。笔者个人就常常遇到这一情况。虽如此，但那意原本早就存在，因没有契机而未感觉出来罢了。诗人的想像力、联想力是很活跃的。运笔之间，诸多意象、物象都会乘机要求出台表演。

这问题怎么解释？下面我想谈谈"意象"，看能否解释得通。

意象，外国有意象派诗，以美国诗人庞德为代表，她认为中国诗就是意象派，他主张美英诗向中国诗学习，以之作为榜样，她翻译了许多中国诗，也说中国语言是最适合作诗的语言。写得朦胧，可解又不可解，这么解，那么解都可以。叫人思索，可以领会不可言传，似有还无，似无还有，慢慢地品出诗味。

但意象这一概念，则是纯中国产。并非进口货。中国诗歌理论最早提到它的是《文心雕龙》，在《神思》篇中说："独照之匠，窥意象而运斤"，斤指诗人的笔？他认为这是"驭文之首术，谋篇之大端"。说清楚了就是立意为先，以意为主。他这里谈的意象，就是指诗人写诗过程中头脑里出现的各种形象萌生和涌动，各种文字的待选，这是诗人在边思考边落笔，落笔时，又促进了诗人的形象思维。作者是把意象放在《神思》篇中说的，"文之思也，其神远矣，故寂然凝虑，思接千载,悄然动容,视通万里"。形象思维中,上下古今事物,都进人诗人意中,诗人形象思维快速,逻辑思维敏捷,因此看起来是意随笔生,实际还是意在笔先。不过它们时间差距极短。这是笔者对谢榛的说法的理解。

《列子·汤问篇》的故事,伯牙鼓琴,志在高山,子期说:"善哉,峨峨兮若泰山"伯牙志在流水,子期则说:"善哉,洋洋兮若江河。"伯牙心中想像的高山,就是意象的高山。伯牙奏琴技法高,能把意象的高山用音乐语言表达出来。子期是位了不起的鉴赏家,能从琴声中看到泰山、江河。一个善奏,一个善听,子期确是伯牙的知音,他们一位是创作家,一位鉴赏家,他们心中都出现了意象。即想象中的具体形象。意象就是客观的物象,到诗人头脑中成为意象。

画家讲究。胸有成竹。这胸就是意象的诞生地。

"春江花月夜",是五个单词,没有介词、形容词、动词,没有主语、谓语。但五个词,就是五个意象,组成个意象群,它是如何美,美到什么程度,在诗人意中,也在读者意中,写诗以意为主,意在笔先,不错,但我觉得不够。我主张创意。立意写春天的春意盎然,秋天的寒凉萧瑟,但如何写好,如何写出情来,我想所立之意要有创造性。

例如兵马俑,是世界八大奇迹之一,很多人写,大多数是写兵马俑雕塑得如何好,如何精,赞美我们的工匠,这当然可以赞颂。但这主要应该是艺术评论家和考古家之事,可以写出一大篇一大篇论文。诗人的责任不是这个,诗人应是看了它产生的历史感。对这一史迹的历史评价,其一是荒芜先生写道:"沙丘落日风吟树,博浪惊魂月坠天。地下本来无敌国,何须兵马俑三千。"这就有了创意,为一般人所不曾有的历史感,提出了问题,语中带有讽刺。

另一位诗人写的是："千里金城六国摧，甲兵弩箭备为谁，苦秦人满泉台路，魂魄先惊博浪椎"，诗的意思是被秦始皇杀的人极多极多，他们在地下准备向始皇复仇，所以必须用兵马来保卫。八七年有一次，我和荒芜坐汽车去看望诗人吕千飞。路很远。车上我提到他"地下本来无敌国"的诗，我说："六国君臣犹带甲，合纵遗恨起苏秦，"意思是被灭亡的六国君臣还带甲胄，还想起用苏秦来共同对付秦国。荒芜先生听了哈哈大笑，说你想的有趣有味。

我和荒芜先生采取了不同角度，都是有创意的。所谓创意就是立意要有创造性，要有独特的见解。而不应流于一般，一般了也就没有了诗味，诗人在一个事物之前，应有不同一般的想像，不同的所得。两人一个提出了问题，一个回答了问题。

我们有些诗人，不能在事物中有特殊的感受。而是把自己降到一般人的水平，头脑中只存在着现成的别人说过的、大多数人都有的意思，没有对事物作特殊的观察，只有别人使用过百千次的概念。我想，这类诗写上千首万首也未必写得出有创意的诗来。

我主张诗人写诗要立意新，更要创意新。

下面谈"造境"，境是指意境、境界的境。意境一词最早见于王昌龄的《诗格》，但王昌龄并未对这一概念作出理论说明，但此词被后人接受，并且发展了起来。这中间经过时间很长。意境一词，受佛家思想影响很深。

佛家有六根、六境之说：

六根指眼、耳、鼻、舌、身五根，这是指人的五种感觉器官，即视觉、听觉、嗅觉、味觉，身体是触觉，这五根加上个"意根"，即成为六根，意根指人的大脑神经对各种感觉的综合、加工、整理。六境是色境、声境、香境、味境、触境。正是五根的功能所得的五境，五境再加上"法境"，法境是指五境的互相渗透，互相补充而进行的综合、调配。六境也叫六尘，佛家说六尘不染。是指不受外物影响，六根清净，指排除各种外物的诱惑、招引。但诗史上有诸多和尚诗人，我想这般诗和尚都是六尘尽染，六根不净的。

六根互用，六境通感。这在艺术上普遍使用。钱锺书解释通感是"把事物无声的状态，说成是好像有声音的波动，仿佛在视觉中获得了听觉的效果"。六境中的色、声、音、……六根中的耳、鼻、眼、舌……之间就有通感，互相感到。看见丰盛的席宴，好吃的佳果，舌头，就是会感觉那种味道，譬如"夜吟应觉月光寒"，这寒本来应是从触觉上才感到，但从眼睛的视觉中却可以感受得到。什么寒月、冷月、暖月都是一理。再如"寒江"，"独钓寒江雪"也是从视觉中得到触觉到的东西。陆游有诗"六根互用亦何常，或以鼻嗅代舌尝"。通感是人类所共有，而诗人具有通感的超常，显示出诗人感觉和占有事物之广，体察生活之微，想像、设喻之才。

六根的意根和六境的法境，合起来是谓意境。佛家对六根六境的解释当然是宗教性的，佛家的六境又叫六尘，尘是不干净的意思，所谓"六根清净""六尘不染"。但艺术上，六境是客观存在，是物质世界，就是文艺上所说的"生活"，一切艺术都来自生活，来自物质世界，是通过感觉、认识得到。司马光诗云："六尘皆物外，万法尽迷途。"文学艺术的任务是把这些物质的客观存在的生活加以艺术化处理，变成艺术。这当中要经过艺术家的选择、扬弃、综合、概括，进行典型化处理。意境的意和意象的意，都是形象思维的意思。形象思维要求作家诗人对生活广泛地占有，深刻地认识和理解，从而创造出一种似乎看得见、听得到、嗅得到、咀嚼出味道和如身临其境的一种氛围、一种环境、一种场合。这也就叫作境界。王国维先生首先用了境界二字，境界这一概念也来自佛家，在《佛典》中"境界"一词使用较多，如"净土境界""诸天种种境界""神是灵威，振动境界能"。王国维是大学问家，精通佛学，在佛学中借用此词，但他不说明其来历，自己感到此词很好，很得意。我们看确实很好。在人间词话中他作了精确的发挥。

境界和意境他没有界定、区分，有时二者混用。但我们根据对意象的理解，觉得区别还是有的。意境的意和意象的意，都是谈形象思维、想象，以及包括典型化以至最后造成艺术成品的全过程，还可包括鉴赏者在鉴赏中的再创造过程。而境界应该是指作品所完成了的艺术氛围、艺术环境、艺术场合。而读者、鉴赏者必然在这一基础上完成它的艺术再创造，一件成功的作品，必定会产生这一职能。

岳飞的《满江红》，写的是岳飞在特定环境下的感情。但在抗日战场上，唱起这首词，人们意念中的胡虏、匈奴就是日寇。南唐后主的词，写了很多亡国后的悲哀，那是亡国之君的悲哀，但他很多句子能引起离家去国，身居海外的人的故国之思；可以引起抗战时流亡大后方的离人之思。后主想的是他的那个小国小朝廷，而读者想的是一个大得多的中国。

"剑外忽传收蓟北，初闻涕泪满衣裳。却看妻子愁何在，漫卷诗书喜欲狂"——诗人杜甫写自己，创造了一个爱国诗人的形象。我们在听到日本投降时，便有"初闻涕泪满衣裳"的感觉，就有"漫卷诗书喜欲狂"的感觉。在宣布打倒"四人帮"时，有的同志在牛棚里，在干校，在流放地，便引起"即从巴峡穿巫峡，便下襄阳向洛阳。"以及"青春作伴好还乡"的感觉。

这是通感，在孟子说是"以意逆志"，以自己的意解释或接受诗中的志，《复堂漫录叙》中有句话："作者用心未必然，而读者用心未必不然。"

《人间词话》中说："境非独谓景物也，喜怒哀乐亦人心中境界，故能写真景物真感情者，谓之有境界，否则谓之无境界。"

"枯藤老树昏鸦，小桥流水人家，古道西风瘦马，夕阳西下，断肠人在天涯。"其中有真景物、真感情。这是一个气氛悲凉、伤感、孤独的画面，也就是一个境界，使读者如身临其境。

真正有境界，有意境，有意象的诗词，其一，能叫人体会一个不相干的人的感情，例如李后主，叫人能想象那个亡国皇帝以泪洗面的样子，被他的情感所感染，产生了对他的同情。其二是能在他创造的境界中寻找自己所需要的感情，如"问君能有几多愁，恰似一江春水向东流"，如果你自己也有许多愁的话。杜诗，既叫人看到诗人长期流亡后，闻到收复国土后的那种感情，那种形象，也从他的诗中得到自己所需要的感情发泄的方式。

我们有些诗人，不懂得创意，不懂得创境，不会形象思维。看世界，看生活，看来看去，发现不出诗意？舍弃了形象思维，而是概念思维，或者拾取了他人写过的现成的东西。

这类诗谈不到意象、意境、境界，全是取自报纸、文件，加上领导人或官大人的报告，或者取自他人的现成的语句。如果这也叫诗，那么我们的李白就不知多少，"斗酒诗百篇"，三斗酒，就三百篇，编一本《诗经》。

写这类诗很省事，不要形象思维，只把现成的概念语言，凑上四行、八行，这是凑诗，有凑的功夫便可。

另一种也是凑，但这类凑不用当代语言，而是拾取古人用过的语言，古人用过的"典"，堆砌起来。

我个人在长江某地，有位诗友送我上船，表示惜别，上船之前，谈笑风生，握手，但他写了首《送汝伦兄的诗》，诗中写到"一别江边泪满襟"，但我记得的是他的"笑脸盈盈"；诸如此类的诗，还可找到许多，每见这类诗，我就想到自己的被送，便怀疑真的"泪满襟"了吗？古人交通不便，再会应难，现代交通畅达，千里之遥。朝发夕至，何至伤心如此呢？原来这"泪满襟"是古人流的，不是他流的。这是种假感情或者流到古人襟上了，叫假情假意，市面上的假酒、假烟、假药很多。捡拾他人、古人用过的语言，可叫假诗，我看这是侵犯人家的知识产权，包括古人的知识产权。

当代诗词中当然有好诗，也有一批可直追古人的诗，这些诗收集在一起，数字也是相当可观的，江山代有才人出。但和上面这类诗相比，好诗仍然是少数，平庸的诗，包括一批假诗还是大多数。刊物很多很多，平庸的诗也很多很多，好诗则很少很少，这些年诗集也一本一本地出，但真正的好诗，脍炙人口的究竟恨嫌太少。近来一些大报、机关报也发表旧体诗词，但报纸编辑几乎根本没有懂诗词的，他们不是看诗，而是看名气，看地位，看名人、大人，以及熟人。在座各位里就有搞编辑的，有没有这类情况？有。我刚才引用的诗，就有你们的刊物发的，这情况是在败坏诗词的名誉。对名人、大人、熟人应取爱护的态度，发了他们不好的诗，等于给他们彰丑，如果质量好，或者较好，当然应该发。我看，诗人自己也要爱护自己，叫自爱吧，一定要把诗写好，改好，再拿出去。

诗要写好不难，也难，难就是学习如何创意，如何造境，这是最基本的。懂得平仄不难，创意，造境则较难，但只要掌握了他的特点，写起来自然能出境界。

一九九六年六月廿二日
（此文为一次诗会所作的理论讲话）

后　记

　　少年苦恋诗词，它是我的第一位情人，也是最后一位情人。羡慕、模仿、"梦寐思服"。不满足，便自作，恍忽当了新郎倌，成了人家快婿。小儿降生，皮肉皱皱巴巴，像个老头，除了哭，啥都不会，但哪对父母不爱！捧着那些粗糙的玩艺儿，仿佛抱起个宁馨儿。偶有长辈施舍点鼓励的声音，直像接受了御赐。

　　渐渐地"有作成一囊"了，可惜都在土改、战乱里失踪。尤其是开始"慕少艾"而不敢跨"东墙"的所作。几十年都悔恨，愈老愈加悔恨不曾加意保护，那是少年的心路历程。能够保留下来的只是少数。编选集子时，每每考虑选不同年龄段的所作，从中似略能窥出所走道路的路况。少年诗作虽稚气未除，但也决不"悔其少作"，因此每个集子都选进几首。

　　将近冠礼之年，我感到古诗人似乎过得都不快乐而只喜言愁，愁好像特别喜欢诗人，老杜说"愁极本凭诗兴遣。"李清照甚至说："怎一个愁字了得。"奇的是唯这类诗才最能动人心脾。他们道路的坎坷、宦场的失意、生活的落寞、家国苍生的艰难，都感染着我。尤其在懂得"慕少艾"阶段，"我也有愁"。稼轩是"为赋新词强说愁"，我则"为写新愁强作诗"，乃至装订了一个专门小本子。我隐隐感到我已是他们队伍中的一员，我好动情而不能忍性。

在劫波浩瀚时，牛背、田埂、被窝里的肚皮，都常常成为诗思奔涌的稿纸。我曾暗习小篆，乃至生造些"甲骨文"，一为备忘，二为欺过那些好打小报告的左家兄弟。他们一个个有眼如盲。当然，久了，自己有些也要费些猜度功夫。

所幸，国门开了一条缝，可以转侧了，"赵五娘描容上路"（京戏麒派剧目）了。甚至可振臂而呼，强庭一辩。

诗词是我心灵积愫的贮存处。

诗总喜欢在我最困顿最压抑的时候来陪伴我。

这本书是我的又一本选集。《格格轩藏稿》是它的第一部分诗选所本，因年久而又凌乱，未按年月编入。所以叫"格格轩"。是因笔者和触目所见充耳所闻的丑行恶声格格不入，此格格不是彼格格。所谓"藏稿"，意味着有些诗不会见容于眼下气温，且请它在里面呆着，其次是它们不知躲在啥子地方酣睡，也不知它们何时醒转、露面，所以无法说出它们共有多少。只有部分为近几年所作。

第二、第三、第四部分选自以前出版过的集子。

第二部分是《性灵草》（1986·花城出版社），从268首中选出。

第三部分是《紫玉箫集》（1988·广东人民出版社），此集共335首。

第四部分是《紫玉箫二集》（2002·学人出版社）收847首。

诗的水平不高，选的眼睛翳障，距目下所倡的精品尚远，尚待明眼人点化。

另一部分是增补篇，在初选二选后，编辑先生告尚不足数，故先后两度增补。

各个集子中诗作，皆从各个年代所作中选出，因此各年代诗，各集子中皆有。而将之凑到一间房里，未免"国乱无象"。诗有标示年月者，有未作标示者，眼下已无力追忆、追记，无法依其生辰定出长幼之序。好在写诗并非写史，乱则委屈它们乱去。读者只管读诗，无需浪费其他心思。

诗中所有，皆我心境、心迹，前后一辙，未曾变节，不为二臣。

约上世纪八十年代末，一群后生诗友聚于舍下，谈笑中要弄个"李汝伦遗作整理委员会"，推举了主任、副主任和委员。争奈我偏偏不死，十数年过去了，也无人再提。料因当时我声明"我只能以冥钱酬劳各位"吧，人走茶凉，他们还有兴趣来啜饮吗？